# से.रा. यात्री
# की
# लोकप्रिय कहानियाँ

# से.रा. यात्री
## की
# लोकप्रिय कहानियाँ

प्रभात पेपरबैक्स
प्रभात प्रकाशन
ISO 9001 : 2008 प्रकाशक का उद्यम
www.prabhatbooks.com

*प्रकाशक*

**प्रभात पेपरबैक्स**

4/19 आसफ अली रोड, नई दिल्ली–110002

फोन : 23289555 • 23289666 • 23289777 ❖ फैक्स : 23253233

इ–मेल : prabhatbooks@gmail.com ❖ वेब ठिकाना : www.prabhatbooks.com

*संस्करण*

प्रथम, 2015



*मूल्य*

एक सौ पचास रुपए

अ.मा.पु.स. 978-93-5186-300-7

*मुद्रक*

आर–टेक ऑफसेट प्रिंटर्स, दिल्ली

★

**SE.RA. YATRI KI LOKPRIYA KAHANIYAN**

₹ 150.00

Published by **Prabhat Paperbacks** (A Division of Prabhat Prakashan)
4/19 Asaf Ali Road, New Delhi-2

ISBN 978-93-5186-300-7

प्रेमचंद की
समग्रता को समर्पित
प्रिय
कमल किशोर गोइनका के लिए
सस्नेह!

# लोकप्रियता के आशय

इन कहानियों को 'लोकप्रिय कहानियाँ' की संज्ञा से अभिहित किया गया है। संभवत: इसी कारण इस प्रसंग में कुछ निवेदन है।

अब तक मेरी कहानियों के कई संग्रह प्रकाशित हो चुके हैं, परंतु शुरू के एक-दो संग्रहों के बाद मैंने किसी की भी भूमिका नहीं लिखी। मेरा अपना निजी विचार है कि जहाँ तक हो सके, रचना ही अपनी बात कहे। सृजनात्मकता स्वयं में इतना महत्त्वपूर्ण कथन है कि फिर किसी भी अवांतर कथन की गुंजाइश नहीं बचती।

लोकप्रिय का एक मंतव्य यह भी है कि कोई रचना लंबे समय तक पाठकों का ध्यान अपनी ओर आकर्षित करती रहे। इस संग्रह में संगृहीत कहानियों की अवधि प्राय: पाँच दशकों तक फैली हुई है। ये कहानियाँ अनेक बार प्रकाशित होकर भी अपने आशय में कभी पुरानी नहीं पड़ीं। हमारे समाज का अंतर्बाह्य इन कथाओं में अपनी विविधता में बहुपक्षीय और बहुआयामी है। यद्यपि इन सभी रचनाओं का कथ्य मामूली और बेचेहरे वाले निम्न-मध्यवर्गीय समाज का है, तथापि उनकी त्रासद स्थितियाँ हूबहू एक जैसी नहीं हैं। इस वर्ग की इतनी मरणांतक और मर्मांतक शक्लें हैं कि उन्हें किसी एक ढाँचे में नहीं ढाला जा सकता। यह वर्ग भारतीय समाज की रीढ़ है। भयानक त्रासद स्थितियों के बावजूद इस वर्ग से जहाँ विद्यार्थी, मामूली क्लर्क और अध्यापक तथा छोटे दुकानदार आते हैं, वहीं चिंतक, विचारक, कवि, लेखक दार्शनिक और सामाजिक परिवर्तन के ध्वजवाहक भी आते हैं।

इन कहानियों के पात्र निरंतर कष्टों और अभावों में जीते चले जाने के बावजूद अपने वर्तमान के प्रति उदासीन और आस्थावादी नहीं होते। उनका बीहड़ परिस्थितियों में कर्मविमुख और कर्तव्यच्युत न होना ही उनकी सर्वोपरि ऊर्जावान शक्ति है। गिरते-पड़ते और आपाधापी में भी वह निरंतर एक सुखद कल के भरोस गतिशील रहते हैं। उनकी श्रेष्ठता और टुच्चापन दोनों ही दर्शनीय हैं, किंतु वह उनकी मनुष्यता को नहीं

नकारती। श्रेष्ठ और गर्हित दोनों ही मनुष्य के शाश्वत रूप हैं।

इन कहानियों को पढ़ते समय जहाँ पाठकों को इनमें वर्णित स्थितियों तथा घटनाओं में विश्वसनीयता की कमी महसूस नहीं होगी, वहीं यह भी प्रतीति होगी कि ये एक बदले समय का दस्तावेज हैं। आज महँगाई का जो स्तर है, वह क्षण-क्षण ऊपर जानेवाला है, किंतु चारेक दशक पहले वह अकल्पनीय ढंग से शिथिल गति में था। मुद्रा प्रसार तो द्वितीय विश्व महायुद्ध के समय से ही बाढ़ का रूप लेने लगा था, पर उस दौर में जो परिवर्तन वर्षों में परिलक्षित होता था, वह आज सप्ताहों और पखवाड़ों तक आ चुका है। आज किसी पाठक को कठिनाई से ही विश्वास होगा कि मेरी कहानी (उजरत) का एक पात्र पाँच रुपए में एक कुरता खादी आश्रम से खरीदता है। वही कुरता खादी आश्रम से आज तीन सौ रुपए से कम में नहीं मिल सकता।

हमारा समाज, उसके रंग-ढंग और रात-दिन बढ़ती जनसंख्या की बदहवासी एक विशृंखल और उच्छृंखल समाज का बोध कराती है। सकारात्मकता को तलाशना दिनोदिन कठिन होता जा रहा है। भारतीय समाज की जो छद्म खुशहाली आज अजगर का आकार ग्रहण करते, मुद्रा प्रसार के समुद्र में डूबती-उतराती दीख पड़ती है, वह चार-पाँच दशक पहले तक अकल्पित थी।

कितने ही पाठकों को यह अजीब लगेगा कि वस्तुओं के जो बाजार भाव इन कहानियों में वर्णित हैं, वे कभी वास्तविक थे। यहाँ जीवनयापन के लिए महज पैसा जरूरी नहीं था—सर्वोपरि तो वह मूल्य थे, जिनसे एक स्वस्थ, सुंदर और स्थिर समाज की रचना होती है। आजादी से पहले के भारत के जो सामाजिक मूल्य थे, जिनका इन दशकों में क्षरण हुआ, उनके अनेक बिंब कहानियों में प्रश्नचिह्न बनकर सामने आएँगे।

संचार माध्यमों ने पाठकीय प्रतिक्रिया का स्वरूप आज एकदम बदलकर रख दिया है। समय परिवर्तन के चलते यह स्वाभाविक भी है, परंतु इन कहानियों के प्रकाशित होने पर पाठकों के जो अनेक पत्र मुझे मिलते रहे हैं, वे आज भी मेरी फाइल में सुरक्षित हैं। शायद यही कारण है कि इन कहानियों की लोकप्रियता के प्रति मैं पुराने दिनों की तरह ही समुत्सुक हूँ। समय बदल जाता है, किंतु उसके बदलते ही जीवन और उसके मानदंड तुरंत नहीं बदल जाते। वे अपनी स्थिरता में देर तक सक्षम और टिकाऊ रहते हैं। इन कहानियों में भी क्या अभी तक जीवन का कुछ ठोस बाकी है—यह निर्णय मैं पाठकों पर छोड़ता हूँ।

**—से.रा. यात्री**

# अनुक्रम

# उखड़े हुए

आधी रात से ऊपर जा चुकी है। ट्रेन संभवतः घने जंगलों से गुजर रही है। बीच-बीच में इंजन की सीटी चीखकर रात्रि की निस्तब्धता को खंडित कर जाती है। सारे डिब्बे की सवारियाँ सोई पड़ी हैं। यह अनारक्षित कूपा है, इसलिए सबको सोने की सुविधापूर्ण जगह तो नसीब नहीं हुई, कुछ हैं कि नीचे फर्श पर ही टेढ़े-मेढ़े होकर बेसुध से पसरे पड़े हैं, कुछ भाग्यवान ऐसे भी हैं, जिन्होंने ऊपर असबाब रखने की बर्थ और नीचे बैठनेवाली सीटें पूरी-पूरी घेर रखी हैं और हर तरफ से बेखबर होकर सोए पड़े हैं।

काँचों के आच्छादन से ढके बल्बों के आसपास पता नहीं, पतंगों के पहुँचने का क्या रहस्य है। प्रकट रूप से तो इतने कसे हुए ढक्कनों को पार करने की जुगत नजर नहीं आती। पर जिसे जहाँ पहुँचना होता है पता नहीं किस संयोग, प्रयत्न से वह वहाँ पहुँच ही जाता है।

अब मुझको ही लो, अच्छा भला सागर गया था रिसर्च करने का संकल्प लेकर। देश के एक नामी आलोचक मुझे गाइड के रूप में उपलब्ध हो गए थे। शोध का विषय भी मन के अनुकूल मिल गया था और मैं मनोयोग से काम में जुट भी गया था कि तभी न जाने क्या हुआ कि सबकुछ उलट-पुलट हो गया।···

गत वर्ष की उपाधियाँ बाँटने के उद्देश्य से आयोजित यूनिवर्सिटी का दीक्षांत समारोह समाप्ति पर ही था कि तभी किसी ने मेरे कंधे पर बड़े नामालूम ढंग से अपनी हथेली का स्पर्श दिया। वह छुअन किसी सुहृद्-सुबंधु की ही हो सकती थी। पर वहाँ निपट परदेश में ऐसा कौन हो सकता था, यही जानने की उत्सुकता में मैंने गरदन को हलका सा खम देकर देखा तो यह देखकर चकित रह गया कि

मेरे पीछेवाली पंक्ति में मेरा सहपाठी मिथन सिंह बैठा मुसकरा रहा था। भावावेश में मैंने उसी क्षण मिथन को जकड़ लेना चाहा, पर वहाँ बोलने-बताने की कतई गुंजाइश नहीं थी। जितनी देर तक अंतिम कार्यक्रम चलता रहा, मैं मिथन सिंह को लेकर मानसिक रूप से ऊम-चूम होता रहा।

ज्योंही समारोह की समाप्ति की घोषणा हुई, मैं उचककर कुरसी से उठा और हाथ बढ़ाकर मैंने मिथन की हथेली अपनी मुट्ठी में कस ली। हम दोनों अतिशय प्रेम पारावार में डूबते-उतराते और परस्पर गालियाँ बकते ऑडिटोरियम से बाहर निकले तथा अवसर पाते ही गुत्थमगुत्था हो गए।

पता चला कि मिथन पास के ही एक नगर नरसिंहपुर में एक नए-नए खुले महाविद्यालय में अंग्रेजी का अध्यापक है और सागर विश्वविद्यालय की सीनेट का सदस्य भी है। वह सीनेट की मीटिंग में भाग लेने के लिए आया हुआ है और साथ में उसके कॉलेज का प्राचार्य भी आया है।

मुझे मिथन से मिलकर एक विचित्र सी पुलक-भरी प्रसन्नता हुई और मैं उसके साथ हो लिया। वह विश्वविद्यालय के गेस्ट हाउस में ठहरा था और उसके खाने-पीने की सारी व्यवस्था यूनिवर्सिटी की ओर से ही थी। मुझे कहीं लौटने की जल्दी नहीं थी इसलिए हम दोनों निरंतर साथ रहे, रात को साथ-साथ यूनिवर्सिटी के डाइनिंग-हॉल में खाना खाया और रात को एक बिस्तर पर साथ-साथ सो गए।

अगले रोज मिथन को लौटना था सो वह बोला, "तू मेरे साथ नरसिंहपुर चल, विंध्याचल सतपुड़ा के बीच बरमान घाट को पार करके थोड़ी दूर पर यह छोटा सा शहर बसा हुआ है। तू देखकर खुश हो जाएगा। बरमान घाट पर नावें लगती हैं, तू नर्मदा का चौड़ा पाट देखेगा तो कविता लिखने लगेगा।"

उसे सागर में देखकर मेरा मन बहुत उमड़ आया था और मैं उसके साथ कुछ दिन रहने के लिए बहुत उत्सुक था। मिथन बोला, "आज दोपहर को साथ-साथ चलते हैं। तू दो-तीन जोड़ी कुरते-पाजामे साथ में डाल ले, तेरा मन वहाँ रम जाएगा।" फिर हँसते हुए बोला, "इस रूखी-सूखी रिसर्च में धरा ही क्या है, तू हमारे कॉलेज में नौकरी ही क्यों नहीं कर लेता? अभी एक जगह खाली है, बड़ी आसानी से तेरा अपॉइंटमेंट हो सकता है, बशर्ते तू साथ चले।"

मैंने सोचा, रिसर्च भी किसी डिग्री कॉलेज में स्थान पाने के लिए ही की जाती है। मिथन ठीक ही कहता है कि अगर मैं चाहूँ तो मेरी नियुक्ति हो सकती है। पर साथ ही मेरा मन यह सोचकर कच्चा पड़ने लगा कि मेरे यूँ एकाएक रिसर्च को अधबीच में छोड़कर चले जाने पर मेरे गाइड महोदय को बहुत निराशा होगी।

मैंने नरसिंहपुर कॉलेज में नौकरी करने का खयाल उड़ा दिया, पर मेरे अवचेतन में दो-तीन जोड़ी कपड़े अटके रहे, सो मैंने एक छोटी सी अटैची में दो कुरते, दो पायजामे डाल ही लिये। नवंबर का अंतिम सप्ताह चल रहा था, इसलिए ठंड से बचने के लिए मैंने एक गरम लोई कंधे पर डाल ली।

मैं और मिथन सिंह दुनिया-जहान की बातें करते हुए बहुत बेखबरी में नर्मदा के घाट तक जा पहुँचे। मैंने नदी का लंबा-चौड़ा विस्तार देखा तो खुशी से पगला गया। जाड़े के मौसम में हहराती नर्मदा और किनारे पर लगी नावें अद्भुत लग रही थीं। उधर पश्चिम में डूबते सूर्य की लालिमा की प्रतिच्छाया नदी में पड़कर उसके विस्तार को गुलाबीपन से रंजित कर गई थी। उस अनोखे काव्यात्मक वातावरण में मैं स्वयं को पूरी तरह विस्मृत कर बैठा। पता नहीं हम कब नर्मदा पार करके उस पार जाकर बस में जा बैठे और रात उतरते-उतरते नरसिंहपुर में जा पहुँचे।

रात के समय तो पता नहीं चल पाया कि हमने शहर में किधर से प्रवेश किया और नरसिंहपुर की स्थिति क्या थी, मगर जब मिथन सिंह ने वह बस अध्यापकों के निवास के सामने रुकवाई तो मुझे पता चला कि हम किसी ठिकाने पर आ पहुँचे हैं।

यद्यपि नरसिंहपुर में मैं ठहरने अथवा नौकरी करने के इरादे से नहीं गया था, किंतु महाविद्यालय के भवन ने मुझे मोह लिया। विद्यार्थियों और शालीन अध्यापकों के बीच पहुँचकर मुझे नरसिंहपुर छोड़कर जाना असंभव लगने लगा। नरसिंहपुर महाविद्यालय का प्रबंधक एक सुदर्शन युवक था। उसने अपने कॉलेज के लिए हम उम्र और ताजादम अध्यापकों को ही चुना था, पर बाद में मुझे पता चला कि इस संस्था की आड़ में उसने शोषण-चक्र चला रखा था। वह सरकारी सहायता पाने के बावजूद एक-दो अध्यापकों को छोड़कर किसी को वेतन नहीं

देता था। चूँकि मैं सागर विश्वविद्यालय का विद्यार्थी था और प्रोवाइसचांसलर मेरे रिसर्च गाइड थे, इसलिए वह मुझे बिना किसी हील-हुज्जत के वेतन दे देता था। मिथन सिंह कॉलेज के संस्थापक का रिश्तेदार था, इसलिए झख मारकर उसे भी तनख्वाह दी जाती थी। बाकी अध्यापकों और प्रिंसिपल को तनख्वाह के नाम पर धैर्य रखने का उपदेश ही दिया जाता था।

मुझे लगभग छह माह बाद, यानी अगले सत्र के आरंभ में इस तथ्य का पता चला। पता नहीं मिथन सिंह इस सत्र में क्यों नहीं आया था। हो सकता है, उसे बुलाया ही न गया हो। जो भी हो, जब मुझे अध्यापकों के आर्थिक शोषण का ज्ञान हुआ तो मैंने विद्रोह का झंडा खड़ा कर दिया। विश्वविद्यालय को तार देकर मैंने अध्यापकों को तनख्वाह न मिलने की सूचना भेज दी। मेरे तार का तुरंत प्रभाव हुआ और गड़बड़ी की जाँच-पड़ताल के लिए एक कमीशन की नियुक्ति हो गई।

जिस दिन कॉलेज में कमीशन को आना था, वह नहीं पहुँचा तो सारे अध्यापकों को गहरी निराशा हुई, लेकिन अगले दिन पता चल गया कि कॉलेज के मैनेजर ने अपने प्रभाव का इस्तेमाल करके बरमान घाट से नावें हटा ली थीं और कमीशन के सदस्यों को निराश होकर यूनिवर्सिटी वापस लौटना पड़ गया था।

अगले पखवाड़े में ही कमीशन के सदस्यों की अवमानना का परिणाम सामने आ गया। नरसिंहपुर महाविद्यालय को सागर विश्वविद्यालय से मान्यता समाप्त हो गई। कॉलेज का एफिलिएशन रद्द होते ही विद्यार्थियों और अभिभावकों में हड़कंप मच गया। कॉलेज के प्रबंधक और पूरी प्रबंध समिति की हर तरफ से भर्त्सना होने लगी। विद्यार्थियों का भविष्य अधर में लटक गया और पूरे शहर में घबराहट फैल गई।

विद्यार्थियों और अभिभावकों ने अध्यापकों से कोई मार्ग निकालने की पेशकश की। बहुत सोचने-समझने के बाद मैं कुछ विद्यार्थियों, अभिभावकों और दो अध्यापकों को अपने साथ लेकर सागर विश्वविद्यालय गया तथा उपकुलपति महोदय को ज्ञापन दिया। उनकी संस्तुति प्राप्त करके भोपाल जाकर शिक्षामंत्री से भेंट की।

शिक्षामंत्री से वैधानिक काररवाई का आश्वासन लेकर हम सब नरसिंहपुर

लौट आए। कॉलेज के मैनेजर ने भी इस दौरान खूब भाग-दौड़ करके यूनिवर्सिटी के निरस्तीकरण के फैसले को समाप्त करवाने के लिए एड़ी-चोटी का जोर लगा दिया। किंतु उसके प्रयासों का कोई लाभ नहीं हुआ। अंततः विद्यार्थियों और अध्यापकों की ही विजय हुई। जिले के डी.सी. को कॉलेज चलाने का भार सौंप दिया गया। अध्यापकों के वेतन के भुगतान की जिम्मेदारी भी डी.सी. के कंधों पर ही डाल दी गई।

नरसिंहपुर महाविद्यालय की प्रबंध समिति ने कॉलेज चलाने के लिए डी.सी. को कॉलेज का भवन नहीं दिया तो नगरपालिका का पुस्तकालय कॉलेज के रूप में परिवर्तित कर दिया गया और नरसिंहपुर के नागरिकों ने आर्थिक योगदान देकर सौ-डेढ़ सौ विद्यार्थियों के लिए फर्नीचर की व्यवस्था कर दी।

पुस्तकालय के भवन में जब कॉलेज चल निकला तो मैंने नरसिंहपुर छोड़ने का फैसला कर लिया। मेरा मन उस शहर और अध्यापन से पूरी तरह उखड़ गया था। अध्यापकों और विद्यार्थियों के साथ-साथ शहर के बहुत से नागरिकों ने भी मुझसे आग्रह किया कि मैं नरसिंहपुर छोड़कर कहीं न जाऊँ, मगर अब नरसिंहपुर महाविद्यालय में, न मुझको सागर से अपने साथ लानेवाला मिथन सिंह मौजूद था, न वह सुंदर भवन कॉलेज के हाथ में रह गया था। इसलिए मुझे वहाँ सबकुछ बहुत उतरा हुआ बेगाना सा लगता था।

अंततः मैंने नरसिंहपुर छोड़ने का फैसला कर लिया और आज शाम मुझे स्टेशन पर एक लंबी-चौड़ी भीड़ विदा देने आई थी। मेरे गले में न जाने कितने हार डाले गए थे और मेरे विद्यार्थियों और सहयोगियों ने बहुत भारी मन से मुझे गाड़ी पर सवार कराया था। उन्होंने बार-बार आग्रह किया था कि मैं अपना फैसला बदल दूँ, पर वह समय मेरे मन पर शिलावत भारी हो गया था और मैंने यह जानते हुए भी कि मेरे सामने भयावह बेरोजगारी मुँह बाए खड़ी थी, मैं नरसिंहपुर छोड़कर अनजान तथा अपरिचित राहों पर चल पड़ा था।

और अब रात आधी से ज्यादा बीत चुकी थी। मैंने नरसिंहपुर से दिल्ली का टिकट खरीदा था, पर मैं नहीं जानता था कि मुझे कहाँ जाना था। दिल्ली में शिव और सोमेश के अलावा मेरा अन्य कोई परिचित नहीं था। यही दो मेरे प्रमुख आधार थे, पर दोनों का संघर्ष बहुत बीहड़ था। शिव तो जिस कॉलेज में पढ़ाता

था, रात को वहीं सो जाता था। कक्षाएँ लगने से पहले और बाद में वह अपना भोजन स्वयं बना लेता था। सोमेश एक संस्थान में लोअर डिवीजन क्लर्क था और एक कठिन लड़ाई लड़ रहा था।

कभी मैं अपने घर खुर्जा जाने की सोचता था, पर मुझे यूँ एकाएक आया देखकर मेरे बड़े भाई न जाने कितने सवाल करते। मैं घर से रिसर्च करने सागर गया था। मेरे इस निर्णय पर किसी ने आपत्ति नहीं की थी। मैं रिसर्च शुरू करते ही उसे पहले चरण में छोड़कर नरसिंहपुर अध्यापकी करने चला गया था, इसका भी किसी ने कोई विरोध नहीं किया था और अब मैं न अध्यापकी कर रहा था और न रिसर्च। ऐसी स्थिति में अपनी बेरोजगारी की सूचना देकर मैं अपने परिवारजनों को दुःखी नहीं करना चाहता था।

गहरे मनोमंथन के बाद मैंने तय किया कि अब जो भी हो, मैं दिल्ली ही जाऊँगा और मित्रों की सहायता से कोई काम-धंधा तलाश करूँगा। सोमेश के पास जाने की ही बात मुझे ठीक लगी।

इस संकल्प के बाद मैंने थोड़ी राहत का अनुभव किया और मेरी बोझिल आँखों पर नींद हावी होने लगी। पता नहीं मैं कब गहरी नींद में डूब गया।

□

# अवांतर प्रसंग

उस पुरानी मेज के इर्द-गिर्द हम चार-पाँच लोग बैठे बतिया रहे थे। बात सतही तौर पर राजनीति से शुरू होती थी और बाजार भावों पर आकर अटक जाती थी। आप जानते ही हैं कि हम साधारण किरानी महज अपने दबे-ढँके आक्रोश व्यक्त करने के लिए ही ऐसी बातें करने को विवश होते हैं।

श्रीवास्तव हमारी बातों से निरपेक्ष मालूम पड़ता था और वह कुछ ही मिनटों में अपने चश्मे के काँच कई बार सिलवट भरे रूमाल से साफ कर चुका था। मेरी नजर मेज के नीचे गई तो मैंने देखा, उसका एक जूता मेज के नीचे से खिसककर बहुत दूर जा चुका था। श्रीवास्तव वाकई एक विचित्र जीव था। किसी भी व्यंग्य, दुःख या आक्रमण पर उसकी कोई भी प्रतिक्रिया पकड़ में नहीं आती थी। कई बार तो कुछ भद्दे मजाक हम सिर्फ इसलिए करते थे कि श्रीवास्तव हम पर भन्ना उठे, पर हमें घटिया बातें करते देखकर वह कुछ कहने की बजाय अपनी मिचमिची आँखें पटपटाने लगता था।

चश्मा हट जाने से श्रीवास्तव की आँखें बहुत भयंकर और गड्ढों में धँसी मालूम पड़ने लगती थीं। उसकी उम्र अच्छी-खासी थी, पर यह देखकर ताज्जुब होता था कि उसके सिर पर अभी तक एक भी सफेद बाल नहीं था। हाँ, यह बात अलग थी कि उसकी देह का ढाँचा एक ढीली खड़खड़ाती साइकिल का आभास देता था।

अपने आसपास बैठे लोगों से बातें करते समय मेरी आँखें बार-बार श्रीवास्तव के कोट की आस्तीनों पर चली जाती थीं। आस्तीनें कुहनियों की ओर सरकती जा रही थीं। बारह-चौदह वर्षों से उसके बदन पर हर जाड़े में यह कोट स्थायी जामे

की तरह चढ़ जाता था और मार्च खत्म होने पर ही यह पेड़ से झड़े पत्तों की तरह अलग हट पाता था। लगता था लाउंड्रीवाला इस कोट को अब साबुन पानी से ही धोकर संतुष्ट हो लेता था।

मैं श्रीवास्तव से संभवत: उसके कोट को लेकर कुछ कहना ही चाहता था कि शंकर लाल मेरे सामनेवाली कुरसी छोड़कर उठा और एक डायरी खोलकर कुछ पढ़ते हुए, श्रीवास्तव की बगल में जाकर खड़ा हो गया। उसने बहुत आहिस्ता से कोट की भीतरी जेब में हाथ डाला और एक बहुत जीर्ण-शीर्ण बटुआ निकालकर उसमें से रुपए निकालने लगा।

हम लोगों के लिए यह कम ताज्जुब की बात नहीं थी कि शंकर लाल जैसा फटीचर आदमी बटुआ निकालकर उसमें से पूरे सौ रुपए बाहर निकाले और श्रीवास्तव की आँखों के सामने लहराने लगे। इसी समय उसकी खरखरी आवाज हम सबने सुनीं, "श्रीवास्तवजी, यह रखिए अपने उधारवाले रुपए।"

श्रीवास्तव ने, जिसकी आँखें जंगले के पार कहीं बहुत दूर कुछ देख रही थीं, सहसा नोट की तरफ पलटीं और वह खाँसकर बोला, "मैंने तो किसी को कोई उधार नहीं दिया।" श्रीवास्तव और शंकर लाल के अलावा हम वहाँ तीन आदमी और भी थे, पर किसी की समझ में यह बात नहीं आई कि दो टुचियल से दिख पड़नेवाले लोग सौ रुपए को लेकर ऐसे उलझ रहे थे।

मैं यह भी भली प्रकार समझता था कि उन दोनों में से कोई भी हास-परिहास की तमीज नहीं रखता था। इसलिए यह मानने का कोई कारण नहीं था कि वे दोनों सौ रुपए का दान-प्रतिदान कर रहे थे।

जब श्रीवास्तव ने रुपए की तरफ हाथ नहीं बढ़ाया तो फिर नहीं ही बढ़ाया। शंकर लाल के हाथ में सौ रुपए का नोट एक मरी चिड़िया की मानिंद झूलता देखकर दर्शनसिंह झुंझलाकर बोला, "असी नूँ दे, सिरी वास्तव नूँ कोई लोड़ नी खजूरी नोट दी।"

शंकर लाल ने दर्शनसिंह की बात पर कान नहीं दिया। वह श्रीवास्तव के और नजदीक जाकर फुसफुसाया, "श्रीवास्तवजी, जब आपकी तबीयत खराब थी तो आपने सौ रुपए मुझे दिए थे।"

अनासक्त भाव से श्रीवास्तव बोला, "मैंने कह तो दिया कि मैंने नहीं दिए,

फिर मैं इन्हें क्यों ले लूँ।''

भटनागर जमुहाई लेकर बोला, ''नहीं लेते हो तो मत लो, शंकर लाल से लेकर इधर तो बढ़ा ही सकते हो। हमें सौ रुपए की इस टाइम सख्त जरूरत है।''

श्रीवास्वत रूखे स्वर में बोला, ''मुझे क्या मतलब है, जिसका रुपया है, वही जाने। आपको दे या किसी और को।''

शंकर लाल घिघियाया, ''यार श्रीवास्तव, अपना रुपया लेकर छुट्टी करो, जैसे-तैसे काट-पीटकर तो जुड़े हैं। अब की टूट गए तो समझो हमेशा के लिए गए।''

मैंने जयपाल से कहा, ''क्यों भई, यह क्या तमाशा कर रहे हैं, ये दोनों फितूरी?''

जयपाल ने शंकर लाल से कहा, ''शंकर महाराज, आखिर यह चक्कर है क्या?''

''कुछ नहीं जी, उस जमाने की बात है, जब इन्हें सारी रात नींद नहीं आती थी और ये सबको रुपए बाँटते घूमते थे। मुझे भी तभी रुपए दे गए थे। जो मैं वर्षों तक लौटा नहीं पाया। किसी तरह पाँच रुपए माहवारी डाकखाने में डालकर दो बरस से सौ बने हैं।''

यकायक हम सबको उन दिनों की याद ताजा हो उठी, जब श्रीवास्तव एकाएक सनक गया था और उसे बड़े साहब ने हम सबके जोर देने पर बड़ी कठिनाई से पागलखाने जाने से रोका था। वह वाकई उन दिनों रुपए लुटाता घूमता था। जिन्हें हम बाद में उसकी पत्नी को वापस कर आया करते थे।

सहसा शंकर लाल ने डायरी खोलकर वह तारीख पढ़ी, जिसमें श्रीवास्तव ने उसे रुपए दिए थे। फिर वह डायरी हम सबको दिखाते हुए बोला, ''भाइयो, डायरी पक्की चीज है, कोर्ट तक में इसे शहादत की शक्ल में पेश किया जाता है।'' फिर वह श्रीवास्तव से बोला, ''भले मानस अब तो मामला साफ है। अपने रुपए ले, नहीं तो मुझे अगले जन्म में मय सूद-दर-सूद कर्जा चुकाना पड़ेगा।''

श्रीवास्तव ने अपनी आँखें पटपटाते हुए शंकर लाल के हाथ से डायरी ली और उसे आँखों के एकदम नजदीक ले जाकर होंठों में बुदबुदाते हुए बाँचने लगा।

हम सब एक विचित्र सी उत्सुकता और आशंका के बीच झूलते हुए श्रीवास्तव को देखने लगे।

शायद अब श्रीवास्तव को विश्वास हो चला था कि शंकर लाल पर उसके रुपए कर्ज की शक्ल में बाकी थे, जिन्हें वह वर्षों बाद उसे लौटाने जा रहा था।

जयपाल मेरे कान में फुसफुसाया, ''अजीत बाबू, इस बकरे को आज पूरे सौ पड़े–पड़ाए मिल रहे हैं। एक हम हैं, कोई दस बार माँगने पर भी नहीं देता।''

मेरे मन में भी कचोट हुई, ''हाँ यार, जब इसने दिए थे तो इसे खुद ही कहाँ पता था, पर आज तो सौ इसे मुफ्त में ही मिल रहे हैं।''

मैं शायद अभी और भी कुछ कहता कि यकायक श्रीवास्तव का सिर ऊपर उठा एवं मोटे काँचों के पीछे झाँकती आँखों में हलका सा कंपन हुआ और वे आँखें पथराकर फिर बुझ गईं।

कुछ क्षणों की निस्तब्धता के बाद हम सबने श्रीवास्तव की आवाज सुनी, ''शंकरजी, आप रुपया लौटाना चाहते हैं तो फिर सौ नहीं दो सौ चौवन रुपए पचहत्तर पैसे लौटाइए। इतने सालों का सूद भी इसमें जोड़ना पड़ेगा।''

श्रीवास्तव इतना कहकर हम सबसे तटस्थ होकर जंगले के बाहर कुछ देखने लगा। उसने फिर न शंकर लाल के हाथ में झूलते नोट को देखा, न ईर्ष्या–जिज्ञासा–कौतूहल में गोते खाते अपने सहयोगियों पर उसने नजर डाली। उसके रवैए से लग रहा था, गोया एक अवांतर प्रसंग उपस्थित हो जाने के कारण जंगले के बाहर उड़ती अबाबीलों की गिनती गड़बड़ा गई थी, जिसे वह फिर नए सिरे से गिनने जा रहा है।

□

# घाटे का भविष्य

पहचान सिर्फ इतनी थी कि एक सज्जन काउंटर पर मेरी बगल में खड़े किसी 'कोर्स बुक' की बाबत पूछ रहे थे। मैं नए साल का कैलेंडर खरीदने की सोच रहा था। जब से कागज का घोर दुष्काल उपस्थित हुआ है, लोगों ने कैलेंडर और डायरी वगैरह छपवाने बंद कर दिए हैं अथवा वे केवल इतनी संख्या में तैयार करवाते हैं कि अपने ऊपर नजर रखनेवालों का ही लिहाज रखते हैं। अब महीना लगभग खत्म हो रहा था और यह उम्मीद दम तोड़ चुकी थी कि कोई केमिस्ट, किताबवाला या कोई दूसरा मेहरबान मेरी इस परेशानी का हल मेरे हाथ में लाकर थमा देगा। बहरहाल मैं आज ही जैसे भी हो, एक तारीखोंवाला कैलेंडर खरीद ही डालना चाहता था। यह चीज बरसों से मुफ्त मिलती चली आ रही थी और मन में यह कचोट भी कम नहीं थी कि दुनिया में एक भी आदमी ऐसा नहीं रहा, जो मुझे उपहारस्वरूप एक तारीखोंवाला कैलेंडर ही भेंट कर सके!

काउंटर पर फैली पत्र-पत्रिकाओं के बीच कुछ कैलेंडर पड़े हुए थे। मैंने एक कैलेंडर हाथ में उठाया ही था कि बगलवाले भाई साहब बोले, "बेकार ही खरीद रहे हो···मेरे पास से ले लेना?"

उनका यह ऑफर मुझे एकदम अटपटा लगा। उनसे मेरी कोई मुलाकात नहीं थी। एक कैलेंडर जैसी अदना सी चीज को लेकर कोई खुशगवार किस्म की बातचीत भी आगे नहीं चलाई जा सकती थी। मैंने उन पर फिसलती सी निगाह डाली और हिचकिचाहट भरे स्वर में बोला, "आपका परिचय।"

अपना परिचय देने की बजाय उन्होंने मेरा ही परिचय देना शुरू कर दिया, "आप एक सौ सैंतालीस बटा नौ में सरदार बंता सिंह के सबटेनेंट ही तो हैं। मैं

भी रेलवे में इन्स्ट्रक्टर हूँ। उसके पहलेवाले कमरे में मैंने आपको देखा है। बातों में कई बार आपका जिकर आया है, बंता बता रहा था कि बड़े शरीफ आदमी हैं।'' ये साहब बहुत बातूनी मालूम पड़ते थे, बगैर रुके बोले चले जा रहे थे, ''मैं आपको एक बात बताता हूँ। यह बंता एक ही पाजी आदमी है, साल भर से ज्यादा अपने घर में किसी को टिकने नहीं देता! यह कॉन्ट्रैक्ट भरवाकर रखता है। जहाँ आपसे बीस रुपए ज्यादा देनेवाला दूसरा किराएदार दिखाई दिया, यह आपको एक मिनट में बाहर कर देगा!'' फिर मेरे कंधे पर हाथ रखकर आश्वासन से थपथपाते हुए बोले, ''खैर, कोई फिक्र न करो, मैं सब सही कर दूँगा!''

उस आदमी की बातें सुनकर मेरे भीतर उत्सुकता और रोष का मिला-जुला भाव पैदा हो रहा था, जिस आदमी से मेरी रस्मी मुलाकात तक न थी, वह मेरी अंदरूनी बखिया उधेड़ रहा था और साथ ही खैरख्वाही का भी दम भर रहा था! मैंने औपचारिकता को लापरवाही का रंग देते हुए कहा, ''मकान-वकान की मुझे खास परेशानी नहीं है। मेरे पिता इसी शहर में रहते हैं। सरदारजी नहीं रखेंगे, तो उनके साथ रह लूँगा। फिर भी आपकी सूचना के लिए धन्यवाद! कभी तशरीफ लाइए।''

उसने मेरा हाथ पकड़कर गर्मजोशी से शेक हैंड किया और बोला, ''मेरा नाम सतप्रकाश गुप्ता है। किसी दिन आपकी तरफ आऊँगा।'' फिर यकायक जैसे कुछ याद आ गया हो, इस अंदाज पर बोला, ''शायद आप किसी कॉलेज में पढ़ाते हैं? मुझे एक पढ़ानेवाले की फौरन जरूरत है। आप किसी को तय कर दें, तो मैं बड़ा शुक्रगुजार हूँगा। मेरी बेटी एम.ए. का एग्जाम दे रही है।''

मैंने पूरी हार्दिकता प्रदर्शित करते हुए उसकी बेटी के लिए ट्यूटर दिलाने का वादा किया और बगैर कैलेंडर खरीदे अपने घर वापस आ गया।

किसी अवकाश के दिन मैं और मेरी पत्नी वीना एक दोस्त के घर जाने के लिए लगभग तैयार हो चुके थे। वीना बच्ची को कपड़े पहना रही थी कि बाहर दरवाजे पर थापें पड़नी शुरू हो गईं।

''लो, पता नहीं, कौन आ गया अब!'' कहते हुए वीना बच्ची को जूते पहनाने का काम बीच में छोड़कर बाहर जाने लगी।

मैं ड्रेसिंग टेबल के सामने खड़ा कोट के बटन बंद कर रहा था, आईने पर आँखें केंद्रित करके बोला, ''डोंट हियर दैट साइड!'' (उधर कान मत दो।) कोई

सरदारजी का आदमी होगा। हमारे यहाँ तो आज सिर्फ अंगद ही आनेवालों में था और उसकी बीवी ने विद्रोह कर दिया लगता है, यहाँ आने की बजाय वह उसे मैटिनी शो में खींच ले गई है!''

दरवाजा चूँकि हमारे कमरे के बहुत नजदीक पड़ता था, इसलिए दरवाजे पर थप्पड़ें मारते आदमी की फटकार पहले हम पर पड़ती थी। कोई कह रहा था, ''विनयजी हैं क्या घर में?'' अब तो वीना को जाना ही पड़ा। बचने की गुंजाइश ही बाकी नहीं रह गई थी। वीना ने द्वार खोलकर कहा, ''जी हैं! आप लोग आइए!''

आधे मिनट से भी कम समय में वही रेलवे इन्स्ट्रक्टर सतप्रकाश गुप्ता साहब अपनी पत्नी और दो लड़कियों सहित कमरे में घुसते हुए बोले, ''अरर! लीजिए, आप साहबान तो कहीं बाहर जाने को तैयार मालूम पड़ते हैं। हम लोग गलत टाइम पर आए!'' मैंने आईने के सामने से हटते हुए गुप्ताजी की पत्नी पर नजर डाली। वह कुछ उखड़ गई थी। धोती का पल्लू कंधे पर डालते हुए अपने पति से बोली, ''चलें, सरदारजी से मिल लेते हैं···ये तो बाहर जा रहे हैं।''

निश्चय ही वीना इस वक्त किसी एकदम अनजान-अपरिचित का स्वागत करने की मन:स्थिति में नहीं थी, पर वह धीरज से बोली, ''ऐसी भी क्या बात है? हम लोगों को कहीं जाने की खास जल्दी नहीं है! आप बैठिए तो सही···चाय पीकर जाइएगा!'' मैंने गुप्ताजी से हाथ मिलाया और उत्साह दिखाने लगा, ''हाँ··हाँ, आप सब आराम से बैठिए। हम तो यूँ ही घूमने जा रहे थे। घंटे भर बाद भी जा सकते हैं।''

गुप्ताजी पलंग पर टिक गए और उनकी पत्नी तथा बेटियाँ सोफे पर बैठ गईं। गुप्ताजी ने बगैर भूमिका बाँधे सीधा सवाल किया, ''क्यों साहब, हमारी बात की याद नहीं रही?'' मैं कुछ सोचकर जवाब दूँ कि फिर बोल पड़े, ''विद्या के लिए आपने किसी मास्टर की तलाश की? इसके इम्तिहान में अब कुल जमा डेढ़ेक महीना ही रह गया है।''

मैंने गुप्ताजी की बड़ी लड़की की ओर देखा। सीधी-सपाट निहायत मामूली नाक-नक्श की लड़की थी और खिसियाती नजरों से कमरे की खोज-खबर ले रही थी। मैंने गुप्ताजी के प्रहार से बचने की कोशिश की, ''आपने सब्जेक्ट तो बताया नहीं था!''

गुप्ताजी बगैर जरूरत हँसकर बोले, ''लो जी, हो गया काम! सब्जेक्ट की बड़ी कही! अजी, वही अपनी मातृभाषा है! खुद से पढ़ रही है बिचारी! पर कुछ किताबें ऐसी हैं, जो खुद समझ में नहीं आ रही हैं। इसी मतलब से तो 'कोचिंग' की जरूरत है।''

मैंने इस अनजाने संकट से निकलने के लिए पासा फेंका, ''आप ट्यूटर के चक्कर में बेकार पड़ रहे हैं। जब दिल्ली के हर कोने में प्राइवेट क्लासें चल रही हैं। ज्यादा-से-ज्यादा तीस-चालीस रुपया माहवार खर्चा होगा। किसी 'कोचिंग सेंटर' पर भेज दिया कीजिए।''

गुप्ताजी ने हवा में पंजा घुमाया और मेरे अज्ञान पर तरस खाकर कहा, ''आप भी क्या बात करते हैं शर्माजी! जवान-जहान लड़की है, कहाँ बसों में धक्के खाती घूमेगी? हमारे घर में अभी पुरानी रीतें चलती हैं। हमारी लड़कियाँ कंजरियों की माफिक दर-दर नहीं घूमतीं! मैं अपने अदब-कायदे की बात बताता हूँ।...या तो लड़की मेरे साथ घर से बाहर निकलती है या फिर अपनी माँ के साथ।''

मैं अपनी राय पर लज्जित हो उठा, ''जी हाँ, यह तो मैं देख ही रहा हूँ।...वैसे यह चीज बड़ी अच्छी है आपके यहाँ।''

मुझसे कोई बात नहीं बन पा रही थी। मैंने लड़की को 'कोचिंग सेंटर' पर भेजने की बात कहकर सख्त गलती कर दी थी। गुप्ताजी को सहसा कुछ याद आ गया। वे मेरी सफाई दरगुजर करके पूछने लगे, ''क्या आप भी हिंदी पढ़ाते हैं?'' मेरे 'हाँ' कहते ही उनका उत्साह एकदम चरम पर जा पहुँचा। वे मेरे कंधे पर हाथ मारकर बोले, ''लो, तो फिर प्रॉब्लम घर में ही हल हो गई! हमें क्या जरूरत है, इधर-उधर मारे-फिरने की?'' गुप्ताजी ने अपनी पत्नी और बेटियों की ओर देखा और मुझसे बोले, ''तो फिर यह काम आप ही कर दीजिए। विद्या आपके पास आ जाया करेगी।'' एक क्षण ठहरकर मुझसे पूछने लगे, ''क्या राय है आपकी?''

मैंने वीना के चेहरे पर नजर डाली। वह संभवतः कुछ समझ नहीं पा रही थी। मेरे लिए एकदम 'हाँ' या 'ना' करना भी कठिन था। मैंने अस्थिर मन से कहा, ''नहीं, यहाँ रोज-रोज क्या आएगी, मैं ही पहुँच जाया करूँगा।''

मेरी बात से गुप्ताजी आश्वस्त हो गए और खुशी प्रकट करते हुए बोले, "चलिए, आपने यह समस्या खत्म कर दी! मैं कई दिनों से परेशान था।" इसके बाद उनके परिवार ने चाय-नाश्ता किया और बंता सिंह के यहाँ चले गए। उन लोगों के जाने के बाद वीना ने धीमे स्वर में फुसफुसाते हुए कहा, "कहाँ रहते हैं ये लोग? हमारे यहाँ पहले तो कभी नहीं आए!"

गुप्ताजी के प्रस्ताव से मैं, भीतर-ही-भीतर, शायद कहीं, किसी दिशा में आशान्वित हो उठा था, इसलिए विहँसकर बोला, "हाँ, पहले तो कभी हमारे घर नहीं आए, मगर मुझे एक बार पहले मिल चुके हैं। इन दिनों हम लोग आर्थिक परेशानी में हैं। चलो, घर बैठे-बिठाए काम मिल गया! एम.ए. की लड़की है। डेढ़ महीना भी पढ़ेगी तो तीन सौ रुपए मिल ही जाएँगे बैठे ठाले!"

वीना ने मेरी प्रसन्नता पर कोई टिप्पणी नहीं की, केवल इतना ही कहा, "प्लान बनाने लगते हैं, बस! आपको इतना तक तो मालूम नहीं है कि ये लोग रहते कहाँ हैं! कहीं दूर रहते होंगे, तो कैसे जाया करोगे? घंटा-दो-घंटा तो बसों में ही खराब हो जाएगा!"

"हाँ, यह बात तो है।" मैंने बीना की शंका को महत्त्व देते हुए कहा। पर मैं अपने उत्साह को इतनी जल्दी ठंडा नहीं होने देना चाहता था, इसलिए जानकारी जताते हुए बोला, "रेलवे में इन्स्ट्रक्टर हैं। कहीं रेलवे कॉलोनी में ही रहते होंगे।"

घर से बाहर जाने के पहले मैंने गुप्ताजी को एक मिनट के लिए सरदार बंता सिंह के घर से बुलाया और उनका पता ले लिया। यूँ यह मेरी जल्दबाजी ही थी, क्योंकि मैं जरा सी भी समझदारी और धीरज से काम लेता, तो पता बाद में बंता सिंह से भी मालूम कर सकता था। पता लेकर अपने कमरे में आया, तो मुझे आभास हो गया कि गुप्ताजी के घर आने-जाने में मामूली तौर पर दो-ढाई घंटे लग जाने की संभावना थी।

पूरी गंभीरता से मैं गुप्ताजी के घर जाने लगा। मैं एम.ए. की कक्षाएँ नहीं पढ़ाता था। इसलिए मैंने ठीक से तैयारी करने के लिए कुछ सहायक पुस्तकें भी खरीद डालीं। शुरू से ही यह तय शुदा बात थी कि इस मास्टरी पेशे में कुछ ज्यादा हाथ-पैर पीटने की गुंजाइश नहीं है। यह कुछ बरस खिंच जाए तो आदमी फिर इतना निकम्मा हो जाता है कि कुछ और बड़ी छलाँग लगाने योग्य ही नहीं

रहता है। मैं खुद भी यही सोचता हूँ और वीना तो दिन में एक-दो बार यह बात कह भी डालती है। दोपहर को पढ़ाकर लौटे, खाना खाया और पाँव पसारकर सो रहे। मैंने कई बार इस आदत से छुटकारा पाने के बारे में सोचा भी था। दोपहर को सोने की बजाय किसी बेहतर काम में लगने के लिए एक उपाय सूझा था कि मैं बिजनेस मैनेजमेंट की इंस्टीट्यूट में दाखिला ले लूँ। गुप्ताजी की बेटी के ट्यूशन से मिलनेवाली रकम से ही यह दाखिला मिलने की उम्मीद बँधी थी और इसलिए मैंने तुरंत गुप्ताजी के यहाँ जाना शुरू कर दिया था।

गुप्ताजी की बेटी को पढ़ाते हुए बाईस दिन निकल गए थे। इन्हीं दिनों मुझे दाखिला मिल सकता था। एक मुश्त पाँच सौ रुपया जमा करने की बात थी। ढाई सौ रुपए देने का वायदा वीना ने किया था, ढाई सौ गुप्ताजी से लेकर मैं तुरंत दाखिला ले लेने को उत्सुक था। मगर गुप्ताजी मुझे घर पर मिल ही नहीं रहे थे। अंततः एक शाम मैं लड़की को देर तक पढ़ाता रहा और संयोग से इसी दौरान गुप्ताजी भी आ गए। मैं विद्या को पढ़ाने के बाद भी बैठा ही रहा। जब विद्या अपनी किताबें समेटकर चली गई तो गुप्ताजी ने पूछा "कहो जी, कैसी चल रही है विद्दो की पढ़ाई? वैसे तो खूब मेहनती है, पिछले साल तो खुद से पढ़कर ही सेकिंड डिवीजन ले आई थी। इस दफा एक परचा ऐसा आ पड़ा कि मामूली गाइडैंस की जरूरत आ पड़ी।" फिर निष्कर्ष निकालते हुए बोले, "चलो, अब आपकी मेहरबानी से निकल ही जाएगी।"

मैं एकदम नहीं समझ पा रहा था कि अपनी बात कहाँ से शुरू करूँ। जरूरत मंद आदमी अपनी बात पूरी शक्ति और आत्मविश्वास से शायद ही कभी कह पाता हो। मैंने अपने सूखे होंठों पर जीभ फेरी और मिनमिनाते हुए बोला, "आपसे एक प्रार्थना है।"

सुई के गिरने से भी ज्यादा महीन स्वर में कही गई बात गुप्ताजी तक पहुँच गई, यह कम आश्चर्य की बात नहीं थी। वे कुछ उखड़े से स्वर में बोले, "कहिए-कहिए। मेरे लायक कोई सेवा हो तो बताइए।"

मैंने अपनी बेताह बढ़ती धड़कन पर किसी तरह काबू पाकर कहा, "जी, वह मैं बिजनेस मैनेजमेंट में दाखिला लेने की सोच रहा था।"

गुप्ताजी ने मेरी बात सिरे से काट दी "प्रोफेसर साहब आप भी किस

चक्कर में पड़ने की सोचते हैं। क्या धरा है मैनेजमेंट-फेनेजमेंट में? अच्छे भले मास्टरी में हैं। चैन की नींद सोते हैं। सवा दो प्राणियों का परिवार है। बस आगे बच्चे न हों, इसी बात का खयाल रखो। आपको कौन सा व्यापार करना?''

मैंने देखा कि गुप्ताजी मुझे बहुत हलके ढंग से ले रहे थे। ऐसी स्थिति में मुझे अपनी बात आगे बढ़ानी घोर दुष्कर लगी। मैं आगे कुछ कह पाता, इसके पहले ही गुप्ताजी अपनी नेक राय देने लगे, ''देखिए मैं आपको एक सलाह देता हूँ, जो भी कमाते हो, उसका पच्चीस फीसदी अगेंस्ट रेनीडे (बुरे वक्त के लिए) बचाकर रखो। जब नौकरी से अलग होंगे तो लाख-दो लाख पल्ले में होंगे। हम तो गधे ही निकले, जो शुरू ही साले बेहिसाब निकले। नादानी कहिए, गधापन कहिए, जो एक के बाद एक दबादब छह बच्चे पैदा कर डाले। कुछ सोचा होता तो आपकी तरह एक-दो बच्चे पैदा करते और मजे से रहते। आपके ऊपर तो कोई खर्च ही नहीं है। एक बीवी, एक अदद बच्चा। बुरा न मानना घोड़े बेचकर सोते होंगे। एक मुझ बदनसीब को देखिए, करते-करते मरा जाता हूँ। हर साल तीन-चार हजार का कर्जा सिर पर हो जाता है। चार-चार लड़कियाँ शादी के लिए जान पर सवार हैं। आप तो जानते ही होंगे, हमारी बिरादरी में मरे से मरा दहेज भी लाखों में होता है।''

अब तक गुप्ताजी पूरी तरह आत्म-भर्त्सना के मूड में आ चुके थे। समय नौ से ऊपर हो चुका था। मैंने उठने से पहले पूरे जोर से कहा, ''नहीं गुप्ताजी। मैं बहुत दिनों से बिजनेस मैनेजमेंट में एडमिशन लेने का इरादा बनाए हुए हूँ। आप मुझे ढाई सौ रुपया देने की कृपा अवश्य करें।''

गुप्ताजी ने मेरी ओर हैरत से देखा और पहलू बदलकर बोले, ''ढाई सौ रुपया? आपको रुपया देने की बात तो मैंने कभी कही ही नहीं थी। मैंने आपको ट्यूटर तो समझा ही नहीं था। घर का आदमी मानकर लड़की को कभी-कभार कुछ समझा देने की गरज से बोला था। आपकी मरजी नहीं थी तो न आते, टाल देते।''

मेरे होश उड़ गए। तीस रुपए तो मैंने किताबों पर ही खर्च कर डाले थे। मैं विद्या को बाकायदा तैयारी के साथ पढ़ाने जाता था। इसके अलावा जब विलंब हो जाता था, तो बस छोड़कर स्कूटर भी ले लेता था। यह एक विचित्र सी स्थिति थी, क्योंकि रुपए-पैसे के बारे में मैंने पहले से कुछ तय नहीं किया था। अब 'घर का

आदमी' कहे जाने के बाद झगड़ने का भी प्रश्न नहीं रह जाता था।

गुप्ताजी ने विद्या को आवाज दी और चाय लाने के लिए कहा। मेरे सारे शरीर में अजीब सी गरमी और चुनचुनाहट फैल गई। बेहयाई से किए गए इस शोषण का मैं प्रतिकार करना चाहता था, जिस पर खड़ा होकर मैं अपना पक्ष दृढ़ता से गुप्ताजी के सामने रख सकूँ। यह मामला सरासर ठगी और निर्लज्जता का था, पर मैं तकल्लुफ के दायरे से बाहर नहीं निकल पा रहा था।

इसी क्षण मेरी नजर दीवार पर लगे एक जैसे दो कैलेंडरों पर पड़ी। बड़े ही आकर्षक कैलेंडर थे। सहसा मुझे याद आया, जिस प्रकरण को मैं पूरी तरह विस्मृत कर चुका था, वह इन कैलेंडरों को देखते ही मेरी स्मृति में सजीव हो उठा। जनवरी में उनसे मेरी पहली भेंट, उनका कैलेंडर देने का वादा और फिर उनकी बेटी को पढ़ाने का सिलसिला। मैंने कैलेंडरों पर दोबारा नजर डाली। दोनों लगभग एक फुट के अंतर से दीवार पर समानांतर टँगे थे और उनके ऊपरी सिरों को जोड़ने के लिए एक रंगीन झालर धनुषाकार दीवार पर फिट कर दी गई थी। अपनी पराजय और अपमान को दरगुजर करके मैंने कहा, "चलिए, गोली मारिए रुपए को···आप मुझे इन कैलेंडरों में से एक दे दीजिए!"

मुझे कैलेंडरों की तरफ उँगली उठाते देखकर गुप्ताजी बहुत सधे हुए स्वर में बोले, "मैं आपको कैलेंडर ला दूँगा···इन्हें रहने दीजिए!"

मैंने संकोच छोड़कर कहा, "आपके पास तो दो हैं, इन्हीं में से एक दे दीजिए।"

गुप्ताजी गंभीर होकर बोले, "आपको इन कैलेंडरों में से एक दे देने से शो खराब हो जाएगी! आप खुद ही देखिए, इन्हें कायदे से टाँगा गया है! एक के हटते ही कमरा लुटा हुआ लगने लगेगा!" अपनी बात को तर्कपूर्ण औचित्य देने के लिए उन्होंने दार्शनिक लहजा अपना लिया, "मैं कुछ खास चीजें जोड़े में रखना पसंद करता हूँ। मसलन गुड़िया, हंसों और चिड़ियों का जोड़ा, कैलेंडर, वगैरह।"

उनके इनकार से मैं बुरी तरह उखड़ गया। मुझे लगा, काइयाँपन एवं बेशर्मी में उनका कोई जवाब नहीं है और साथ ही मेरे गावदीपन का भी कहीं अंत नहीं है! मैं यकायक उठकर खड़ा हो गया। मेरा मन उस शख्स की गरदन दबोचने का

हुआ, लेकिन उसी वक्त विद्या चाय लेकर आ गई। चाय का प्याला मेरे सामने रखते हुए, वह अपने खास मिनमिनाते स्वर में बोली, ''मास्साब, कल मेरी एक सहेली की शादी है···आप कुछ जल्दी आ सकें, तो अच्छा है।''

मैंने आग्नेय दृष्टि से उसे देखा और हुंकार जैसी किसी विस्फोटक ध्वनि को दबाते हुए बोला, ''अब तुम आराम से शादियाँ निबटाओ!''

गुप्ताजी विद्या से मुखातिब होकर परम भोलेपन से बोले, ''अरे, इसमें क्या है! कल न सही, परसों या चौथ देखा जाएगा!'' इसके बाद वे मुझसे यूँ निस्पृह होकर बोले, गोया कोई विशेष बात न हुई हो, ''खड़े क्यों हैं, बैठिए? चाय पीकर जाइए। कैलेंडर मैं कल आपके लिए नफीस लाकर दूँगा! और हाँ, यह बिजनेस वगैरह का फितूर दिमाग से निकालकर आराम की नींद सोइए! 'ब्राइट फ्यूचर' के नाम पर फालतू का एक्साइटमेंट दिमाग पर हावी मत होने दीजिए!'' और मैंने देखा कि इतने पर भी, 'प्रोफेसर' कहे जानेवाला आदमी फिर से कुरसी पर टिक गया और चाय का प्याला हाथ में पकड़े गुप्ताजी की सलाह का औचित्य समझने की कोशिश करने लगा।

□

# किस्सा कोताह

इस बार कितने ही वर्षों के बाद घर गया तो गली के मोड़ पर ही मुंशी गजाधर प्रसाद से भेंट हो गई। अपने स्कूली दिनों में मैंने मुंशीजी की अनोखी धज देखी थी। उन दिनों ढीले पाजामे, अचकन और काली टोपी की बहार थी। मगर अब अवकाश-प्राप्त मुंशीजी एक लीरा धोती और मार्कीन के मुंशीआइन या किसी बेटी के हाथ से सिले बनियान में मलबूस थे। छाती थी सिकुड़कर मुनमुन सी बालिश्त भर की रह गई थी। मुझे देखते ही दशकों पुराने निकिल के फ्रेम के चश्मे को माथे पर चढ़ाकर बोले, "अरे भई कौन? कहीं अपने गायत्रीजी हैं क्या? अक्खह तो जनाबे मन अर्सा दरांज बाद इधर तशरीफ लाए हैं।"

मैं उनके उत्साह से पूछे गए किसी प्रश्न का उत्तर दे पाता, इससे पहले ही वे फिर शुरू हो गए, "अरे भई वह अपना टिलुवा है न! वह ससुरा भी दिल्ली में है। कौन सा डिपार्ट है, कुछ अप्लाई-सप्लाई कहावे है।" मुंशीजी का चश्मा माथे से उतरकर फिर नाक के बाँसे पर आकर अटक गया। धँसे हुए कल्लों पर मुसकान जैसा कुछ उभरा और कहने लगे, "वह पाजी तो आपसे क्या मिलता होगा। अव्वल नंबर का आलसी है, मगर एक बात और भी तो सुनते हैं, राजधानी में सबके ठिकाने बहुत-बहुत फासले पर हैं।"

मुंशी गजाधर प्रसाद रिटायर्ड रजिस्ट्रार कानूनगो हैं। मुझसे बतियाते हुए मोड़ से मेरे साथ ही लौट पड़े और जैसे ही उनका मकान आया, मकान के चबूतरे पर अंगद की तरह पाँव रोपकर खड़े हो गए तथा मुझे रुकने का संकेत करके व्यस्तता से अपने मँझले बेटे को पुकारने लगे। लड़का तो नहीं आया, हाँ पड़ोस के दो किशोर उनकी ओर उड़ती सी नजर डालकर आगे बढ़ गए। उन लड़कों

की बेअदबी पर वे क्षुब्ध होकर बोले, "देखा आपने, क्या जमाना आ गया है ससुरा? ये प्रोफेसर दबे और पंडित शुक्ला साहब के नौनिहाल हैं। साँडों की तरह जमीन खूँदते-फिरते हैं। दुआ-सलाम करते हुए नालायकों को मौत आती है। पता नहीं स्कूल-कॉलेजों में इन दिनों क्या पढ़ाया-सिखाया जाता है।"

मुंशीजी बराबर बोलते चले जा रहे थे, पर एकाएक मेरा ध्यान उनकी ओर से हट गया था क्योंकि मैं लाला कन्नोमल के चौमंजिले मकान की ऊँचाई में खो गया था। कस्बे में मकानों का नक्शा पहले की अपेक्षा काफी बदला-बदला दीख रहता था। अब मुश्किल से दो-चार मकान ही इकमंजिला और पुरानी तर्ज के बाकी रह गए थे।

मकानों से हटकर मुंशीजी की ओर ध्यान गया तो मैंने सुना, "...अपना तो असूल है, अलस्सुबह उठो, घूमो और ताजा हवा में लंबे-लंबे साँस खींचो। वह कहा है न किसी ने...।" मुंशीजी बेचारे उस अंग्रेजी-हिंदी या फिर उर्दू-फारसी की प्रसिद्ध कहावत में भटककर रह गए, जिसे लिखनेवाला किसी कब्र में मीठी नींद सो रहा होगा। मुझे भी वह खास कहावत उस वक्त याद नहीं आई, इसलिए मैंने अपनी गरदन नीचे झुका ली। सोचने लगा शायद मुंशीजी उस उक्ति से उबरकर आगे बढ़ें, मगर वे उसी में उलझकर रह गए। आप बखूबी जानते होंगे कि उस समय स्थिति कितनी दारुण और गंभीर होती है, जब एक बहुत बूढ़े आदमी को जन्म भर दुहराई कहावत याद नहीं आती और आप हर प्रकार से समर्थ तथा जवान-जहान दिखते हुए भी उसकी कुछ सहायता नहीं कर पाते।

मुझे लगा आजकल के लोकप्रिय नारों की तर्ज पर 'अर्ली टू राइज' वाली पोयम दुहराए हुए उन्हें अरसा बीत गया है। हो सकता है सेहत की भलाई से जुड़ी बात सुननेवाला कोई कद्रदान उन्हें आसानी से अब पकड़ाई नहीं देता।

हर अच्छी या बुरी स्थिति का अंततः अंत होता ही है। उन्हें सेहत के मुहावरे से मुक्ति देने के लिए उनका छोटा बेटा हुक्का लेकर आ पहुँचा। मुंशीजी ने मानसिक रूप से व्यस्तता के दौरान ही हुक्का हाथ में पकड़ा और नगाली मुँह में देकर गड़गड़ शुरू कर दी। किंतु शायद दुर्भाग्य का कहीं कोई अंत नहीं, हुक्के का पानी उनके मुँह में आ गया। मुँह टेढ़ा करके उन्होंने दीवार पर पानी का पुचारा छोड़ा। उनका मुँह विकृत हो उठा। क्षुब्ध होकर बोले, "देख रहे हैं आप?

साँड जैसे लड़के भी हुक्का ताजा करना नहीं जानते। साला इस मुलुक का सारा 'आर्ट' ही खत्म हो गया।"

सहसा उन्हें वही बात याद आ गई, जिसे वे पचासों सालों से धुनिए की तरह धुनते चले आ रहे थे, "उस साल डिप्टी साहब का कैंप मौजा फरीदपुर के नाले के उस पार लगा। तकाबी के सिलसिले में तहसील के सभी छोटे-बड़े हुक्काम जमा थे। डिप्टी साहब का बाकी सामान तो पहुँच गया था, मगर न मालूम किस तरह हुक्का आने से रह गया था। अब आप समझिए कि हुक्का, पान, तंबाकू में कौन बड़ा, कौन छोटा। जनाब आशिक हुसैन तहसीलदार साहब ने मुझे इशारा किया। मैंने खुद अपने हाथों से नहचा वगैरह साफ करके शिकारपुर के असली तंबाकू की एक चिलम चढ़ाई और हुक्का डिप्टी साहब के हुजूर में ले गया। जनाब डिप्टी साहब ने मेरी जानिब देखा और मुसकरा दिए।"

यहाँ तक पहुँचते-पहुँचते मुंशीजी उच्छ्वसित हो उठे और जनेऊ को ऊपर-नीचे करते हुए बोले, "...हाँ, तो मैं कह रहा था कि उस दिन डिप्टी साहब को शाम तक दम मारने की फुरसत नहीं मिली।" इसी समय मुंशीजी की लाइन का काँटा बदल गया और वे एक-दूसरे ही क्षेपक पर जा पहुँचे, "तो भैया गात्रीजी उस दौर के अफसरान आजकल के लौंडों-लपाड़ों की तरह तो होते नहीं थे। अजी उस दिन रामलीला मैदान में तालीम के मनीस्टर आए थे। बखत का मारा मैं भी जा पहुँचा। जहाँ मनीस्टर साहब की पार्टी होनेवाली थी। जनाब कलैक्टर साहब वहाँ खुद हाजिर थे। पास में ही चौराहा वाकअ है। किसी की मोटर से एक्सीडैंट हो गया। जब एक्सीडैंट मारनेवाले को थानेदार उस मुकाम पर बुलाकर लाया, जहाँ जनाब कलैक्टर साहब तशरीफ रखते थे तो भाईजान वहाँ का नजारा मैं आपको क्या सुनाऊँ। अब यही समझ में न आवै कि जनाब कलैक्टर साहब कौन से हैं। वह शख्श, जो एक्सीडैंट मार करके आया था।...वह भी कोई खुशपोश पोजीशनवाला आदमी था। उसकी शानो-शौकत देखकर बाकी हुक्काम कुछ न बोल सके तो शहर के एक रईस साहबान ने डी.एम. साहब की ओर मुखातिब होकर फरमाया", "आप कलैक्टर साहब हैं।"

इस समय मुंशीजी के चेहरे पर लानत देने का भाव उभर आया था और वे नाक सिकोड़कर बोले, "अब जनाबेआली आप खुद ही अंदाज लगाइए। क्या

इसी को आफिसरी कहते हैं? ये लोग क्या खाकर हुकूमत करेंगे, जब कलैक्टर भी अपने रुतबे से कलैक्टर दिखाई न दे, बल्कि लोगों को बताना पड़े।''

अपने किस्से की रौ में मेरा नाम भी भूल गए थे। फिर कुछ याद करके बोले, ''हाँ तो सास्तरीजी। अब यह कैफियत है इन हुक्कामों की कि बड़े-से-बड़ा अफसर भी ऐसा मालूम पड़े हैं, जैसे सेकंड वर्ल्ड-वार में जापान की कैद से छुटा हुआ कोई नामुराद कैदी हो। पिचके हुए कल्ले, उठी हुई हड्डियाँ, सूखे-सूखे हाथ-पाँव। हाथों के पंजों पर उभरी हुई मोटी-मोटी नसें और जनाब गले के टेंटुए का यह हाल गोया कठफोड़वे की चोंच निकली हुई हो। जब इनका रुआब ही कुछ नहीं है तो यह क्या खाक हुकूमत करेंगे। अरे माना तुम्हारा जेहन तेज है, मगर तुम्हारे जिस्म पर तो चरबी का नाम भी नहीं है।''

सहसा मुंशीजी ने फिर लाइन बदल दी और वे फरीदपुर लौट गए, ''तो भाई आतरीजी, डिप्टी साहब को शाम तक कुरसी से हिलने की फुरसत नहीं मिली। उस दिन छोटी हाजिरी के बाद उन्होंने कुछ नहीं लिया। तकाबी तकसीम करने के दौरान बस बेखुदी में कभी-कभी हुक्का गुड़गुड़ा लिया करते थे। भाई मेरे, आपको ताज्जुब तो होगा। मगर यह सौ फीसदी सच है कि सुबह से शाम तक चिलम नहीं बदली गई। वही-की-वही एक बार भरी हुई चिलम, वही आग और वह एक बार का चढ़ाया हुआ तंबाकू।''

बातें करते-करते शायद मुंशीजी थक गए थे। उन्होंने बात रोककर नगाली मुँह को लगाई और एक कश खींचा, किंतु लगता था, जैसे चिलम का तंबाकू जल गया था। उन्होंने चिलम नेहचे से उतारकर बेतहाशा फूँकें मारीं और कोयलों को दहकाने की कोशिश की, मगर बुझे कोयलों पर पड़ी राख की पर्त ने उड़कर उनके चेहरे को गर्द से ढँक दिया। मुंशीजी का आगे अपनी बात कहने का उत्साह एक बारगी बुझ गया और उन्होंने अपनी कहानी का शेष भाग नहीं सुनाया, हालाँकि मैं भली प्रकार जानता था कि चिलम भरने के 'आर्ट' पर खुश होकर डिप्टी साहब ने मुंशीजी को अपने पास बुलाकर शाबासी देते हुए, उनकी पीठ ठोंकी थी और तरक्की का आश्वासन दिया था।

मैं मुंशी गजाधर प्रसाद की मनःस्थिति बदलने की प्रतीक्षा में ही था कि उन्होंने हुक्का उठाया और अपने मकान के फाटक में दाखिल हो गए। शायद

चिलम बुझ जाने से उत्पन्न आक्रोश का कोई ओर-छोर नहीं था। मैंने उचित अवसर जानकर आगे की ओर कदम बढ़ा दिए और कानूनगो साहब के छोटे पुत्र बिल्लू को मन-ही-मन धन्यवाद दिया कि यदि उसने भी चिलम भरने के 'आर्ट' में अपने पिता मुंशी गजाधर प्रसाद का अनुसरण किया होता तो मुझे उस पूरे दिन मुंशीजी से ही चिपके रहना पड़ता।

□

# जोंक

लीजिए! गलत पते पर भेजे गए खत की तरह वह फिर बैरंग वापस आ गया। अपनी बहुत अच्छी किताबें, जिन्हें बरसों से बहुत सहेजकर अलमारी में सँजोकर रखे हुए था, उसके जाने का इंतजाम करने के लिए मैंने कौड़ियों में बेच दिया था। जाने से पहले उसने अपनी नियुक्ति का जो पत्र मुझे दिखलाया था, उसे देखकर मैं इतना आल्हादित हो उठा था, जैसे मेरी बढ़ती उम्र की बेटी का वरण करने के लिए कोई मकबूल वर स्वयं ही मेरे दरवाजे पर याचक बनकर आ गया हो। यही नहीं, उसे नौकरी मिल जाने की खुशी में मैंने मित्रों को एक अच्छी सी दावत तक दे डाली थी।

उसने जाते हुए कहा था, "दादा, जाते ही आपको तार दूँगा और पहली तनख्वाह मिलते ही रुपया भी जरूर भेजूँगा।" भाव विह्वलता से वह यहाँ तक द्रवित हो उठा था कि आँखों में आँसू भरकर उसने मेरे दोनों पाँव कई क्षण तक पकड़ रखे थे। उसके इस स्वरूप को देखकर मैं भावुक हो उठा था और यह सोचकर आश्वस्त हो गया था कि उसे वास्तविकता का ज्ञान हो गया है। बार-बार नौकरी छोड़ने का उसका उन्माद अब खत्म समझो।

पर, अभी तो ढंग से सवा महीना भी कहाँ गुजरा था कि वह आफत की तरह फिर सिर पर टूट पड़ा। मैंने दहलीज पर उसे खड़े देखा तो मैं चौंक उठा। मोटे काँचवाले चश्मे के पीछे से उसकी आँखें मिचमिचाकर मुझे घूर रही थीं।

उसे सामने खड़ा देखकर मैं भीतर तक उखड़ गया और एक शब्द भी नहीं बोल पाया।

इसी समय रिक्शेवाला उसका लोहे का भारी संदूक जीने की सीढ़ियों से खींचता

लाया और मेरी दहलीज पर रखकर किराए के इंतजार में खड़ा हो गया।

कई जेबों में टटोला-टटोली करके उसने पैसे निकाले और रिक्शा चालक की ओर आगे बढ़ाकर बोला, ''नीचे चबूतरे पर मेरा बिस्तर और बैग रखा है, उसे भी यहीं उठा लाओ।''

इसके बाद वह मूर्खों की तरह बेवजह मुसकराते हुए बढ़ा और मेरे घुटने छूकर बोला, ''भाभी और बच्चे नहीं दिख रहे हैं। क्या कानपुर गए हैं?''

मेरे 'हाँ' कहने के बाद मुझे कुछ कहने का अवसर ही उसने नहीं दिया, स्वयं ही बोलने लगा, ''मैं तो यह बात जानता था कि आपने सबको कानपुर भेज दिया होगा और अब अकेले स्वाध्याय में डूबे होंगे। मैं, वहाँ भी लोगों से आपकी घनघोर 'स्टडी' की प्रशंसा किया करता था।''

बच्चों को बाहर भेजने के पीछे उस उल्लू को मेरा पुस्तक व्यसन ही नजर आया। यह बात एक बार भी उसे नहीं सूझी कि जाते-जाते जिस आर्थिक भँवर-जाल में वह मुझे धकिया गया था, उसके चलते मुझे उबरने के लिए पत्नी को बच्चों सहित उसके मायके भेजना ही पड़ा।

अपने मैले रूमाल से अपना चेहरा और बाद में चश्मे के काँच पोंछकर वह सोफे पर पसर गया। मैंने देखा, उसका बक्सा, बिस्तर और बैग दरवाजे में अटके पड़े थे। मैं उसके घृणित अभिजात्य पर जल उठा। अब मैं ही दरवाजे पर पड़ा सामान उठाकर कमरे में लाऊँ, वरना उसे सामान से क्या लेना-देना।

वह भुनभुनाया, ''लाख रिजर्वेशन करा लो, पर ट्रेन में घुसपैठिए कहाँ चैन लेने देते हैं? अहमदाबाद से दिल्ली तक आते-आते मैं तो पूरी तरह घुट गया। पता नहीं अपने इस महान् देश का क्या होगा?''

उसकी फिजूल बकवास से मेरी खिन्नता और बढ़ गई। मैं कुरसी छोड़कर उठा और रसोई की ओर जाते हुए बोला, ''बातें बाद में करना, तुम हाथ-मुँह धोओ, मैं चाय बना लाता हूँ।''

वह सोफे पर लंबा होता हुआ बोला, ''वह सब मैं ट्रेन में ही कर आया हूँ। बड़ी भूख लगी है, चाय के साथ थोड़ा चना-चबैना भी हो तो क्या कहना।''

मैंने रसोई में जाकर कई डिब्बे उलटे-पुलटे पर सिर्फ एक डिब्बा ही निकला, जिसमें जरा सा बेसन पड़ा था। सब्जी की टोकरी में जो दो-तीन प्याज पड़ी थीं,

उन्हें महीन-महीन काटकर मैंने बेसन में मिलाया और तय किया कि चाय के साथ थोड़ी सी पकौड़ियाँ तल लूँ।

गैस आठ-दस दिन पहले ही खत्म हो गई थी। इसलिए मैं बत्तीवाले स्टोव पर ही चाय वगैरह बनाता था।

मैंने स्टोव जलाकर पहले पकौड़ियाँ तलीं और उन्हें प्लेट में रखकर कमरे में ले गया। मैंने प्लेट मेज पर टिकाई और उससे बोला, ''मैं अभी चाय लेकर आ रहा हूँ।''

उसने मेज से अपना चश्मा उठाकर आँखों पर चढ़ाया और गरम पकौड़ियाँ देखकर चहक उठा, ''अरे वाह दादा? रियली यू आर ये जेम। मैं कमाल ही मानता हूँ आपको। दस मिनट में चाय-पकौड़ियाँ तैयार! आप तो दफ्तर में बेकार आँखें फोड़ रहे हैं। आपको तो किसी फाइव स्टार होटल में 'कुक' होना चाहिए।''

उसकी टिप्पणी पर यूँ तो मेरा जी उसे खूब लतियाने का हुआ, पर मैं कुछ कहे बिना चाय बनाने चला गया।

जब मैं चाय के प्याले लेकर कमरे में वापस लौटा तो मैंने पाया, प्लेट में आधी पकौड़ी भी नहीं बची थी। वह चटखारे लेकर बोला, ''आई फील क्वाइट अनफुलफिल्ड। कम पकौड़ियों ने मेरी भूख और जगा दी। आपने कितनी बढ़िया पकौड़ियाँ बनाईं, मगर इतनी कम क्यों बनाईं?''

मैंने थोड़ी सख्ती से कहा, ''पकौड़ियों के लिए इतना ही बेसन था, घर में इस वक्त।''

''ओह! तब तो आयम सारी।''

वह सोफे की पीठ से टिककर चाय पीने लगा। मैंने भी बोलने की कोई जरूरत नहीं समझी। चुपचाप कुरसी पर टिककर चाय पीता रहा।

जब मैंने देर तक उससे न नौकरी छोड़ने के बारे में पूछा, न कोई और जिज्ञासा दिखलाई तो वह स्वयं ही नौकरी को एक भद्दी सी गाली देकर खदबदाने लगा, ''क्या··· नौकरी थी···। मनहूस शहर है···। मेरा तो उस नरक शहर में पहुँचते ही हाल बुरा हो गया। खाने में एकदम लचर लोग। हर सब्जी-दाल में···गुड़। तुफ है इन गुजरातियों पर। पेट इस कदर बिगड़ा कि संग्रहणी होने की नौबत आ गई। खाने की क्या बात—आबहवा ने भी ऐसी की तैसी कर दी अपनी तो।''

चाय की दो-तीन घूँट भरकर बोला, "वहाँ की क्या कैफियत सुनाई जाए दादा। बस मुझे तो न वह जैंट्री अच्छी लगी न शहर रास आया।"

मैंने तल्खी से कहना चाहा, जब तुझे यह उल्लू का पट्ठा रास आया हुआ है तो यहाँ से कहीं जाने की नौबत ही क्यों आए? पर यह सब कहने का कोई अर्थ नहीं था, क्योंकि उसपर बेशरमी की परत इतनी मोटी चढ़ चुकी थी कि शब्द उसके लिए प्रभावहीन हो गए थे।"

वह चाय पी चुका था तो पकौड़ियों की खाली प्लेट में उँगलियाँ रगड़ते हुए बोला, "खाने का जुगाड़ करना ही पड़ेगा, नहीं तो भूख मुझे मार डालेगी।"

मैं उससे बातें करने से बचना चाहता था, क्योंकि उसके यूँ यकायक फट पड़ने से मेरी सारी व्यवस्था गड़बड़ा गई थी। एक नाकारा-बेरोजगार आदमी, जो अब लड़का भी नहीं रह गया हो, को झेलते चला जाना निम्न मध्य वर्ग गृहस्थ के बूते के बाहर की बात थी।

मैं किचन से एक झोला उठा लाया और बोला, "मैं साग-भाजी लेने जा रहा हूँ। लौटकर घर में ही सब्जी-पराँठे बन जाएँगे।" मैंने समझ लिया था कि बाजार में खाने पर कम-से-कम पंद्रह-बीस रुपए की चपत पड़ जाएगी।

"अरे, दादा आप भी क्या बात करते हैं? भला मेरे आने का क्या मतलब हुआ, अगर आज भी थोड़ी बहुत अय्याशी न की जाए।"

उसके आग्रह का खयाल करके मैंने घर में खाना बनाने का इरादा छोड़ दिया और झोला रसोई में ही रख आया।

मैंने मेज से खाली प्लेट-प्याले हटाए और सिंक में रख आया। जब से मेरी पत्नी अनीता अपने मायके गई थी, यह बरतन-भाँडे धोने का काम भी मेरे सिर ही आ पड़ा था। मैंने सोचा चलो अच्छा है। बाजार में खाना खाने से यह बरतनों को साफ करने की इल्लत आज तो टल ही जाएगी।

उसने अपना कोट उतारकर कुरसी की पीठ पर टाँग दिया और मैं अलमारी में रखी किताबों और पत्रिकाओं को खोल-खोलकर देखने लगा। मैं थोड़े रुपए अपनी किताबों और मैगजीनों में रखने का अभ्यस्त हूँ। जब रुपए पैसे का घोर संकट उपस्थित होता है तो मैं इस सुरक्षित राशि से काम चला लेता हूँ। आज भी यही स्थिति थी, क्योंकि बाजार में खाना खाने के लिए कुछ रुपए तो मिलने ही

चाहिए थे। जब काफी सिर मारी के बाद मुझे कुछ नहीं मिला तो मैं वहाँ से हट गया। वह गुसलखाने की ओर जाते हुए बोला, "दादा, मैं फ्रेश होकर आता हूँ, आप भी बाहर चलने के लिए तैयार हो जाइए।"

जब वह हाथ-मुँह धो रहा था तो मैंने सोचा लाओ, जब तक वह लौटे मैं उसका बटुआ ही देख डालूँ। अगर इसके पास कुछ रुपए हुए तो खाना बाहर खा लेंगे, अन्यथा घर में ही कुछ बना लिया जाएगा। मैं पिछले अनुभवों के आधार पर जानता था कि वह बहुत फजीहत पसंद आदमी था। मानो इसने खाना खाने के बाद अपने हाथ झाड़ दिए और खाने का पैसा चुकाने से इनकार कर दिया, तो भरे बाजार में मिट्टी पिट जाएगी।

उसका बटुआ देखकर मैं आश्वस्त हो गया। उसमें दस-दस, पाँच-पाँच के नोट तो थे ही, बारह सौ रुपए का एक चैक भी था।

वह बाथरूम से लौटा तो मेरे हाथ में अपना मनीबैग देखकर एकदम बौखला उठा। झपटते हुए मेरे पास आया और आक्रामक मुद्रा में मुझसे बटुआ छीनते हुए बोला, "भला यह क्या बात हुई। आप मेरे मनीबैग की तलाशी क्यों ले रहे हैं? क्या मैंने पहले ही नहीं कह दिया था आपसे कि आज मेरा अय्याशी का मूड है। यह तो बहुत घटिया बात है और सभ्यता के एकदम विपरीत कि आप छिपकर किसी दोस्त के बटुए की तलाशी लें।"

उसका उलाहना सुनकर मेरा दिमागी संतुलन पूरी तरह गड़बड़ा गया। उसने अपनी संकीर्णता में एक बार भी नहीं सोचा कि उसने कितनी बार मुझे आर्थिक संकटों में डाला था और सब जगह धक्के खाकर वह जहाज के पंछी जैसा मेरे ठिकाने पर ही लौटता था।

मैंने उसे वहीं छोड़ा और अपनी जेब में पड़े थोड़े से पैसों के सहारे बाजार से शाक-भाजी लेने चल पड़ा। रास्ते में मुझे बार-बार उसके वे अपमानित करनेवाले शब्द याद आ रहे थे, "आप तो दफ्तर में बेकार आँखें फोड़ रहे हैं, आपको तो किसी फाइव स्टार होटल में कुक होना चाहिए।"

□

# कोई नहीं

कुछ चीजें धीमी गति से चलती हैं तो आदमी को एहसास होता है कि चलो सब ठीक है, कुछ नहीं बीत रहा है, लेकिन कभी-कभी यही गति आदमी के मन का सुख एकदम खत्म भी कर देती है। इतना लंबा वक्त बीतने पर कुछ भी नहीं हो पाया तो अब क्या होगा। करुणा को लेकर पिछले कई बरसों से यही ऊहा-पोह चल रही है। मैं उसके पास जाता हूँ तो मन में एक उद्वेगभरी थिरकन होती है, लेकिन जब उसके यहाँ से लौटता हूँ तो बिलकुल एक पिटे कुत्ते जैसी स्थिति लेकर। मैं स्वयं से कई बार प्रश्न करता हूँ, क्या वे लोग अच्छे-भले लोग हैं? छी-छी, भले होने का क्या सवाल। बुढ़िया साली हर आनेवाले से करुणा से मिलने-जुलने का 'प्रीमियम' वसूल करती है। कुछ नहीं तो अब तक मुझे ही हजार-बारह सौ से चित्त कर चुकी होगी। ऐसा कभी मुश्किल से होता होगा कि मैं उसके घर जाऊँ और वहाँ कोई दूसरा न बैठा हो। बुढ़िया मौसी एकदम बिल्ली जैसी है। हर आनेवाले को ऐसे फँसाती है कि वह छूटकर भाग नहीं सकता। मुझी को लो। मैं उन लोगों के बारे में क्या नहीं जानता, पर जब वहाँ पहुँचता हूँ तो सबकुछ भूलकर करुणा की शक्ल देखते ही लहालोट हो जाता हूँ। बुढ़िया की डिमांड पर रुपया लेकर पहुँचता हूँ और इस तरह देता हूँ, जैसे उस कमीनी का पिछले जन्मों का कर्ज चुका रहा हूँ। मुझे बराबर उम्मीद लगी रहती है कि जब मैं उठकर चलूँगा तो बुढ़िया करुणा से कहेगी, "जाओ बेटी, परेश के साथ तुम भी थोड़ी देर घूम फिर आओ।"

उस दिन उसके घर पहुँचा तो वह बड़ी व्यस्त दिखाई दे रही थी। उसके रंग-ढंग से लग रहा था कि वह मेरे साथ नहीं निकलना चाहती। एक सरसरी

नजर मुझ पर डालकर उसने बत्ती जला दी और बुढ़िया को दवा देने लगी। इसके बाद उसने इधर-उधर बेतरतीब ढंग से पड़े कपड़ों को तहकर कायदे से रखना शुरू कर दिया। जैसे-जैसे घरेलू कार्यों में व्यस्त होती गई, उसके चेहरे की गंभीरता बढ़ती गई। थोड़ी देर बाद मैं उठकर खड़ा हो गया। बिलकुल इस तरह गोया मुझे किसी जरूरी काम की याद आ गई हो। कई महीने से करुणा मेरे साथ जाने को तैयार तो हो जाए, लेकिन बुढ़िया के कहने पर चले, इसमें मुझे सरासर अपमान दिखाई पड़ता था। मैं मौसी के कुछ कहने से पहले ही चल दिया और चलते-चलते बोला, ''अच्छा मौसी मैं चलता हूँ, रुपए कल आ जाएँगे।''

मुझे उन दोनों में से किसी ने नहीं रोका। मुझे यह बुरा लगा, पर साथ ही अपने आप पर झुँझलाहट भी कुछ कम नहीं हुई। आखिर वे लोग मुझे क्यों रोकते? मैंने करुणा के सामने घूमने का कोई प्रस्ताव तक नहीं रखा, मूर्खों की तरह उठकर चल दिया। उन्होंने नहीं रोका तो बुरा मान रहा हूँ। मेरा अभिमान बुरी तरह आहत हो गया, ऐसी लड़की की ऐसी की तैसी। आगे से सालियों का मुँह भी नहीं देखूँगा। ऐसी हजार लड़कियों पर थूक दूँ। ऊँह! शायद बड़बड़ाने की कसर थी कि एक आदमी से मैं टकराते-टकराते रह गया। हालाँकि मैं क्रोध में था, लेकिन इतने पर भी मैंने उस आदमी को ध्यान से देखा। अप-टू-डेट भूषा में वह युवक प्रतिष्ठित अफसर दिखाई पड़ता था। उसके चेहरे पर संभ्रांत होने का आभास मिलता था। वह आगे बढ़ते-बढ़ते ठिठककर खड़ा हो गया और अंग्रेजी में पूछने लगा, ''आपको असुविधा न हो तो कृपा करके मुझे बताएँ मिस करुणा रोहतगी किस तरफ रहती हैं।'' मैंने तेज नजरों से उसे देखा। तो यह है वह नया शिकार, जिसका वहाँ इंतजार हो रहा है। हम तो साले बुद्धू हैं। जाने कहाँ-कहाँ से नए रंगरूट आते हैं और एक हम हैं, जो जरखरीद गुलाम की तरह बस हुक्म बजा लाने के ताबेदार हैं। मैंने धृष्टता से मकान की तरफ इशारा किया और एक-एक छलाँग में तीन-तीन सीढ़ियाँ कूदते हुए सड़क पर आ गया।

बाहर सड़क पर निकलकर मैंने अपार भीड़ देखी। सारी दुनिया खुश और मस्त नजर आ रही थी, किसी के चेहरे पर वह तनाव दिखाई नहीं पड़ता था, जिसका कि मैं शिकार था। उन खुश लोगों की उपेक्षा करते हुए मैं सड़क पर तेज चाल से चलने लगा। मेरे पैरों की तीव्रगामी गति ने मुझे थोड़ी देर बाद ही सुनसान

सड़क पर पहुँचा दिया। अब मैं उस युवक और करुणा के विषय में सोच रहा था। मैं, जितना ही उन लोगों के संबंध में सोचता था, मेरा मस्तिष्क उतना ही अधिक बोझिल होता जाता था। मैंने इस लड़के को आज से पहले करुणा के यहाँ आते नहीं देखा था। क्या यह बाहर से आया है? मगर उसके पास एक अटैची तक नहीं है। वह जाएगा कहाँ? उन्हीं लोगों के साथ रुकेगा। मेरी आँखों से चिनगारियाँ फूटने लगीं और मेरी अपनी तसवीर जेहन में उभर आई। मुझे अपना स्वरूप बहुत भौंडा लगा। क्या करुणा इस आकृति को लेकर कुछ सोच सकती है? वह लड़का अब करुणा से गप्पें मार रहा होगा। मौसी शायद उससे भी उसी तरह बातें कर रही होगी, जैसे मुझे अपने पलंग पर बिठाकर करती है। मैंने स्वयं को समझाना चाहा, यह कोई विशेष बात नहीं है। उसका करुणा के संबंध में पूछते हुए आना एक बहुत सहज बात है। यह मेरे मन की संकीर्णता है, जो मैं उन लोगों को लेकर ऐसी ऊटपटाँग बातें सोच रहा हूँ।

पर मौसी ने करुणा को मेरे साथ घूमने क्यों नहीं भेजा? करुणा के बाहर निकलने की बात तक नहीं उठाई। क्या उन लोगों को उसी छोकरे का इंतजार था, जो मुझे इतनी आसानी से टरका दिया। मैं तैश में भागा चला जा रहा था, पता नहीं कि मुझे कहाँ जाना था, तभी मेरे कानों में एक बहुत कोमल और मधुर आवाज आई, ''पार्डन! क्या आपके पास 'सेरीडॉन' या 'एस्प्रो' की टिकिया होगी?''

संध्या के झुटपुटे में, सुनसान सड़क पर एक लंबी छरहरी युवती खड़ी थी। गो अँधेरा हो गया था, मगर सड़क के लैंपपोस्ट से धुँधला प्रकाश झर रहा था। उस मद्धिम उजाले में भी उस लड़की का भरा-भरा लंबोतरा चेहरा और गोरा रंग दमक रहा था। सहसा मुझे विश्वास नहीं हुआ कि इस सूने में भी कोई यूँ एकाएक प्रकट हो सकता है। तत्काल मैं कोई उत्तर नहीं दे पाया। ईर्ष्या और क्रोध से उफनते मेरे मस्तिष्क पर एक क्षण में स्निग्धता का ज्वार उमड़ पड़ा। जीवन में पहली बार मुझे अपने घोर असमर्थ और अकिंचन होने का एहसास हुआ। एक लड़की इतने निहोरे से मुझसे एक मामूली सी चीज माँग रही थी और मेरे पास वह तक नहीं है! धत्तेरे की, तू सब कहीं ऐसे ही मरेगा! उस क्षण शायद संसार की बड़ी-से-बड़ी नियामत भी मेरे लिए दर्द की एक तुच्छ सी गोली के मुकाबले में हीन सिद्ध होती। मुझे अपने ऊपर नए सिरे से झुंझलाहट हुई, लड़की को उत्तर

न देकर मैंने स्वयं को संबोधित किया, तुम इतने बेवकूफ हो कि दर्द की एक गोली भी अपने पास नहीं रखते। मेरा उत्तर न पाने पर लड़की बाजार की दिशा में मुड़ने लगी तो मैंने कहा, ''ठहरिए जरा।''

वह आगे बढ़ते-बढ़ते ठहर गई। मैंने उससे कहा, ''क्या आप इसी जगह मेरा कुछ मिनट इंतजार कर सकती हैं?''

इससे पहले कि वह कुछ सोचकर उत्तर देती, मैं बाजार की ओर लपक गया। दूर-दूर तक केवल अंधकार-ही-अंधकार फैला था, घाटी और पहाड़ों का सिलसिला आँखों से पूरी तरह ओझल हो चुका था। कोई दो सौ गज निकल जाने पर एक कॉटिज के सामने खाली रिक्शा खड़ा दिखाई दिया। रिक्शेवाले मजदूर सवारी छोड़कर बाजार की ओर मुड़नेवाले ही थे। पहाड़ी रिक्शे में बैठना मैं घोर अमानवीय खयाल करता हूँ। एक आदमी को ऊँची-नीची सड़कों पर पाँच-छह आदमी जब खींचकर ले जाते हैं तो यह बिलकुल परोपजीवी जोंक जैसा दिखाई पड़ता है, किंतु उस क्षण ग्लानि या लज्जा के भाव से मैं बिलकुल मुक्त था। बिना किराया तय किए मैं कूदकर रिक्शे पर बैठ गया और उन लोगों से बोला, ''एकदम चलो।''

बस्ती के निकट केमिस्ट की जो सबसे पहली दुकान थी, उससे मैंने एक रुपए की 'सेरीडॉन' टिकिया खरीदकर जेब में भर ली और हाँफते हुए इस तरह रिक्शे पर बैठ गया, जैसे मैं कोई लंबी मंजिल तय करके आ रहा हूँ। मैंने रिक्शा उसी सड़क पर लेकर गया, लड़की उसी जगह लैंपपोस्ट के नीचे एक मूर्ति की मानिंद खड़ी थी। उसे यूँ प्रतीक्षा करते देखकर मेरे मन की शाम की ग्लानि और विवशता क्षण भर में दूर हो गई। तो वह चली नहीं गई, उसे मुझ पर विश्वास था, उसे मेरा इंतजार था। अभी दुनिया में मेरी प्रतीक्षा करनेवाले कुछ अनजान लोग तो हैं। मैंने रिक्शे से नीचे उतरकर रिक्शा मजदूर को पाँच रुपए का नोट दिया तो वह लड़की हैरत से मेरा मुँह देखने लगी।

रिक्शा-कुली मुझे सलाम बजाकर चले गए। जब मैंने जेब से 'सेरीडॉन' की कई गोलियाँ निकालकर उस लड़की की ओर बढ़ाईं तो वह 'माई गॉड' कहकर एक कदम पीछे हट गई। आश्चर्य से उसकी आँखें चमकने लगीं, उसने घबराहट में मेरी ओर परेशान नजरों से देखा और काँपते कंठ से बोली, ''डियर

मी, क्या आप सिर्फ इन गोलियों की खातिर रिक्शे पर बैठकर बाजार गए थे, मुझे सिर्फ एक टिकिया की जरूरत थी। मम्मी की पिंडली में बुरी तरह दर्द है। हम लोगों का फोन खराब है और मम्मी इस वक्त डॉक्टर के यहाँ नहीं जा सकतीं। उसने एक तरफ ऊँचाई की ओर संकेत करके कहा, "हम लोग वहाँ रहते हैं। मैं यहाँ इसलिए खड़ी हो गई थी कि लोग 'पिकनिक स्पॉट्स' से लौटते हैं तो उनके पास कभी-कभी 'एस्प्रो' या दर्द की कोई दूसरी दवा मिल जाती है। मुझे बिलकुल अंदाज नहीं था कि आप दर्द की गोली के लिए इतनी तवालत उठाएँगे।"

मैंने लरजती हुई आवाज में कहा, "यह सिर्फ दर्द की गोली की बात नहीं थी।"

"तब?" लड़की ने कौतुक से पूछा।

"मैं आपके लिए दवा लेने नहीं गया था, मैं अपनी असमर्थता के विरुद्ध संघर्ष करने के खयाल से गया था।"

वह बेचारी मेरी बात नहीं समझ सकी, उसके होंठों पर एक मीठी मुसकान उभरी और उसने कहा, "मानिए, इस वक्त मैंने आपसे और बड़ी डिमांड कर दी होती।"

"सच मानिए, उसे पूरा न कर सकने का अफसोस मुझे जिंदगी भर दुःख देता रहता…" और मेरे मुँह से एक बात ऐसी निकली, जो सहज स्थिति में शायद चेष्टा करके भी न निकल पाती, "कोई ऐसी सच्ची डिमांड करनेवाला तो हो, उसके लिए आदमी अपनी पूरी निष्ठा और मेहनत दाँव पर लगा सकता है।"

वह लज्जाभरी हँसी हँस पड़ी, उसके सफेद सुंदर दाँतों की पंक्तियाँ उस नीम उजाले में भी झिलमिला उठीं। उसका आश्चर्य सौजन्यता में परिवर्तित हो गया और वह मधुर कंठ से बोली, "आपकी भावुकता के प्रति मैं कृतज्ञ हूँ। आपने मेरे लिए इतनी तकलीफ उठाई। क्या आप हम लोगों के यहाँ चल सकने का कष्ट करेंगे?" उसका शांत संयत मुख और विनयपूर्ण वार्त्तालाप मुझे उकसा रहा था कि मैं उससे अभी कुछ और बातें करूँ, किंतु ओस गिरने लगी थी और वह सिर्फ एक सूती स्कर्ट पहने हुए थी। उसे सर्दी लग जाने के डर से मैंने कहा, "संभवतः जल्दी में आप अधूरे कपड़े पहने ही निकल आई हैं, आप जाकर अब अपनी मम्मी को दवा दीजिए, मैं फिर कभी आपकी सुविधा से आऊँगा।" उसने कृतज्ञ होते हुए

नमस्कार किया और बोली, ''मेरा नाम नीना सिंह है, हम लोगों का रेजीडेंस ऊपर है, थ्री नाइनटी नंबर है, आप जरूर आइएगा, हैं न?'' उसने अपनी बात कहकर बहुत भोलेपन से अपनी हथेली हवा में उठाकर मुझे विदा दी।

नमस्कार करके मैं लौट पड़ा, मोड़ पर मुड़ते हुए मैंने देखा कि वह लड़की लैंपपोस्ट के नीचे खड़ी मेरी दिशा में ही देख रही है। उसे देखकर मैंने हाथ हिलाया और आत्मविश्वास से आगे बढ़ गया। मैं अब उतना अकिंचन नहीं रह गया था। करुणा और नीना सिंह की तसवीरें मेरी आँखों में उभर रही थीं। मुझे बार-बार एहसास हो रहा था कि मैंने करुणा से उसकी निष्ठुरता का भरपूर बदला चुका लिया है। उसने मुझे तिरस्कृत किया, मेरे साथ घूमने जाना तक उसे गवारा नहीं है! वह किसी अनजान आदमी की प्रतीक्षा कर सकती है और मुझसे बैठने तक का अनुरोध नहीं कर सकती। इसी मन:स्थिति में मैं करुणा के घर के समीप जा पहुँचा। एक बार तो मेरी बेहद इच्छा हुई कि करुणा के कमरे में जाकर देखूँ कि इस समय वहाँ क्या हो रहा है, किंतु मुझे यह बात अपने लिए बहुत हीन और अपमानजनक लगी। मैं रोष से तना हुआ उसका घर छोड़कर आगे बढ़ गया।

अगले दिन मैं उन लोगों के यहाँ नहीं जाना चाहता था। मेरा खयाल था कि कल शाम आया हुआ मेहमान अभी वहाँ डटा होगा। जैसा कि हमेशा होता आया है, वही होगा। वह लौंडिया उस अनजान आदमी के सामने मुझे महत्त्वहीन दिखाकर रुसवा करने की कोशिश करेगी, पर मैं कल उस बुड्ढी लोमड़ी को रुपए देने की बात कहकर आया था। इसके अलावा मेरे मन में कहीं यह दुर्निवार इच्छा भी छिपी थी कि देखूँ, दूसरे की उपस्थिति में करुणा मेरे से कैसा व्यवहार करती है। रुपया किसी के द्वारा भी भेजा जा सकता था, लेकिन करुणा को बिना पहुँचे नहीं देखा जा सकता था। मैं तीन-चार बजे पहुँचने की बात कहकर आया था, परंतु घर से मैं पाँच के बाद निकला। बैंक से मैं चार सौ रुपए निकाल चुका था और करुणा के पास इस तटस्थता से जा रहा था, जैसे केवल कर्तव्य ही मुझे वहाँ खींचकर ले जा रहा हो। जिस वक्त मैं मकान में घुस रहा था, मेरे दिल में एक भयंकर तूफान उमड़ रहा था। मैं कुछ देर तक बाहर खड़ा भीतर होनेवाली बातों की आहट लेता रहा, परंतु भीतर से कोई आवाज नहीं आ रही थी। मैंने आगे बढ़कर कमरे के दरवाजे से देखा, मौसी पलंग पर लेटी हुई थी और करुणा

कुरसी पर बैठी कुछ बुन रही थी। कल आनेवाले अतिथि का कहीं निशान भी नहीं था। मुझे देखकर बुढ़िया के शरीर में हरकत हुई और उसने बैठने की चेष्टा की। करुणा ने बुनाई से नजर हटाकर मेरी ओर देखा और फिर बुनाई में जुट गई, तो यह औकात है इस घर में हमारी! मैं खिसियाया हुआ आगे बढ़ा और बुढ़िया के पलंग पर जा बैठा। आखिर अपने को घोर अजनबी समझने का क्षण आ पहुँचा। कमरे की दीवारों को इस प्रकार देखने लगा, जैसे उन्हें फोड़कर अभी कोई प्रगट होनेवाला है। चूँकि हम तीनों के अलावा वहाँ चौथा कोई नहीं था, किंतु मैं उस वातावरण में किसी अदृश्य व्यक्ति की उपस्थिति महसूस कर रहा था। और दिनों की अपेक्षा मेरा साधारण व्यवहार भी बदला हुआ था, मैं मौसी या करुणा किसी से भी सहज बातचीत आरंभ नहीं कर सका। मैंने जेब से चार सौ रुपए निकाले और बिना एक शब्द उच्चारण किए, काँपते हाथों से मौसी की तरफ बढ़ा दिए। करुणा की दृष्टि फिर एक बार उठी और मौसी के हाथों में रुपए देखकर वह गंभीर हो गई। मौसी करुणा के चेहरे का भाव परखते हुए मुझसे बोली, "कितने हैं?"

"आप रख लीजिए, कितने से क्या?"

"क्यों! कितने से क्यों मतलब नहीं है, तुम क्या कहीं से यूँ ही उठा लाए हो? यह रुपए-पैसे का हिसाब बहुत साफ रहना चाहिए, यहाँ तक कि इसमें भाई और बेटे का भी खयाल नहीं रखना चाहिए।"

बुढ़िया इस तरह पटर-पटर बोल रही थी, जैसे रुपए लेकर मुझ पर बड़ा भारी अहसान तोड़ रही हो। मैं क्या जानता नहीं, साली एकदम लोमड़ी है, लाख आदर्श की बातें करेगी और रुपए तकिए के नीचे ऐसे छिपा लेगी, जैसे इसकी बड़ी मेहनत की कमाई हो। मैं पूरमपूर बुद्धू हूँ, पता नहीं इस लौंडिया का जादू क्या कराए डालता है, जितने रुपए मैं यहाँ भर चुका हूँ, उतने में छोकरियों की पलटन खड़ी की जा सकती थी।

पिछली शाम जब रुपए की बात चली थी तो मैंने सोचा था, इस बार रुपए कुछ नाटकीय अदा से दूँगा। तीन सौ रुपए मौसी के हाथ में देकर कहूँगा, "देखिए इन रुपयों का सूद सौ रुपए होता है, जो मैंने पहले ही अपने हाथ में रख लिया है। कायदे से आपके पास चार सौ रुपए मुबलिग, जिसके आधे दो सौ होते

हैं, पहुँचे हैं।'' मुझे लगता था कि करुणा मेरे इस ढंग पर जरूर हँसेगी और भयभीत होने की मुद्रा बनाकर कहेगी, ''नहीं बाबा, हमें ऐसे सूदखोर बनिए का रुपया नहीं चाहिए।'' परंतु अब तो स्थिति ही बदल गई थी। मेरा मन बुझा हुआ था और मैं अंदर से इतना जड़ था कि मेरे लिए वहाँ बैठना दूभर पड़ रहा था। अजीब मामला था कि वहाँ से मैं तत्काल उठकर जाना भी चाहता था और यह भी चाहता था कि वहीं बैठा करुणा के झुके चेहरे और बुनाई के लिए हरकत करते हाथों को देखता रहूँ। अंदर-ही-अंदर एक अजीब किस्म का संवाद चल रहा था, ''क्या करुणा ने मुझे कभी स्वीकार किया है, मैं जो उल्लू की तरह आकर यहाँ विदूषकीय स्थिति क्रिएट करता हूँ उसकी मूर्खता का कहीं ठिकाना है? मैं हर जगह यह कूदकर जो पहुँचता हूँ, उसके मानी क्या हैं? कल मैंने क्या हरकत की थी, यकायक मुझे सूनी सड़क पर लैंपपोस्ट के नीचे खड़ी नीना सिंह की याद हो आई और मैं एकाएक उठकर खड़ा हो गया।''

मौसी बोली, ''यह क्या रे, अभी यहाँ आए हुए कितनी देर हुई है, कहाँ जाओगे, किसी से मिलना-बिलना है क्या?''

मैंने अकारण झूठ बोला, ''हाँ, आज शाम को सात बजे के करीब एक साहब मेरे यहाँ आनेवाले हैं, अब मैं चलता हूँ।''

मौसी हँसकर बोली, ''सो तो मैं देख रही हूँ कि तुम चल रहे हो। पर एक प्याला चाय तो पीते जाओ।''

वास्तव में मेरा एकदम चल देने का कोई इरादा नहीं था, हो सकता है मैं अपनी शक्ति देख रहा होऊँ कि वहाँ मेरी कितनी वकअत है, लेकिन यह क्या? एक साधारण बात समझकर मौसी इसे कितने सहज ढंग से ले रही है। मेरे लिए वहाँ महज बैठे रहना भी कम अर्थ नहीं रखता, चाहे करुणा मुझसे बातें न करे, फिर भी मैं उसे चुपचाप देखते भर रहकर संतुष्ट हो सकता था। मन-ही-मन असंतुष्ट होकर मैं उससे बदला लेना चाहता था, किंतु मेरी बेवकूफी का कोई अंत नहीं था। करुणा को संभवतः मेरी आंतरिक स्थिति का आभास तक नहीं था और मैं ऐंठकर उससे बदला चुका रहा था। उससे इस तरह बदला लेने का मतलब था, हवा से लड़ना। मेरी दृष्टि हठपूर्वक सब तथ्यों को नकार जाना चाहती थी। मैंने करुणा से कोई बात नहीं की और समझ लिया कि करुणा को

सजा देने का यही एक तरीका है। आदमी भी कैसा विचित्र जीव है, जिसकी वजह से अपना अस्तित्व स्वीकार करता है, उसी पर कभी-कभी ऐसा भाव दरशाता है, गोया उसका हमारी नजर में कोई खास महत्त्व नहीं है। उसकी चेतना के प्रत्येक स्तर पर, जिसका होना अप्रतिहत रूप से ध्वनित होता रहता है, उसी को लेकर इतने ठंडेपन का व्यवहार किया जाता है कि दंग रह जाना पड़ता है। किसी से स्वीकृति पाने की अंत:पुकार का बाहरी स्वरूप यह? अब इसे क्या कहा जा सकता है?

मैं उठने लगा तो मौसी ने हाथ पकड़कर जबरदस्ती बिठा लिया और करुणा से बोली, ''बेटी, झटपट दो-तीन प्याले चाय तो बना ला।''

करुणा चाय बनाने के लिए रसोईघर की ओर चली गई तो मौसी ने रुपयों की गड्डी तकिए के नीचे रख दी और मुझसे पूछने लगी, ''सच में रे, क्या सच में कोई आ रहा है या यूँ ही बहानेबाजी कर रहा है, तू तो मौसी से बहुत ही भागने लगा है। कोई काम सौंपती हूँ तो मिनट की देर नहीं लगाता, लेकिन बाद में गुमसुम हो जाता है। मुझसे कुछ नाराज-आराज तो नहीं है रे।'' मेरा मन फुफकार उठा, वास्तव में क्या यह मेरा दुःख नहीं जानती? क्या मैं इस बुड्ढी के लिए यहाँ चक्कर काटता हूँ? मेरी स्थिति कितनी अजीब है, न मैं पीछे लौट पाता हूँ और न मेरे लिए आगे कुछ है। इस करुणा ने मुझे बीच रेगिस्तान में लाकर पटक दिया है। एक बार अकेले में मेरे साथ चली चले तो इसकी गरदन दबोच दूँ। कमबख्त इतने ठंडेपन से मुझे गिलोटिन करना चाहती है।

करुणा चाय लेकर आई और प्याले हम दोनों के हाथों में देकर फिर रसोई की ओर लौट गई। जब वह दोबारा लौटकर आई तो काँच के गिलास में चाय लिये हुए थी। वह अकसर गिलास में ही चाय पीती थी। मेरी सारी देह में उत्तेजना ने हडकंप मचा रखा था, करुणा को सामने देखकर मेरा भेजा फिर खराब होने लगा था। मैंने अनजाने में ही चाय सॉसर में डालकर एक मिनट में पी डाली और उठकर खड़ा हो गया। मौसी ने जल्दबाजी देखकर कहा, ''लगता है आज तुम्हें वाकई जाने की जल्दी है, नहीं तो मैं चाहती थी कि तुम और बिन्नी (करुणा को वह इसी नाम से पुकारती थी) कुछ दूर तक घूम आते और बाजार से थोड़ी खरीदारी भी कर लाते।''

मैंने करुणा को चाय गुटकते हुए देखा। वह हाथ में गिलास थामे कुरसी पर बैठी थी, उसका आँचल इधर-उधर उड़ रहा था और सूखे बाल पीठ पर छितरा रहे थे। मौसी ने चाय खत्म करके प्याला पलंग के पास पड़ी तिपाई पर रखना चाहा तो मैंने जरा आगे रखी तिपाई को पलंग के करीब खिसका दिया। प्याला रखकर उसने तकिए के नीचे से बटुआ निकाला और तंबाकू निकालकर हथेली पर मसलने लगी। तंबाकू मुँह में रखने के बाद उसने मुँह टेढ़ा करके कहा, "मेरी खें-खें से बेचारी लड़की ऊब जाती है, सारा दिन तो काम में लगी रहती है।" यह कहकर मौसी ने करुणा की ओर देखा तो करुणा ने मेरे चेहरे पर तीखी नजर डालकर विरक्ति से कहा, "मेरी कहीं जाने की इच्छा नहीं है, इन्हें जाने दो मौसी, इनके 'मेहमान' इंतजार में बैठे होंगे।"

करुणा के कटाक्ष से मैं तिलमिला उठा, पर मैंने अपना मनोभाव दबाकर विद्रूप से हँसते हुए कहा, "आदमी-ही-आदमी का इंतजार नहीं करते, कभी-कभी बेजान दीवारें तक आदमी से ज्यादा रहमदिल साबित होती हैं।"

मौसी शायद कुछ नहीं समझ पाई, मगर करुणा का चेहरा बहुत गंभीर हो गया। उसके हाथों में मैंने एक कँपकँपी महसूस की और मुड़कर फौरन चल दिया।

व्यर्थ धक्के खाता हुआ, अपने हाथों स्वयं पराजित होकर मैं एक भीड़ भरे रेस्तराँ में जाकर बैठ गया। ज्यादातर सीटें भरी हुई थीं और आर्केस्ट्रा की धुनें फिजा में तैर रही थीं। मैंने ह्विस्की का डबल पैग मँगा लिया और पीने लगा। लगभग नौ बजे रेस्तराँ से बाहर निकला और पिछली शामवाली सड़क पर चल दिया। मेरे अंतर्मन में यह आशा किसी-न-किसी रूप से अवश्य उभर रही थी कि शायद मुझे नीना सिंह कहीं दिखाई पड़ जाए। नीना सिंह को देख पाने की इच्छा से मैं दूर तक निकल गया। मैं उस लैंपपोस्ट के नीचे जाकर खड़ा हो गया, जहाँ कल नीना सिंह देर तक खड़ी रहकर मेरी प्रतीक्षा करती रही थी। परंतु आज उसका कहीं पता नहीं था, बल्कि मुझे लग रहा था कि वह घटना सपने में घटित हुई थी। जिस ऊँचाई पर नीना सिंह ने अपना लॉज बताया था, मैंने उधर सिर उठाकर देखा, पहाड़ के एक ऊबड़-खाबड़ शिखर के अलावा उधर मुझे कुछ दिखाई नहीं दिया। कुछ क्षण बाद सड़क की नीरवता को एक खूँखार कुत्ते के

भौंकने की आवाज तोड़ने लगी। कुछ देर और खड़ा रहकर मैं बाहरी वातावरण को पीता रहा तथा अजब सी मायूसी लेकर लौट पड़ा। पता नहीं जाने कब, कहाँ और किस संदर्भ में पढ़ी एक कविता की पंक्ति एक जिंदा मक्खी की तरह मेरे मस्तिष्क में चक्कर काटने लगी, 'लौट चल घर, लौट चल पागल प्रवासी।'

□

# दिशाहारा

धीरज को नौकरी तो मिल गई, पर उस शहर में मकान नहीं मिला। शुरू के कुछ दिन तो उसने एक लॉज में काटे और बाद में अपने ही दफ्तर के एक सहयोगी सुंदर लाल के घर चला गया। सुंदर लाल उम्र में उससे पाँच-सात साल बड़े थे और अभी तक उनको कोई बाल-बच्चा पैदा नहीं हुआ था, बस मियाँ-बीवी फकतदम दो कमरों का मकान लेकर रहते थे।

सुंदर लाल के घर में रहते हुए, उसे हर तरह की सुविधा मिल रही थी; पर धीरज स्वभाव से बहुत संकोची था, इसलिए वहाँ बराबर चुप बना रहता था। सुंदर लाल भी इस बात को महसूस करते थे और उसका संकोच निवारण के लिए कोई कसर नहीं उठा रखते थे। सुंदरलाल की पत्नी रत्ना उससे खूब हँसी-मजाक करती रहती थी और उसके खाने-पीने का भी बहुत खयाल रखती थी।

धीरज ने अपने सभी सहयोगियों से मकान तलाश करते रहने के लिए कह रखा था। एक दिन एक क्लर्क ने बताया कि चंगड़ मौहल्ले में एक कमरा खाली है और किराया भी बहुत कम है, अगर वह चाहे तो उसे मकान दिखलाया जा सकता है।

धीरज मकान मिलने की बात सुनकर बहुत खुश हुआ और उस क्लर्क के साथ दफ्तर का समय समाप्त होते ही मकान देखने चल दिया।

मकान जिस गली में था, उस गली में घुसते ही धीरज के सारे उत्साह पर पानी फिर गया। पूरी गली में बेपनाह गंदगी फैली हुई थी और यहाँ से वहाँ तक कोयले की अँगीठियाँ दहकने के लिए रखी गई थीं। धुएँ की वजह से वहाँ कुछ भी नजर नहीं आता था।

धीरज जिस मकान के दरवाजे पर जाकर खड़ा हुआ, वहाँ घुप्प अँधेरा फैला हुआ था। धीरज को लगा जैसे उस घर में रोशनी की कोई भी व्यवस्था नहीं है। दरवाजे के दोनों पल्ले और चौखट सड़-गलकर अब गिरें कि तब गिरे की हालत को पहुँच रहे थे।

धीरज का मन उस स्थान पर पहुँचकर इतनी बुरी तरह बुझ गया कि उसकी तीव्र इच्छा हुई कि वह उस घर में घुसने की बजाय, तुरंत लौट चले। उसे अपने साथ आए आदमी पर भी मन-ही-मन बहुत गुस्सा आया कि इस भले आदमी को इतनी भी समझ नहीं है कि कैसा मकान दिखलाना चाहिए। लेकिन साथ ही उसे यह बात भी याद आ गई कि सुंदर लाल के साथ बहुत दिनों तक नहीं रहा जा सकता, कभी-न-कभी अपना अलग ठिकाना तो बनाना ही पड़ेगा।

मन मारकर वह अपने सहयोगी के साथ उस भयावह सी दिखाई पड़नेवाली खोह में घुसा। भीतर जाकर तो उसका मन और भी कच्चा पड़ने लगा। सहन बहुत सँकरा था और उसमें हर तरफ छोटी-छोटी कोठरियों का जाल बिछा हुआ था। ऐसा लगता था, जैसे उस गुफानुमा जगह में फैक्टरियों में काम करनेवाले मिस्त्री मजदूर रहते थे, क्योंकि अधिकांश कोठरियों में ताले पड़े हुए थे।

परिवार के नाम पर वहाँ महज दो कोठरियों में रहनेवाले लोग ही गृहस्थ मालूम पड़ते थे। इसी समय मैली-कुचैली धोती पहने और उलझे बालों की पेशानी से पीछे हटाते हुए एक अधेड़ औरत एक नीम अँधेरी कोठरी से बाहर निकली और उन्हें देखकर ठिठक गई।

धीरज के साथ जो आदमी मकान दिखलाने लाया था, उसने औरत से पूछा, "सुना है, इस मकान में कोई हिस्सा खाली है।"

औरत ने कहा, "छोटी सी एक कुठरिया खाली है, किसको चइए?"

वह आदमी धीरज की ओर उँगली से संकेत करके बोला, "इन बाबूजी को मकान की जरूरत है।"

वह स्त्री बिना कुछ जवाब दिए वापस लौटकर एक कोठरी में गई और बुरी तरह धुआँ देती हुई एक ढिबरी को हाथ में लेकर लौटी। उसने ध्यान से दोनों लोगों को देखकर कहा, "का आप दोनोंन को रहनो है?"

धीरज के साथवाला आदमी बोला, "नहीं, यही अकेले रहेंगे"। फिर उसने

ढिबरी की ओर देखकर पूछा, ''क्या इस घर में बिजली नहीं है? इस जमाने में तो गाँवों तक में बिजली पहुँच गई है, फिर यहाँ आप लोग बिजली के बिना कैसे रह रहे हैं?''

''बिजरी तो है, पर हमन्ने ले नहीं राखी है। जो कुठरिया खाली है, वामे तो बिजरी को इंतजाम हैगो। बिजरी को भाड़ो किराए ते अलग देनो पड़ेगो।''

''अच्छा ठीक है, वह देखा जाएगा, पहले वह कोठरी तो देखें।'' धीरज के साथी ने कहा।

धीरज का दिल इतनी ही देर में डूबने लगा था। उसकी कतई इच्छा नहीं थी कि उस नर्क में रहने की बात भी दिमाग में लाए। लेकिन वह एकाएक कुछ कह नहीं पाया।

वह औरत ढिबरी को एक दीवार के ओटे पर रखकर बाहर जाते हुए बोली, ''तन्नक बाहर ते अँगीठी ले आऊँ, सिलग गई होयगी। नैक बखत ठैरो, मैं कुठरिया दिखाय देत हूँ।''

वह आदमी धीरज से बोला, ''मैं इस मकान में भीतर तक नहीं गया था, मुझे पता ही नहीं था, यहाँ आपको रहने में मुश्किल होगी। चाहो तो कोठरी देख लो। वैसे देख लेने में कोई नुकसान भी नहीं है। अब आ गए हो तो एक नजर डाल लो, बाकी लेने, न लेने के बारे में बाद में सोचते रहना।''

इतनी देर में वह औरत अँगीठी लेकर आ गई और उसे अपनी कोठरी के बाहर रखकर बोली, ''आओ आपकू कुठरिया दिखाऊँ।''

धीरज और उसके साथी को ढिबरी दिखाते हुए, वह औरत अपनी बगलवाली कोठरी में ले गई।

ढिबरी की भुतही रोशनी में धीरज ने उस कोठरी को देखा तो उसका दिल डूब गया। लखौरी ईंटों से बनी उस कोठरी की दीवारों से लोना झड़ रहा था। कहीं-कहीं चूने का पलस्तर था और बाकी दीवारें उधड़ी हुई लग रही थीं। छत की भी यही हालत थी, वहाँ भी कई स्थानों से चूने के लेबड़ उखड़ चुके थे। बिजली की लाइन भी सही हालत में नहीं थी। उसमें भी मरम्मत की दरकार थी। दरवाजे की हालत भी खस्ता थी। दरवाजे की बगल में सहन में खुलनेवाली खिड़की से सींखचे निकले हुए थे।

उस मकान और कोठरी को देखने के बाद यही आभास होता था कि जब कभी इस कस्बे की नींव पड़ी होगी तो वह मकान बना होगा। बन जाने के बाद से इसे हमेशा लावारिस हालत में ही रखा गया मालूम पड़ता था।

धीरज और उसका साथी कोठरी से बाहर आए तो उस औरत ने पूछा, "इनके संग कोई औरत-बानी नई रएगी का?"

साथवाला बोला, "इनकी तो अभी शादी ही नहीं हुई है, औरत कहाँ से आ जाएगी।"

"चलो लरकाई है, वामे तो कोई बात नाय। पसंद होय तो रै लेन्गे, हमें तो काऊ बात को एतराज नाय है।"

धीरज ने पूछा, "इसके बारे में किससे बात करनी पड़ेगी, यहाँ कोई आदमी तो नजर नहीं आ रहा है।"

"मकान मालिक तो कई साल पैले सुरगबासी है गए, उनके लरिका कऊँ दूर के सैर में नौकरी-चाकरी करे हैं, हमारे उनते (आदमी) बात कर लीजौ। कल सबेरे मिल लीजौ। चाय थोरी देर ठैर जाओ, बस आवत हूँन्गे, मैं आप लोगन के लैयाँ चाह बनाय देत हूँ।"

"नहीं-नहीं, चाय-वाय की चकल्लस में पड़ने की जरूरत नहीं है। हम लोग चाय पीकर ही निकले हैं।" फिर एक क्षण ठहरकर धीरज ने अपने साथी से पूछा, "इस कोठरी का क्या किराया बताया गया है?"

"मैं समझता हूँ किराया तो कोई खास नहीं होगा। असली बात तो यह है कि आप यहाँ रह भी पाएँगे?"

उस औरत ने कोठरी में जाकर किसी से बात की तो धीरज को पता चला कि उस औरत के अलावा कोठरी में और कोई भी है। आसपास किसी को भी चलते-फिरते न देखकर धीरज ने यही समझा था कि उस मकान में अकेली औरत के अलावा और कोई भी प्राणी नहीं है।

लेकिन कई मिनट बीत जाने के बाद भी जब कोई बाहर नहीं आया तो धीरज को ताज्जुब हुआ कि औरत से कोठरी में बातें करनेवाला आदमी या औरत बाहर निकलकर क्यों नहीं आ रहा है?

उस औरत ने धीरज और उसके साथवाले आदमी के बार-बार मना करने

पर भी दो प्याले चाय बना ही डाला। उन दोनों को चाय के प्याले देते हुए वह बोली, ''जित्ती देर में चाह पीवोगे, लल्ली के बाबू आ जावेन्गे।''

अनिच्छा से धीरज चाय पीने लगा। उसे इतना तो पता चल ही गया कि उस औरत की एक बेटी भी है, जिसे वह लल्ली कहकर पुकारती है।

चाय खत्म करने के बाद उन लोगों ने तय किया कि अब और ज्यादा ठहरने में कोई तुक नहीं है। हो सकता है वह आदमी अभी बहुत देर तक न आए। इसके अलावा उस मकान को लेने के लिए धीरज का मन भी पक्का नहीं हो रहा था।

धीरज और उसका सहयोगी खटिया छोड़कर उठ गए। जब वे वहाँ से चलनेवाले थे, तभी आँगन में आगे की ओर आती एक छाया दिखलाई पड़ी।

जब वह आदमी उन दोनों के पास आ गया तो दो अजनबियों को देखकर उसने 'राम-राम' की।

दुआ-सलाम के बाद वह बोला, ''हाँजी कैसे तकलीफ उठाई आप सायबान ने?''

धीरज बोला, ''हमें किराए के लिए मकान की जरूरत है, सो देखने चले आए।''

''तो देख लियो मकान? हाँ मकान जैसो कछु नाय है जी! बस्स एक टूटी-फूटी सी कुठरिया है, वामे आप जैसो जन्टरमैन ना रै सकत, गरीब-गुरबा मैनत-मजूरी करन वारौ ई रैले तो रैले।''

धीरज ने कहा, ''आप ठीक बात कह रहे हैं, पर अगर कहीं रहने को ठीक जगह न मिले तो फिर आदमी के सामने अच्छा या बुरा जैसा भी आ जाए, वही लेना पड़ता है।''

''आप बाअर के रहवारे हैं?''

''जी हाँ, मैं यहाँ सैल्स टैक्स के दफ्तर में काम करता हूँ।''

''अजी तो बाबू साब आप या साच्छात नरक बासे में काए कू रैने की सोच रए हो? कऊँ ढंग की जग्गे मिलई जाएगी देखो दाखोगे तो। हम लोगन की तो मजबूरी ठैरी, अपने दिनान कू फोर रए हैं।''

उस अँधेरे में धीरज को उस आदमी का हुलिया ठीक-ठीक पकड़ में नहीं आ रहा था, लेकिन उसकी बातें काफी दिलचस्प मालूम पड़ रही थीं। उसने

पूछा, ''इस कोठरी का क्या किराया होगा?''

''किरायो-भाड़ो तो कछु जादे नाय है जी। कोठरी के तीस रुपए माहवारी-बिजरी जराओगे तो वाके दस रुपप्या और अलग ते देने पर जाँगे।''

''चलो ठीक है, मैं एक आध दिन में यहाँ आ जाऊँगा।''

''आप इन दिना काँ ठैरे हैंगे?''

''मेरे दफ्तर के ही साथी हैं बाबू सुंदर लाल। वे नई बस्ती में रहते हैं। मैं अभी तो उनके साथ ही ठहरा हुआ हूँ, लेकिन अब अलग मकान लेकर रहना चाहता हूँ।''

''आपकी जैसी इच्छा होय करो। कुठरिया तो खाली परी है। हमकूँ तो खुसी होयगी, पड़ोस में कोऊ पढ़ो-लिखो तो रहगो आय के।''

धीरज ने अपनी जेब से पर्स निकालकर पचास रुपए उस आदमी की तरफ बढ़ा दिए और बोला, ''आप यह रुपए रखें। मैं जल्दी ही आ जाऊँगा, अगर कोई राज मिस्त्री इस कोठरी की मरम्मत कर दे तो अच्छा है, इस समय तो यह जरा भी रहने लायक नहीं है।''

वह आदमी आश्वस्त होकर बोला, ''दिन में आयके देख लीजौ, रुपप्या आपके जमा रए। नाय रैनो होय तो अपने पइसा लौटा के ले जइयो।''

''ठीक है, अब हम लोग चलते हैं।'' कहकर धीरज वहाँ से चल पड़ा।

रास्ते में उसका साथी बोला, ''आपको किराए का एडवांस देने में इतनी फुरती नहीं दिखानी चाहिए थी। आपने अँधेरे में उस कोठरी को देखा है, दिन में देखकर ही तय करना चाहिए था। मानो आप इसमें रह ही न पाए तो?''

''तो भी क्या हुआ? उस भले आदमी ने तो यह कह ही दिया है कि न रहना हो तो रुपए वापस ले जाना,'' फिर वह निश्चयात्मक स्वर में बोला, ''मैं उस वक्त तक इसी जगह रहूँगा, जब तक कि मुझे कोई बेहतर जगह रहने को नहीं मिल जाती है।''

धीरज रात को लगभग आठ बजे सुंदर लाल के यहाँ पहुँचा तो सुंदर लाल और उसकी पत्नी ने एक साथ पूछा, ''कहाँ चले गए थे, दफ्तर से आज घर लौटे ही नहीं?''

''मैं बृजेश वर्मा के साथ एक मकान देखने चला गया था।''

"बृजेश के साथ मकान देखने गए थे? भले मानस हमसे नहीं कह सकते थे? दफ्तर से जाते टाइम बोल देते तो हम भी साथ न चले चलते।"

धीरज ने इस मकानवाली चर्चा को वहीं खत्म करने की नीयत से कहा, "हाँ, सोचा तो था, पर फिर मुझे लगा कि इस बोरडम में आपको क्यों डालूँ?"

सुंदर लाल बोला, "अरे भई वाह। अच्छा खैर ठीक है। हाँ, मकान कहाँ देखा?" एक क्षण बाद सुंदर लाल की पत्नी ने पूछा, "धीरज भैया, कौन से मोहल्ले में देखा मकान? यहाँ से कित्ती दूर है?"

धीरज मकान के बारे में ज्यादा बात नहीं करना चाहता था। वह सुंदर लाल के ऊपर अब और ज्यादा देर तक बोझ नहीं बना रहना चाहता था। हालाँकि उस गए-बीते माहौल में रहने से वह भीतर-ही-भीतर कतरा रहा था, पर अलग रहने में जो एक अपनी स्वतंत्रता होती है, वह उसी समय मिल सकती थी, जब वह कहीं अलग मकान लेकर रहने लगता।

धीरज ने रत्ना से कहा, "भाभी मकान तो कोई खास नहीं है, पर रहा तो जा ही सकता है। वहाँ और भी कितने ही लोग रहते हैं।"

"अगर अच्छा नहीं है तो ऐसे मकान में जाने की जरूरत ही क्या है? आपको हमारे साथ रहने में क्या कोई खास तकलीफ हो रही है?" रत्ना ने पूछा।

"तकलीफ की बात नहीं है भाभी। आप लोगों के पास भी तो दो ही कमरे हैं। कोई मिलने-जुलने आता है या कोई एक-दो दिन ठहरनेवाला मेहमान आ जाता है तो आपको बहुत असुविधा हो जाती है।"

"हमें तो कोई परेशानी मालूम नहीं पड़ती है, हाँ आप वैसा समझते हों तो बात अलग है।"

धीरज ने बात खत्म करने के इरादे से कहा, "भाभी छोड़ो, इस मकान का चक्कर, मुझे बहुत सख्त भूख लग रही है, आप लोगों ने भी तो नहीं खाया होगा अभी।"

"कहाँ? तुम्हारे भैया तो इतनी देर से तुम्हारा इंतजार करते बैठे हैं। चलो हाथ-मुँह धो लो, मैं खाना लगा रही हूँ।"

सुंदर लाल और धीरज अंदर के कमरे में चले गए और रत्ना चौके में जाकर सब्जी वगैरह गरम करने लगी।

रत्ना ने मेज पर खाना लगाकर कहा, ''आप दोनों खाओ, मैं गरम-गरम चपातियाँ बनाकर देती हूँ।''

''बस यही चक्कर खत्म नहीं होता आपका भाभी! गरम रोटियाँ बनाने के फेरे में आप हम लोगों के साथ कभी खाना खाने नहीं बैठतीं।''

''नहीं-नहीं, ऐसी बात नहीं है। आपके साथ ही आ जाऊँगी मैं भी। बस आप शुरू तो कर दो।''

धीरज और सुंदर लाल खाना खाने बैठ गए तो सुंदर लाल ने पूछा, ''क्या घर से किसी को बुलाना है?''

धीरज ने सुंदर लाल का सवाल नहीं समझा तो वह स्पष्ट करने लगा, ''मेरा मतलब है, मकान लेने की जल्दी क्या इसलिए कर रहे हो कि घर से किसी को यहाँ लाना चाहते हो।''

धीरज हँस पड़ा और रोटी का टुकड़ा तोड़ते हुए बोला, ''यहाँ कौन आएगा? भाभी पूना में हैं, घर पर माँ के अलावा छोटी बहन है, जो ग्यारहवीं में पढ़ रही है, फिर भला मेरे पास कौन रहने आएगा?''

''मैं तो यही सोचता था कि तुम मकान लेने की जल्दी इसीलिए दिखला रहे हो कि घर से किसी को लाना चाहते हो।''

''सवाल ही नहीं उठता।'' कहकर धीरज चुपचाप खाना खाने लगा।

□

# आकाश चारी

अगर आपकी जेब में एक रुपया खुल्ला पड़ा हो तो दे दीजिए।

मैं और रामदास एक मित्र की अंत्येष्टि से लौट रहे थे। मुझे यह पता था कि वह दो दिन से लगातार उसी घर में था और उस टूटे परिवार की सारी त्रासदी को उसने अपने तन-मन पर झेला था। और मैं भी यही सोचकर उसे अपने साथ लाया था कि उसे घर ले जाकर खाना खिला दूँगा। रामदास का अपना कोई घर-बार नहीं था और न वह कभी लगकर कोई नौकरी वगैरह करता था। पर यह खुल्ले रुपए की बात सुनकर एकाएक मेरी समझ में कुछ नहीं आया। मैंने सोचा शायद वह बीड़ी का बंडल खरीदना चाहता होगा। मैंने अपनी सदरी की जेब में हाथ डालकर दो रुपए का नोट निकालकर कहा, ''एक तो नहीं, चाहो तो तुम दो रुपए ले सकते हो।''

''चलिए दो ही सही।'' कहकर उसने दो रुपए का नोट पकड़ा और दूसरी तरफ मुड़ते हुए बोला, ''आप घर चलो, मैं दो मिनट में आता हूँ।''

मैंने घर जाकर कपड़े बदले और अपनी पत्नी तारा से कहा, ''वह तुम्हारा धर्म भाई रामदास आ रहा है। उसके लिए खाना बना लेना।''

''मेरा धर्म भाई, आपका भी तो कुछ लगता होगा।'' तारा आँखें तरेर कर बोली।

''लगता तो है, पर उस रिश्ते को मुँह पर लाते हुए गाली का एहसास होता है और तुम तो जानती हो, मैं महिलाओं की उपस्थिति में गाली देने से बचता हूँ।''

अभी तारा कुछ कहने ही जा रही थी कि दरवाजे पर घंटी बज उठी।

"लीजिए, आपके साले साहब आ गए। जाकर किवाड़ खोलिए अब।"

मैं कुरसी छोड़कर बाहर गया और दरवाजा खोलकर देखा। प्रेतछाया सा रामदास खड़ा था। वह वैसे ही काफी मरगिल्ला था। मरघट से लौटने के बाद तो वह बिलकुल ही पतली सुई सरीखा लग रहा था।

मैं बोला, "बाथरूम में जाकर मुँह-हाथ धोलो, खाना तैयार है।"

"नहीं-नहीं, मैं खाना नहीं खाऊँगा।" रामदास ने अपने दोनों पंजे लहराते हुए कहा।

"क्यों नहीं खाओगे? दो दिन से तुम रोहा-राट वाले घर में थे। वहाँ तो तुमने कुछ भी खाया नहीं था।"

रामदास बोला, "वही तो। दो दिन से पेट में कुछ नहीं गया था। भूख बरदाश्त नहीं हो पाई तो आपसे पैसे माँग लिये। आपके मोहल्ले में जो तंदूरवाला है, बस उसके यहाँ जाकर दो रोटी खा आया।" अपनी बात कहकर वह दयनीय ढंग से हँस पड़ा। हँसते हुए उसके सूखे कल्ले और सिकुड़ गए तथा छितरे दाँत होंठों से बाहर झाँकने लगे।

मैंने कहा, "यह बहुत गलत बात है। जब तुम्हें यहाँ खाने में कोई उलझन नहीं थी तो तंदूर पर खाने की क्या गरज पड़ गई थी? मैंने तो तारा से तुम्हारा खाना बनाने के लिए कह भी रखा है।"

"गलती हो गई। माफ करो। भैनजी से छमा माँग लूँगा।"

मैं जानता था कि अपनी पत्नी से उसका बरसों पहले अलगाव हो चुका था और यही वजह थी कि उसकी जिंदगी में कोई ठहराव नहीं था। वह एक भटकता हुआ निर्जल बादल जैसा था। मैंने थोड़े परिहास को बरकरार रखने का प्रयास किया।

"घर-घुर बसा लो तो यह तंदूर का किस्सा खत्म हो सकता है।"

वह मायूसी से बोला, "घर-गृहस्थी का बंदरगाह छोड़कर यह जहाज बहुत दूर निकल गया है भाई साहब।"

"पर जीने का कोई बहाना तो चाहिए रामदास।"

"बहानों की क्या कमी? मैं सिर्फ संदर्भ बदल जाने का इंतजार करता हूँ।

कड़ी-से-कड़ी धूप में चलता रहता हूँ, क्योंकि मैं निकल जाऊँ तो मेरे लिए वह धूप अर्थहीन हो जाती है।''

मैं हँसकर बोला, ''पर यह भी तो हो सकता है कि तुम कहीं भी न पहुँचो और कड़ी धूप में ही चलते रहना तुम्हारी नियति बन जाए।''

उसने तुर्की-ब-तुर्की जवाब दिया, ''धूप में तेजी हमेशा एक जैसी बनी रहे और वह कभी न ढले, ऐसा भी कभी होता है? उसका ढल जाना ही उसको अप्रासंगिक बना देता। बस यही तो होता है जीवन में कि संदर्भ बदल जाने से ही सारे कुछ का अर्थ बदल जाता है।''

मैं आजिजी से बोला, ''रामदास, तुम निहायत बेचैन आदमी हो। इंतजार तो शायद तुम किसी चीज का कर ही नहीं सकते।''

हालाँकि वह बहुत थका हुआ था और उसकी आँखें कई रातों की जगार से बोझिल हो रही थीं, पर वह मेरी बात सुनकर एकदम सजग हो उठा और बोला, ''बात एकदम उलटी है। मेरे पास इंतजार के अलावा और है ही क्या? लेकिन ट्रैजिडी यह है कि मुझे ठीक-ठाक पता नहीं है कि मुझे किसका इंतजार है।''

उसके शब्दों में ईमानदारी की खनक थी। मैंने उसकी ओर सिगरेट का पैकेट बढ़ाते हुए कहा, ''यह कैसे हो सकता है?''

''पता नहीं। बस, मैं तो यही सोचता हूँ कि मैं किसी दिन बड़ी शानदार जिंदगी गुजारूँगा। हालाँकि अब तक की जिंदगी पैदल प्यादे सी कटी है, मगर मैं मन से चाहे जब 'रोल्स रायस' पर सवार हो जाता हूँ। उड़कर किसी रमणीक पहाड़ी होटल में ठहर जाता हूँ। यह बात दीगर है कि मेरे बदन पर, जो मैले-कुचैले कपड़े हैं, इन्हें बदलने के लिए एक और ड्रेस तक नहीं है। कभी-कभी रोटी खाने के लिए अठन्नी तक नहीं होती, पर इससे क्या? मेरी रईसी में कोई कमी नहीं होती।''

अपनी बात कहकर वह कुरसी से थोड़ा सा उठा और अपने मुचड़े पतलून की जेब से कागजों का एक पुलिंदा खींचकर मेरे सामने करते हुए बोला, ''यह देखिए मेरी रईसी के ठाठ।''

मैंने मुड़े-तुड़े लॉटरी के टिकट देखे और बेदिली से पूछ बैठा, "अभी तक कोई इनाम निकला भी है।"

वह फराखदिली से बोला, "ऐसी जल्दी भी क्या है? कभी-न-कभी मिल ही जाएगा। यकायक मिल गया होता तो सबकुछ गड़बड़ा जाता, मगर अब तो मेरे पास बाकायदा बड़ी-बड़ी योजनाएँ हैं। इनाम मिलते ही उधर जाऊँगा।"

मैं ताज्जुब में पड़ गया। चालीस को पास करके भी एक आदमी किस खयाली दुनिया में विचर रहा था, पर मैंने उसकी हँसी उड़ाना उचित नहीं समझा। मुझे लगा, उसके जीने के ढंग पर टिप्पणी करना भारी हृदयहीनता होगी। वह जिन रंगीन खिलौनों से खेल रहा था, वहाँ की दुनिया की वास्तविकता का हवाला देकर मैं उसका रंग-बिरंगा सपना नहीं तोड़ना चाहता था।

रात के नौ बजे थे। मैंने सोचा, मैं उसे ठहरने के लिए कहूँ। अगर वह नहीं ठहरा तो उसे अपने दिवंगत मित्र के परिवार में पहुँचते-पहुँचते बहुत देर हो जाएगी। सर्दी शुरू हो चुकी थी और उसके बदन पर महज एक सूती शर्ट-पैंट और पाँवों में रबड़ की चप्पलें थीं।

रामदास तुम रात को यहीं क्यों नहीं ठहर जाते?

किसी दिन फिर रुक जाऊँगा, कल सवेरे एक जगह जाना है। रात को कपड़े धोकर सुखा दूँगा, तो कल एक नए खुलनेवाले स्कूल में बातें करने जा सकूँगा। वैसे तो पाँचवीं जमात तक का ही है, पर बच्चों को ड्राइंगें सिखाना मुझे पसंद है।

"ठीक है, फिर कभी जल्दी ही दर्शन करूँगा आप लोगों के।" कहकर रामदास चल पड़ा।

मैं उसके साथ बाहर निकल गया और उसे चौराहे तक पहुँचाकर घर की ओर लौट पड़ा।

जब मैं घर में दाखिल हुआ तो तारा बोली, "यह क्या! तुम रामदास को कहाँ छोड़ आए? यहाँ मैंने उनका खाना बनाया है।"

मैंने हँसते हुए कहा, "वह आज रात तुम्हारा खाना खानेवाला नहीं। वह किसी बड़े होटल में डिनर लेनेवाला है। वह आज विदेशी गाड़ी पर सवार है।"

''विदेशी गाड़ी? क्या मजाक करते हो, उस बेचारे के पास ढंग का एक कपड़ा तक तो है नहीं।'' तारा हैरानी से बोली।

''कपड़ों की क्या जरूरत है, उसके पास लॉटरी के पचासों टिकट तो हैं।''

''लॉटरी के टिकटों से क्या होता है?'' कहकर तारा चली गई तो मैं देर तक यही सोचता रहा कि रामदास सपनों का जीवंत सौदागर है या मरीचिका का मरू मृग?

□

# यथावत

उसे देखकर यह विश्वास करना कठिन था कि वह किसी दफ्तर में बाबू हो सकता है। देह इतनी दुर्बल थी, गोया उसे वर्षों से भरपेट भोजन न मिला हो। हाथ-पैर दरख्त की पतली टहनियों के मानिंद थे। दाढ़ी कभी दस-बारह दिन से पहले नहीं कट पाती थी। सिर पर यूँ तो घने बाल थे, पर उनमें तीन-चौथाई से भी ज्यादा सफेद थे और कंघी फेरने की तो जैसे कभी नौबत ही नहीं आ पाती थी। कभी-कभी उसे शौक चर्राता था तो उन्हें मेंहदी से रंग जरूर लेता था, पर उससे भी उसकी उम्र घट नहीं पाती थी। यह कहना ज्यादा सही होगा कि उसकी वास्तविक उम्र का कोई अंदाज नहीं हो पाता था।

जाड़े, गरमी, बरसात सभी मौसमों में टखनों तक चढ़ी खाकी पतलून और चिथड़ा सरीखी शर्ट उसका स्थायी लिबास था। पाँवों में सस्ती चप्पलें घसीटते हुए, वह दाँत निपोरते सामने आता था तो मन में अजीब सी वितृष्णा भर उठती थी।

आजादी ने हमें और कुछ दिया हो या न दिया हो, पर यह छूट अवश्य दे दी है कि हम फटीचर-से-फटीचर हालत में दफ्तर की कुरसी पर जाकर पसर जाएँ। विभागीय सहयोगी अथवा बॉस जरा भी टोके तो हम उसकी बखिया उधेड़ने के लिए पूर्ण स्वतंत्र हैं। यह तो मैंने कई को कहते सुना है कि अच्छे कपड़े-लत्ते पहन लेने से कौन हमारी पदोन्नति होने जा रही है।

साफ और पारदर्शी आँखों में कितना आकर्षण होता है, यह बात उस, यानी भटनागर की पीली-पीली कीचड़ भरी आँखों को सरसरी तौर पर देखने से ही समझ में आ जाती थी। उसके ऊपरले जबड़े के बिलकुल बीच वाले चार दाँत भी

किसी हादसे की भेंट चढ़ चुके थे। हमारे बीच में यह एक ऐसी अजीबोगरीब हस्ती थी, जो चलते हुए हाँफती थी और ठहरकर साँसें लेते हुए आहें भरती थी।

उसकी रंगीन मिजाजी को लेकर बहुत सी किंवदंतियाँ सुनी जाती थीं, जिनमें सर्वाधिक चमत्कार पूर्ण यह थी कि उस छछूंदर किस्म के किरानी की दो पत्नियाँ थीं और उन दोनों से बेपनाह बच्चे थे। हम लोग कल्पना करते डरते थे कि वह कहाँ और किस दड़बे में यतीमों की तरह गुजर-बसर करता होगा।

एक-दो बार मैंने यह भी देखा कि वह विद्यालय के प्लेग्राउंड में सबसे नजरें चुराता अलग-थलग बैठा है और उसकी बगल में एक सूखी-सड़ी चीमड़ औरत कोई पोटली सी खोले बैठी है।

होते-होते नौबत यहाँ तक आ पहुँची कि उसकी दयनीयता सबकी नजरों में बेचैनी पैदा करने लगी। बहुत से लोगों की आत्मा में कुछ-न-कुछ किए जाने की पुकार भी जोर मारने लगी। सोचा गया कि वह गरीब सिर-फोड़ महँगाई के जमाने में करे भी तो क्या करे। कुल साढ़े पाँच सौ रुपए माहवार कट-कटाकर पगार के नाम पर उसे मिलते थे। जो हर तरह से अपर्याप्त-ही-अपर्याप्त थे, पर शिक्षा-विभाग तो हमारे अनुरोध पर उसकी तनख्वाह बढ़ानेवाला नहीं था।

शायद अध्यापक बिरादरी आत्मा की पुकार को अनसुना कर ही जाती, पर जब वह एक-एक करके सभी अध्यापकों के द्वार खटखटाने लगा और हर सुबह, सामने खड़ी सुरसामुखी विपत्तियों का करुण-कातर विवरण पेश करने लगा तो एक अजब मुश्किल पैदा हो गई। ठीक है, अध्यापकों को क्लर्कों से कुछ ज्यादा पगार मिलती है, पर इतनी ज्यादा भी नहीं कि हर सुबह किसी मजलूम के लिए दानखाता खोल दिया जाए।

भटनागर के गिरते-पड़ते हालात से हम लोगों के बीच अनाम ढंग से एक जागृति की लहर दौड़ गई। हमने अपना कर्तव्य समझने की चेष्टा की। हमने सहानुभूतिपूर्वक सोचा कि वह हमारी प्रतिष्ठित शिक्षा-संस्था का एक कर्मचारी है और इस नाते हमारा सहयोगी है। सहयोगी के लिए कुछ-न-कुछ किया ही जाना चाहिए।

'कुछ करने' और 'कुछ होने' की ऊहा-पोह में कई महीने खिसक गए और शीतकाल का अगला सत्र शुरू होने की नौबत आ गई।

हड़कंप पैदा करनेवाली ठंड में उसे फटे कुरते और पैबंद लगी पतलून में विद्यालय आते देखकर कुछ सहयोगियों को दिल सँभालना मुश्किल पड़ गया। शहर में मकान न मिलने की वजह से भटनागर तीन मील दूर देहात से बहुत तड़के चलकर दस बजे तक विद्यालय पहुँच पाता था।

उसकी दीन दशा पर विचार करने के लिए एक दोपहर गुनगुनी धूप में कुरसियाँ डालकर बैठक शुरू हुई। समस्या पर विचार प्रारंभ हुआ कि भटनागर लिपिक की दिनों-दिन गिरती हालत में कैसे सुधार हो।

सारी दुनिया जानती है कि उच्च शिक्षित जन के बीच कोई भी समस्या चाहे वह 'अत्यावश्यक' हो अथवा 'संकटकालीन' उसका हल जल्दी नहीं निकल पाता और बहस मुबाहिसे में असली मुद्दा बहुत पीछे छूट जाता है। भटनागर की समस्या को लेकर भी यही कुछ हुआ। अध्यापकों ने पहले वर्तमान स्थितियों को चिंता का विषय बनाया और कार्य के अनुकूल पारिश्रमिक न मिलने को अमानवीय तथा घृणास्पद ठहराया। अनेक महापुरुषों और अर्थशास्त्रियों के सिद्धांतों के उद्धरण प्रस्तुत किए। समान कर्म के लिए पूरे देश में समान वेतन लागू किए जाने का आंदोलन चलाने की इच्छा व्यक्त की।

पुराने और सयाने अध्यापकों का मत था कि असमानता सृष्टि के आरंभ से ही चली आ रही है। यह एक ऐसा सनातन सत्य है, जिसमें आनेवाले वक्तों में भी कोई उल्लेखनीय परिवर्तन नहीं होगा। यह मनुष्य का भाग्य निश्चित करता है कि उसे क्या मिलेगा। प्रस्ताव पास करने से कुदरत के नियमों को नहीं बदला जा सकता। सैकड़ों संविधान और संहिताएँ आए दिन बनती रहती हैं, पर उनसे संसार की गति में कोई फर्क नहीं पड़ता।

सारे वाद-विवाद के बावजूद इस मानवीय प्रसंग पर सब एकमत थे कि भटनागर के लिए कुछ अवश्य किया जाना चाहिए।

उत्साही अध्यापकों का मत था कि भटनागर के लिए कम-से-कम एक गरम सूट की व्यवस्था अवश्य होनी चाहिए। यह तो स्पष्ट ही था कि पूरी जिंदगी में भटनागर एक अच्छा सूट बनवाने में असमर्थ था। हम सब लोग एक दिन की तनख्वाह उत्सर्ग कर सकते तो यह कार्य हो सकता था, पर युद्ध स्तर जैसा तो यह कोई मुद्दा था नहीं। इसलिए बहुत सोच-विचार के बाद यह तय हुआ कि उसके

कपड़े गुमनाम ढंग अथवा गुप्त सहायता द्वारा बनवाए जाने चाहिए। उसे पता ही नहीं चलना चाहिए कि उसे किस अध्यापक ने क्या सहायता दी है। एक-दो जोड़ी गरम न सही ठंडे कपड़े ही बनवा दिए जाएँ। बहरहाल कुछ तो होना ही चाहिए।

घंटों की बहस के बाद भी कोई ऐसा सर्वमान्य स्वरूप सामने नहीं आ पाया कि वह क्या गुमनाम तरीका हो सकता है, जिससे भटनागर को यह एहसास न हो कि उसपर तरस खाया जा रहा है। किसी में कमतरी का भाव जगाना घोर अमानवीय खयाल किया गया।

पर बात जब अड़ियल टट्टू की तरह एक जगह अटककर रह गई तो कई लोग उबासियाँ लेने लगे। कुछ ने माथों पर उँगलियों से ठकठकाना शुरू कर दिया, जैसे उनके मस्तक बेपनाह दर्द से फटे जा रहे हों। आखिर यही ठीक समझा गया कि भटनागर की दीन-दशा पर विचार जारी रखने के लिए गरम चाय का एक-एक प्याला और हो सके तो एक-एक समोसा नास लिया जाए। इस प्रस्ताव पर लगभग सभी उत्साहित और एक मत नजर आए, क्योंकि इससे आगे सोचने की स्फूर्ति एवं दिशा मिलने की पूरी-पूरी संभावना थी।

चपरासी को तलब करके चाय-समोसों का टीचर्स क्लब की ओर से ऑर्डर दे दिया गया। अब खाद्य व्यंजनों की प्रतीक्षा में बात भटनागर की दुर्दशा से हटकर ग्रेड्स, महँगाई और दिनों-दिन बढ़ती अनुशासनहीनता की ओर मुड़ गई। अब ये तो ऐसे विषय हैं कि आप चाहें तो हरिनाम संकीर्तन की तर्ज पर इन्हें ताजिंदगी गाते रह सकते हैं।

महँगाई और अनुशासनहीनता को लेकर प्राय: सभी उपस्थित जन एक साथ कुछ-न-कुछ बोलने लगे। थोड़ी देर में वहाँ की स्थिति अजब हंगामाखेज लगने लगी। कक्षाएँ तो सभी छूट चुकी थीं। हाँ, एक सज्जन ट्यूटोरियल ग्रुप ले रहे थे। वे अपने कक्ष से बाहर आकर देखने लगे कि अनुशासन कायम करने के दर्द को लेकर छोटे-बड़े सभी शिक्षक अनुशासनहीनता के चरम पर पहुँच गए हैं।

चाय-समोसे आ पहुँचने से चखचख थोड़ी मंद हो गई और हम सबने गरम चाय का प्याला हाथ में लेकर गहरी राहत महसूस की।

ताजगी का अनुभव करने के बाद बात फिर भटनागर की तरफ लौटी। एक

सुझाव यह भी आया कि 'टीचर्स क्लब' के अध्यक्ष अथवा मंत्री कॉलेज में व्यवस्थापकों से बातें करके भटनागर के लिए एक ड्रेस की व्यवस्था करवाएँ।

नए और नई रोशनी के अध्यापकों ने इस प्रस्ताव का विरोध करते हुए कहा कि यह तो कोई बात ही नहीं हुई। क्या हम सब लोग मिलकर एक क्लर्क के कपड़ों का इंतजाम नहीं कर सकते, जो मैनेजिंग कमेटी के सामने जाकर गिड़गिड़ाएँ। नए अध्यापकों की 'शेम-शेम' से प्रभावित होकर, फिर यही तय हुआ कि गुप्त मतदान की तर्ज पर सब लोग 'सहायता निधि कोष' तैयार करें और जो पैसा इकट्ठा हो, उससे भटनागर के गरम कपड़े बनवाए जाएँ।

बहस काफी देर तक खिंची और अंत में मुझे यह काम सौंपा गया कि अध्यापकों द्वारा मिली गुप्त धनराशि से मैं भटनागर के लिए कपड़े सिलवाकर उसे ससम्मान भेंट करूँ।

यह गुप्त सहयोग राशि अगले महीने की पहली तारीख तक के लिए स्थगित हो गई और अध्यापक स्वस्ति अनुभव करते हुए अपने-अपने घरों को चले गए।

अगले महीने, यानी जनवरी में भटनागर को लेकर फिर चर्चा गरम हो उठी और मुझे प्रत्येक अध्यापक को टोकना पड़ा। जिस तरह आजकल शादी के मौके पर लोग बंद लिफाफे में पैसा-रुपया देते हैं, उसी तर्ज पर मुझे हर अध्यापक ने एक-एक लिफाफा दिया।

मैंने सारे लिफाफे खोलकर जो रुपए पाए, उनकी गिनती डेढ़ सौ तक भी नहीं पहुँची। बहुत सोचने पर भी मैं यह तय नहीं कर पाया कि ज्यादा लिफाफों और कम रुपयों का मैं क्या करूँ? उतने रुपयों में गरम कपड़े तो क्या बनते, गरम कपड़ों की तो सिलाई भी संभव नहीं थी।

अंत में यही ठीक लगा कि लाल किले के सामने फुटपाथों पर, जो गरम कपड़े फैले रहते हैं, उनसे भटनागर के लिए एक गरम कोट और पतलून खरीद ली जाए तथा उसे भेंट कर दी जाए। पर साथ ही मुझे यह भी सोचना पड़ा कि यह काम मैं अकेले जाकर नहीं कर सकता। भटनागर को अपने साथ ले जाना जरूरी है, क्योंकि उसके नाप के कपड़े तो वही चुन सकता था।

एक इतवार की सुबह भटनागर को साथ लेकर मैं जामा मसजिद के आसपास के इलाके में काफी देर तक भटकता रहा, पर कोई भी कोट-पतलून उसके नाप

की नहीं मिल पाई। बहुत सिर-मारी के बाद एक गरम कोट-पतलून उन चिथड़ों में से छाँटी गईं और मैंने भटनागर से कहा, "भई, अब इन्हीं पर सब्र करो। सत्तर रुपए में इन्हें आप अपने नाप की बनवा लेना।"

कोट-पतलून की कीमत कबाड़ी को चुकाने के बाद मैंने बाकी बचे सत्तर रुपए भटनागर के हाथ में थमा दिए और दिल्ली से लौट आया। मुझे यह काम करके काफी संतोष हुआ कि चलो मैंने एक बड़े परमार्थ का काम इसी जीवन में कर डाला।

अगले दिन मैंने अपनी कारगुजारी की सूचना अपने सहयोगी अध्यापकों को दे दी। मेरी इस सूचना से प्रत्येक के चेहरे पर दानशीलता का अद्‍भुत संतोष दिखलाई पड़ा और प्राय: सभी ने अपने शब्दों से अपनी ही प्रशंसा की। यही नहीं, भटनागर को तलब करके हरेक ने यह देखना चाहा कि उनकी सहयोग राशि से उसे कितना सुंदर लिबास उपलब्ध हुआ है। लेकिन पता चला कि आज भटनागर कॉलेज आया ही नहीं है।

वास्तव में यह एक निराशाजनक स्थिति थी कि जिस आदमी की प्रत्येक अध्यापक ने गुप्त सहायता की थी और उसको सलीके में लाने की पूरी चेष्टा की थी, वह आज उन्हें मौखिक धन्यवाद देने तक के लिए भी उपस्थित नहीं हुआ था।

उसी दिन क्या बाद के कई दिनों तक भी भटनागर की सूरत दिखाई नहीं पड़ी। हर आदमी को लगा कि भटनागर ने उन्हें ठग लिया है। उसे चुस्त-दुरुस्त देखने की उत्कंठा अंत में खीझ मिश्रित उपेक्षा में बदल गई। किसी की सहायता करके उसका वांछित परिणाम निकलते देखकर आदमी को, जो गौरवपूर्ण प्रसन्नता मिलती है, वह भटनागर से किसी को मयस्सर नहीं हुई।

लगभग एक सप्ताह बाद, जब भटनागर की मौत तक में भी किसी अध्यापक की दिलचस्पी नहीं रही तो भटनागर अपने घिसे-पिटे पुराने लिबास में ही प्रकट हुआ। हरे रंग का सूती और तार-तार कुरता तथा खाकी जीन की पैबंद लगी पतलून में मलबूस वह दफ्तर की सीढ़ियाँ चढ़ता नजर आया। उसके एक कंधे पर एक गठरी सी भी लदी नजर आ रही थी।

हम लोगों ने फुरती से चपरासी भेजकर भटनागर को बुला लाने के लिए

कहा। वह फटी मैली-कुचैली गठरी लेकर आया तो हम सबने उसे अजूबे की तरह घेर लिया। उसने अपनी गठरी फर्श पर रख दी और अपनी उल्लू सरीखी आँखें पटपटाकर हमें देखने लगा। उसे कुछ न बोलते देखकर इतिहास के अध्यापक वर्माजी ने क्षुब्ध होकर कहा, ''भई भटनागर, ये गठरी-मुठरी लादे कहाँ से चले आ रहे हो?'' फिर कुछ पल ठहरकर पूछ बैठे, ''इतने दिनों से कहाँ थे?''

''क्या बताऊँ वर्मा साब कि कहाँ था। मकान मालिक ने हमें घर से बाहर निकाल दिया और सामान बाहर गली में फेंक दिया।''

''अयं। मकान मालिक! अरे भई तुम तो देहात में रहते हो।''

भटनागर बोला, ''उससे क्या हुआ। गाँव में क्या मकानों का किराया नहीं लिया जाता। शहरों के नजदीक बसे गाँवों के पास खेती-बाड़ी की तो जमीन बाकी ही नहीं बचती, सो गाँव के बाशिंदे अपने कोठरी-कोठड़ों में किराएदार रखकर अपनी आमदनी करते हैं।''

''अच्छा?'' सिंह ने आश्चर्य व्यक्त किया। फिर वह एक क्षण ठहरकर बोला, ''पर पहले गाँवों में ऐसा बुरा रिवाज नहीं था।''

भटनागर लापरवाही से बोला, ''होता होगा जी। यहाँ के देहातों में तो लोग बकायदा किराएदार रखते हैं और हर महीने किराया वसूल करते हैं। मैं तीन महीने का किराया नहीं चुका पाया सो उसने निकाल बाहर किया।'' फिर वह हम सब पर आँखें घुमाते हुए बोला, ''इसमें उसका कोई दोष भी नहीं है।''

संस्कृत के अध्यापक लीलाधरजी ने पूछा, ''पर भटनागर बाबू आपको विद्यालय से तनख्वाह तो हर महीने मिलती है।''

अंग्रेजी के मलिक साहब ने लीलाधर पर व्यंग्य कसा, ''हर महीने नहीं शास्त्रीजी, 'प्रतिमास' कहिए।''

''अरे शब्दों में क्यों सींग अड़ाते हो?'' बुजुर्ग अध्यापक राय साहब ने मलिक की ओर मुँह घुमाकर कहा और फिर भटनागर से कहने लगे, ''लीलाधरजी ने भी क्या बात पूछी है। भला रैगुलरली तनख्वाह मिलने से मकान के किराए का क्या मतलब? लोग हजारों रुपए तनख्वाह पाकर भी महीनों तक मकान का किराया नहीं देते।''

मतलब की खास बात अंत में क्लब के मंत्री साईंदास ने पूछी, ''हाँ भई, वो

सहगलजी के साथ दिल्ली जाकर, जो ड्रेस खरीदकर लाए थे, वह कहाँ गई, उसे पहनकर क्यों नहीं आए?''

भटनागर सिर झुकाकर कुछ देर सोचता रहा और फिर बहुत मायूसी से बोला, ''उसकी क्या बात बताऊँ साब, वे कपड़े तो मकान मालिक ने किराए की एवजी में ले लिये।''

अपनी बात कहकर भटनागर अपराधी भाव से सिर झुकाकर बैठ गया। अध्यापक माथुर ने पूछा, ''मकान से तो तुम्हें बाहर कर दिया गया, अब आगे से कहाँ रहोगे?''

साईंदास ने व्यंग्यात्मक लहजे में कहा, ''रहेंगे कहाँ, यहीं कॉलेज के मेहतरों की किसी कोठड़ी में आ पड़ेंगे।''

जिस भटनागर के मुँह से मैंने दीन वाणी के अतिरिक्त कभी कुछ सुना ही नहीं था, उसकी तल्ख बातें सुनकर मैं सहसा सन्नाटे में आ गया। वह साईंदास की ओर मुँह करके बोला, ''प्रोफेसर साहब, जितनी हमें तनख्वाह मिलती है, उतने रुपयों में तो आपके बच्चों के दूध का भी गुजारा नहीं होता। आप लोगों की सौ-सवा-सौ रुपल्ली की खैरात पाकर मैं कोई शहर कोतवाल नहीं बन गया हूँ। मुझे बाले मेहतर की कोठरी में आ पड़ने पर कोई फाँसी नहीं लगा देगा। मुझे क्या फर्क पड़ता है कि आप मुझे बाबू कहते हैं या चौकीदार-मेहतर?''

परोपकार का बदला इस रूप में किसी को अपेक्षित नहीं था। सभी अध्यापकों ने एक-दूसरे का चेहरा अर्थ-गर्भित निगाहों से देखा, गोया वे संकेत में एक-दूसरे से पूछ रहे हों कि उनकी गुप्त सहायता कितनी अर्थहीन बनकर रह गई है।

भटनागर ने सबकी तरफ से आँखें हटाकर अपनी जेब से बीड़ी का बंडल और माचिस निकाली तथा एक बीड़ी जला ली। अंग्रेजी के बूढ़े प्रोफेसर आह सी भरते हुए बोले, ''भटनागर पेड अस बेरी नाइसली (भटनागर ने क्या खूब बदला चुकाया)।''

पर भटनागर ने उसपर भी कोई ध्यान नहीं दिया। उसने बीड़ी का एक लंबा कश खींचा और अपनी पोटली उठाकर चल दिया।

□

# दंश

अवस्थी साहब पिछले तीन दिनों से कमरे में बंद हैं। घर के सभी सयाने और वयस्क कई बार दरवाजा खुलवाने की अनथक चेष्टाएँ कर चुके थे, परंतु अवस्थी साहब परसों शाम दफ्तर से लौटने के बाद कमरे में घुसे तो फिर बाहर नहीं निकले। उनकी पत्नी गायत्री देवी स्वयं बहुत मिन्नत-खुशामद करती रही थीं, लेकिन दरवाजा नहीं खोला तो फिर खोला ही नहीं।

धीरे-धीरे सारे घर में एक अजीब सा आतंक फैल चुका था। बड़ी लड़कियाँ, कॉलेज-स्कूलों में पढ़नेवाले बच्चे तथा अवस्थी साहब का दामाद रतनलाल घंटों बैठकर यह तय करते रहे थे कि आखिर अवस्थी साहब को किस तरह बाहर निकाला जाए!

रतनलाल सेल्स टैक्स के दफ्तर में क्लर्क था। उसे तनख्वाह बहुत कम मिलती थी, लेकिन ऊपर की आमदनी हो जाती थी, इसलिए अच्छा ठाट-बाट बनाकर रहता था। अवस्थी साहब ने किसी तरह जोड़-तोड़ करके बड़ी लड़की प्रमिला की शादी रतनलाल से कर दी थी। रतनलाल था तो मैट्रिक पास ही, पर उसका स्वास्थ्य बहुत निखरा हुआ था। बातचीत में भी बहुत अच्छा था। शादी के बाद से वह अवस्थी साहब के घर पर ही रह रहा था। अवस्थी साहब बनारस के रहनेवाले थे और उनका पुश्तैनी पेशा महाब्राह्मण का था, इसलिए मेधावी होने के बावजूद अपने नगर में उन्हें कोई प्रतिष्ठा प्राप्त नहीं हो पाई थी। बनारस विश्वविद्यालय में न पढ़कर वे इलाहाबाद में शिक्षा पाते रहे थे और वहीं से उन्होंने सन् 1930 में बी.ए. एल-एल.बी. की परीक्षा अच्छी श्रेणी में पास की थी। घर-परिवार की स्थिति अच्छी नहीं थी। इसलिए साल-दो साल घर से खाकर प्रैक्टिस जमाने का धैर्य भी

नहीं था। इसके अलावा कानून की परीक्षा पास करने तक दो बच्चे भी हो चुके थे।

अवस्थी साहब शुरू-शरू में छोटी-मोटी नौकरियों में दिन काटते रहे। दूसरे महायुद्ध के दिनों में राशनिंग विभाग में नौकरी मिली, जो आगे जाकर पक्की हो गई। अपनी तीक्ष्ण मेधा के सहारे अवस्थी साहब उन्नति करते चले गए। राशनिंग विभाग में रहते हुए उनकी घरेलू स्थिति कुछ सुधर गई, मगर उसी अनुपात में परिवार भी बढ़ता चला गया। अवस्थी साहब शुरू से ही सादगी पसंद इनसान थे, इसलिए राशनिंग जैसे महकमे में रहते हुए भी जी-तोड़ पैसा पैदा करने की इच्छा उनमें कभी नहीं जागी। युद्ध की समाप्ति पर उन्होंने अपना विभाग बदल लिया। सेल्स टैक्स में आ गए। उनका कार्यक्रम बहुत निश्चित था। सुबह नित्यकर्मों से निपटकर दो घंटे पूजा करते और फिर भोजन करके दफ्तर जाते तो मेहनत से सरकारी काम करते। स्वभाव से मितभाषी और संकोचशील होने के कारण रिश्वत के लिए उन्होंने अपनी तरफ से कोई कोशिश नहीं की, मगर सेल्स टैक्स अफसर होने की वजह से बड़े-बड़े व्यापारी अपने ढंग से उनके यहाँ विनम्रता दिखाकर दाँत निपोरते हुए, जो कुछ पहुँचा जाते, उससे इनकार न करते। उनकी सालाना रिपोर्ट हमेशा अच्छी होती रही और निर्बाध गति से उन्नति करते-करते एक दिन असिस्टैंट सेल्स टैक्स कमिश्नर की कुरसी पर पहुँच गए। सारे विभाग में उनके देवता-स्वभाव और बुद्धिमानी की धाक थी। बिक्री कर से संबंधित सूक्ष्म-से-सूक्ष्म बातों का ब्योरा उनकी जबान पर रहता था। अपने विभागीय काम के अलावा उन्हें किसी और बात में विशेष दिलचस्पी भी नहीं थी।

जहाँ एक ओर अवस्थी साहब के गुणों में इतनी समृद्धि दीख पड़ती थी, वहीं दूसरी ओर एक गहरी खाई भी नजर आती थी। अवस्थी साहब की छोटी-बड़ी ग्यारह संतानें थीं। तीन पुत्रियों के बाद एक लड़का हुआ था, जो अभी कॉलेज में पढ़ रहा था। बेटे के बाद सात बेटियाँ थीं। तनख्वाह से प्रॉविडेंट फंड के पैसे कटते थे, वही उनकी संचित-निधि थी। ले-देकर बीस हजार के बीमा थे। इतनी सी सुरक्षित संपत्ति से स्पष्ट ही कोई बड़ा काम पूरा नहीं हो सकता था। हालाँकि लखनऊ में उनके पास एक बहुत बड़ी कोठी थी, सामने कई बीघे का लॉन था, मगर लॉन की कायदे से न कभी घास कटती थी और न फल-फूल के पौधे ही रोपे जाते थे। कोठी के बाहर बराँडे में पुराने-धुराने आठ सरकंडे के मोढ़े

पड़े रहते थे। श्रीमती अवस्थी ने साइकिलों के टायर उनपर चढ़वा दिए थे, जिससे उनके अंजर-पंजर ढीले होने पर भी सरकंडे एक जगह जुड़े हुए थे। पुरानी साड़ियों से मोढ़ों की गद्दियाँ दिखलाई देती थीं। कोठी की यही हालत अंदर से थी। बारह कमरों की कोठी में एक भी कमरा ऐसा नहीं था, जहाँ बाहर से आनेवाले अतिथि को बिठाया जा सके। अधिकांश कमरों में बच्चों की किताबें-बस्ते और छोटे-मोटे कपड़े बिखरे पड़े रहते थे। श्रीमती अवस्थी को बेसलीका औरत नहीं कहा जा सकता। अपनी सामर्थ्य और सीमा के अनुसार वे घर को बराबर कायदे में लाने की चेष्टा करती रहती थीं, परंतु छोटी बच्चियाँ उनके कायदे पर बराबर धूल उछालती रहती थीं।

ज्यों-त्यों करके बड़ी लड़की प्रमिला की शादी हो पाई थी। वह भी अवस्थी साहब के दफ्तर के एक जूनियर क्लर्क रतनलाल से। शादी में अधिक रुपया खर्च न कर सकने की मजबूरी ही इस विवाह के पीछे थी। लेकिन अवस्थी साहब ने अपनी बेटी की शादी यह सोचकर रतनलाल से की थी कि वह स्मार्ट लड़का है, कायदे से रहता है, परिश्रम और ईमानदारी से एक दिन उन्नति कर जाएगा। रतनलाल मेहनती और समझदार था, पर दुनियादारी की समझ और दफ्तर से मिलनेवाली एक सौ तीस रुपल्ली की तनख्वाह ने उसे ईमानदारी की ओर से पूरी तरह विमुख कर दिया था। शादी होने के बाद वह अवस्थी साहब की कोठी पर ही रहने लगा और उसने दफ्तर की सारी फाइलों को उलट-पलटकर उन केसों को नोट कर लिया, जिनसे अच्छी रकम पैदा की जा सकती थी। रतनलाल दफ्तर में एक दबंग किस्म का आदमी माना जाता था और शादी के बाद तो दफ्तर के लोग उसे अवस्थी साहब का दामाद समझकर और भी घबराने लगे थे। अवस्थी साहब के सामने पेश होनेवाले मुकदमों का रतनलाल ब्योरेवार सूक्ष्म अध्ययन करने लगा और वह मुकदमों से संबंधित पार्टियों से ऐसी रकमें वसूल करने लगा, जो उन्हें किसी तरह भी अखरनेवाली नहीं लगती थीं। ऐसी वसूली वह अपनी सास को लाकर देता और अवस्थी साहब को ऊँच-नीच समझाकर केस में थोड़ी नरमी करवा देता।

अवस्थी साहब, जिन्होंने कभी ऐसा रवैया अख्तयार नहीं किया था, रतनलाल के तरीके से बहुत दुःखी होते, परंतु वे उसकी बातों और तर्कों के औचित्य से

इनकार न कर पाते। उनके रिटायर होने में कुल दो साल रह गए थे। बचत के नाम पर उनके पास पचास हजार रुपए भी नहीं थे। रिटायर होने के बाद इतने बड़े परिवार का भरण-पोषण एक ऐसी विषम समस्या थी, जिसका निराकरण उन्हें कहीं होता नहीं दीख पड़ता था। रतनलाल के प्रयत्नों से घर में गोदरेज की अलमारियाँ और दूसरी सुविधाएँ दिखाई देने लगी थीं। श्रीमती अवस्थी लड़कियों की शादियों के लिए भी थोड़ा-बहुत सामान जुटा रही थीं। रतनलाल की सहायता से थोड़ा-बहुत जेवर भी खरीदना शुरू कर दिया था। चूँकि अवस्थी साहब ने पूरी नौकरी के दौरान कोई ऐसा काम नहीं किया था, जिससे विभाग में उनकी बदनामी होती। इसलिए उनके नाम पर रतनलाल की वसूली के बावजूद उनके दफ्तर में उनकी प्रतिष्ठा पूरी तरह सुरक्षित बनी रही।

गत दो बरसों में रतनलाल ने एक हजार से पाँच हजार रुपए तक भिन्न-भिन्न तरीके से वसूल किए। रिटायरमेंट के नजदीक पहुँचकर अवस्थी साहब में एक बड़ा परिवर्तन यह हुआ कि उनके सिद्धांत बिलकुल ढीले पड़ गए। इसका कारण कुछ भी रहा हो, लेकिन एक बात साफ हो गई कि आनेवाले असुरक्षित और भयावह कल ने उन्हें बुरी तरह हिला दिया था। अभी उनके रिटायरमेंट में कोई डेढ़ महीने का समय रह गया था कि एक बड़े उद्योगपति का मामला आ गया। इस केस में पाँच लाख के आयकर का घपला था। रतनलाल ने दौड़-धूप करके उद्योगपति से एक लाख तय कर लिया। उद्योगपति को कोई आपत्ति नहीं थी। वह एक लाख देने के लिए तत्काल तैयार हो गया। रतनलाल ने जब सारी बात अवस्थी साहब के सामने रखी तो उनका चेहरा एकदम बुझ गया, उन्होंने रतनलाल को तुरंत कोई उत्तर नहीं दिया। हाथ में लटके अखबार को ऊपर करके गंभीर हो गए, लेकिन रतनलाल चैन से नहीं बैठा, बोला, "देखिए, आप नौ सितंबर को रिटायर हो रहे हैं। आज इक्कीस जुलाई है! रिटायर होने के बाद के लिए भी कुछ सोचा है आपने कि सब चीजें कैसे चलेंगी? आपके रिटायर होने से घर के खर्च तो एकदम बैठ नहीं जाएँगे। बच्चे आज जहाँ, जिस स्टैंडर्ड पर पहुँच चुके हैं, उससे नीचे उतरने का सवाल ही नहीं उठता। मैं यह नहीं मानता कि इस केस में एक लाख रुपया ले लेने से सारी समस्याएँ हल हो जाएँगी, लेकिन इतना आप समझ रखिए कि आपके बाद जो आदमी इस कुरसी पर आएगा, उसके लिए

एक लाख रुपया लेने में कोई ऊहापोह जैसी चीज नहीं होगी। सारी मशीनरी करप्ट है। आप अपने तईं प्यूरीटन बनने की बात कर सकते हैं। वैसे इन टर्म्स में आजकल कोई नहीं सोचता। दस···, दस ही क्यों हजार बेईमान आदमियों के बीच एक ईमानदार आदमी रुटीन वर्क को खराब ही करता है।

अवस्थी साहब ने चेहरे के सामने से अखबार हटाकर पूछा, ''तुमने इस केस में कितना रुपया एक्सेप्ट किया है?''

''पचास हजार मैं ले चुका हूँ। पचास, तारीख के दिन मिलने की बात है।''

अवस्थी साहब का चेहरा सफेद और बुढ़ापे से भरा दिखाई देने लगा, लेकिन उन्होंने अपनी अस्वाभाविक रूप से काँपती आवाज पर काबू पाने की कोशिश करते हुए कहा, ''हूँ···इस केस में कौन तारीख लगी है?''

''नौ सितंबर।''

नौ सितंबर का नाम सुनते ही अवस्थी साहब का पूरा शरीर एक बार तो ऐसे काँप गया, गोया उन्हें जाड़ा देकर बुखार चढ़ आया हो, लेकिन संक्षिप्त सा 'ठीक है' कहकर उन्होंने अपना सिर फिर अखबार में गाड़ दिया। रतनलाल थोड़ी देर बैठकर प्रतीक्षा करता रहा कि शायद वे कुछ और दरयाफ्त करें, पर अवस्थी साहब ने अखबार से सिर नहीं हटाया।

घर के सारे काम हस्बेमामूल चलते रहे। अवस्थी साहब के दैनिक कार्यों में भी कोई अंतर नहीं आया। वे पहले भी अधिक बातें नहीं करते थे, इधर तो उन्होंने एकदम बोलना छोड़ दिया। समझदार बच्चों और पत्नी ने इसे रिटायर होने का दुःख खयाल किया। अवस्थी साहब के कमरे की बत्ती सारी-सारी रात जलने लगी। रतनलाल ने इसे केस की तैयारी समझा और उसे यह सोचकर संतोष हुआ कि अवस्थी साहब बिना किसी झंझट के इतनी आसानी से तैयार हो गए।

जिस दिन उस केस की तारीख थी, साहब सुबह से ही बहुत उद्विग्न और थके दिखलाई पड़े। उस दिन उनके चेहरे पर इतना बुढ़ापा उभर आया, जैसे एक रात में ही वे वार्धक्य की पूरी सीढ़ी चढ़ गए हों। जो सहज गति उनके जीवन में सबके लिए बहुत स्पष्ट और जानी-पहचानी थी, आज वह सहसा खंडित हो गई। निश्चय ही इसमें रिटायर होने का दुःख शामिल होगा, मगर वे तो बरसों से कहते थे, ''क्या है जी, इस नौकरी में? इससे चार गुना तो मैं सेल्स टैक्स के मुकदमे

करके पीट सकता हूँ।" फिर वह विश्वास आज यकायक कैसे टूट गया? जो हो, अवस्थी साहब ठीक वक्त पर अपनी कुरसी पर बैठ गए और अंतिम केसेज और फाइलें देखने लगे।

अवस्थी साहब सारे दिन सन्निपात के रोगी की स्थिति में रहे। उनके सामने जिस समय अंतिम केस आया तो रतनलाल ने एक क्षण के लिए कमरे में झाँका और बाहर हो गया। अवस्थी साहब का मस्तक बुरी तरह दु:ख रहा था। उन्होंने अपने मस्तक की खड़ी हुई नसों को अँगूठे से मसला और फाइल देखने लगे। उनका सहायक यह देखकर दंग रह गया कि इस केस का फैसला करने में अवस्थी साहब को दस मिनट का समय भी नहीं लगा। दफ्तर के कर्मचारियों की दृष्टि से यह एक महत्त्वपूर्ण मामला था, लेकिन इसका चंद मिनटों में निपटारा होते देखकर सबने यह समझ लिया कि रतनलाल की गोली अपना काम कर गई और अवस्थी साहब जहर का भरा हुआ प्याला बिना साँस लिये पी गए। अंदरूनी तौर पर इस केस के बारे में लोगों को बहुत सी शिकायतें हो सकती थीं, लेकिन अपने किसी मातहत के विरुद्ध जिस शख्स ने एक भी बुरी रिपोर्ट न दी हो, उसे आज आखिरी वक्त पर माफ करना, उन्हें इनसानी फर्ज लगा।

सबको मालूम हो गया कि इस केस में अवस्थी साहब को क्या कुछ मिला है, लेकिन शाम को दफ्तर खत्म होने के बाद किसी के चेहरे पर कोई शिकायत नहीं थी। अवस्थी साहब दफ्तर से लौटे और अपने कमरे में बंद हो गए। सब बार-बार दरवाजे पर टक्करें मारते रहे, लेकिन वे बाहर नहीं आए। अवस्थी साहब यह तो नहीं कह सकते कि उनकी चादर एकदम बेदाग थी; रतनलाल ने उनकी जानकारी में कई बार पाँच-पाँच हजार रुपए लिये थे, हाँ, यह आखिरी झटका, जो एक लाख तक पहुँचा है, यही उनकी आत्मा पर असह्य बोझ है। हो सकता है, इसका प्रायश्चित्त करने में उन्हें और भी दो दिन लग जाएँ।

□

# स्पर्श

शांता घर में रहकर प्राइवेट बी.ए. की परीक्षा की तैयारी कर रही थी। चाचा-चाची नौकरी पर चले जाते थे और उनके बच्चे भी स्कूल चले जाते थे। बाद में घर पर वही अकेली रह जाती थी। उसे, यानी शांता को गली-मोहल्ले के लोग बहुत दिनों तक एक नौकरानी के रूप में जानते थे। जब तक वह दस-बारह साल की हुई, शायद ही किसी को मालूम हुआ हो कि वह बहुगुना साहब की भतीजी है। उस बच्ची से पड़ोसी प्रायः खीझे रहते थे, क्योंकि वह सुबह-सुबह जाकर किसी का द्वार खटखटा देती थी। लोग आँखें मलते हुए उठते थे और अलसाए स्वर में उससे पूछते थे कि क्या बात है तो पता चलता कि वह अँगीठी या स्टोव जलाने के लिए दियासलाई की तीलियाँ माँगने आई है या चाय की पत्तियाँ अथवा थोड़ा सा दूध। अगर वह जरा दिन चढ़े दरवाजा पीटती तो सब समझ जाते कि हल्दी, धनिए या नमक की फरमाइश है। उस गरीब के लिए हर तरफ से दुरदुराहट-ही-दुरदुराहट थी। वैसे साधारण-से-साधारण परिवारों में इन मामूली चीजों को ताले में बंद करके रखने का रिवाज नहीं है, पर बहुगुना साहब के परिवार की हर बात ही अनोखी थी। उनके यहाँ क्रॉकरी से लेकर तेल, क्रीम, कंघे-शीशे, अचार-मुरब्बे, घी और यहाँ तक कि साधारण मसाले तक भी ताले के भीतर सुरक्षित रखे जाते थे।

बहुगुना साहब के दो पुत्र, जो कठिनाई से शांता से कुछ ही वर्ष छोटे होंगे, इस काम को करने में शांता के बराबर ही समर्थ थे, मगर बहुगुना साहब को अपनी सामाजिक मर्यादा का बहुत खयाल रहता था। पत्नी एक महाविद्यालय में अपने विषय की विभागाध्यक्षा थीं और स्वयं वे भी एक फर्म में एकाउंटैंट थे।

अजीब बात है कि लोग स्वयं दूसरों के सामने छोटी-छोटी चीजों के लिए हाथ फैलाते हुए शरमाते हैं, परंतु नौकरों से मँगवाने में उन्हें कोई लज्जा अनुभव नहीं होती। मसलन नौकर को किसी ने इच्छित वस्तु देने से इनकार कर दिया या डाँटकर भगा दिया तो इसमें वे अपनी मानहानि नहीं समझते। इसे वे नौकर का अपमान समझकर चुप लगा जाते हैं। शायद उनकी दृष्टि में नौकर इतना हेय है कि उसका मान-अपमान कुछ नहीं होता।

सुबह नौ बजे के करीब अगर कोई उनके यहाँ पहुँच जाता तो उसे कुछ इस प्रकार की झाँकियाँ दिखलाई पड़तीं, बहुगुना साहब चाय का एक बड़ा सा मग लिये मेज के सामने बैठे हैं, अखबार उनके सामने फैला है, एक पैर में स्लीपर है और दूसरा जाँघ पर रखा हुआ है। आसपास के वातावरण से बेखबर होकर परम दार्शनिक मुद्रा में वे अखबारी खबरों का रसपान कर रहे हैं। बीच-बीच में एक विशेष व्यवधान के बाद चाय का मग उठाते हैं और एक घूँट भरकर फिर उसे वहीं मेज पर टिका देते हैं। उनके दोनों लड़के अपेक्षाकृत एक छोटी सी मेज पर बैठे नाश्ता कर रहे हैं। मिसेज बहुगुना नहा-धोकर साफ कपड़े पहने, अब उस विशेष अलमारी के सामने खड़ी हैं, जहाँ राशन डिपो जैसा दृश्य है। चीनी, दाल, आटा, घी और मसाले नाप-तौलकर शांता के हाथ में देती जाती हैं और शांता उन्हें रसोई घर में रखकर फिर दूसरा सामान लेने आ पहुँचती है। बीच-बीच में मिसेज बहुगुना ऊँची और कर्कश आवाज में उसे कुछ आदेश भी देती जा रही हैं, जिन्हें सुनने का बहुत सर्तक भाव शांता के चेहरे पर बना हुआ है। यह दृश्य बड़ा विचित्र लगता है, जैसे कोई दुकानदार अलमारी से सामान तौल-तौलकर निकाल रहा हो और उसका नौकर काउंटर पर खड़े लोगों को मुहैया कर रहा हो।

मोहल्ले भर की उतरन पहन-पहनकर यह लड़की परवरिश पाती रही है। किसी का स्वेटर, किसी का फ्रॉक और किसी का कोई और कपड़ा बेरहम सर्दी-गरमी से उसे बचाते रहे हैं। कुछ वर्ष पहले तक शांता को पहचानना बहुत आसान था, क्योंकि एक तो उसका स्थान घर से ज्यादा बाहर मोहल्ले के घरों में था, दूसरे उसकी ताड़ सी लंबी देह पर बिना नाप का कोई बेढंगा कपड़ा ऐसा जरूर होता था, जो थोड़े दिनों पहले तक देनेवाले के अपने घर में उपेक्षित होकर पड़ा हुआ था। यह लड़की दीवारों के भीतर कितनी प्रताड़ना पाती होगी, इसके

विषय में केवल इसी आधार पर अनुमान लगाया जा सकता है कि कई बार महाविद्यालय की विभागाध्यक्षा हाथ में बेंत, कपड़े पीटने की मोंगरी या मच्छरदानी का बाँस लेकर चुड़ैल-हरामजादी से आगे की ओर जानेवाले कुछ श्रेष्ठ संबोधन मार-पीट के साथ बतौर दक्षिणा देती नजर आ जाती थीं। नुकसान कोई करे, मगर दंड की भागी प्रायः वही होती थी। और इस माहौल में यह सख्त जान लड़की बड़ी हो रही थी।

पिछले दिनों सुना गया कि शांता की कहीं शादी पक्की की जा रही है। लड़का भाग्य से किसी किस्म का इंजीनियर ही मिल गया है। अगर शांता बी.ए. कर जाए तो उसका विवाह इसी साल कर दिया जाए, साथ के पड़ोसी होने के कारण बहुगुना साहब के परिवार का मेरे यहाँ भी आना-जाना था। एक दिन उन्होंने मुझसे याचना की, ''वर्माजी, अगर कुछ दिनों आप शांता को 'कोच' कर दें तो यह बी.ए. कर सकती है। अब लड़की बड़ी हो गई है, इसे कॉलेज-वॉलेज क्या भेजे।'' मेरे मन में जो प्रतिक्रिया हुई, वह यह थी कि कहूँ, क्या हर्ज है। आपकी पत्नी तो कॉलेज जाती ही हैं, इसको साथ ले जाकर नियमित पढ़ाई की व्यवस्था कर सकती हैं। किंतु मैंने यह नहीं कहा। मैं जानता था कि शांता ने सभी परीक्षाएँ प्राइवेट पास की हैं और शायद यह आखिरी सीढ़ी भी वह इसी तरह पार कर जाएगी। शांता कॉलेज चली जाती तो घर में फैला काम, जिसे दो नौकर सँभालते, उसे कौन करेगा? मैंने उनसे कह दिया कि शांता को कभी-कभी भेज दिया कीजिए।

अगले दिन शांता हाथ में पाँच-छह किताबें थामे मेरे कमरे में दाखिल हुई। मेरा खयाल था कि शांता इतने अरसे तक कुटने-पिसने और घुटन के बाद निहायत संजीदा हो गई होगी, मगर शांता के व्यक्तित्व पर घुटन की रुग्णता का कोई लक्षण नहीं था। वह हाथ की धुली शमीज और सलवार पहने हुए थी तथा उसके गले में जो काला दुपट्टा पड़ा था, शायद मेरी पत्नी का ही था, क्योंकि इस दुपट्टे से मैं बहुत दिनों तक अपने घर में विविध सेवाएँ लिये जाते देखता रहा था। जब मेरा बच्चा काफी छोटा था तो मेरी पत्नी उसे मक्खियों से बचाने के लिए यही दुपट्टा उढ़ा दिया करती थी। शांता की लंबाई बढ़ने के साथ-साथ बदन भी गुदाज और कसा हुआ हो गया था और रंग भी निखर आया था। उसे

देखकर अब किसी को यह खयाल नहीं हो सकता था कि इस लड़की को कभी खाने-पहनने का बड़ा कष्ट रहा है। मेरी दृष्टि अभी भी उसमें एक छोटी सी मरगिल्ली लड़की तलाश कर रही थी, किंतु उस अनाथ लड़की का उसमें कोई निशान बाकी नहीं था। अकेले कमरे में, अगर मेरे स्थान पर कोई और अनजान उसे देखता तो उसे न जाने कितनी खुशगवार बहारों की याद दिलानेवाली कल्पनाएँ और खुमारी आने लगतीं, किंतु मैं किसी और व्यक्ति की नजर अपने अंदर न ला सका। उसे देखकर मुझे बस स्टैंड पर समूह में खड़ी उन अनेक लड़कियों का ध्यान हो आया, जिनमें से शायद कई शांता की स्थिति में परवरिश पाकर बड़ी और जवान होती हैं, लेकिन जवान होते हुए वे आदमी की दृष्टि में एक इंद्रजाल बुनती हैं और बरबस उसको अपनी ओर खींच लेती हैं। यह बात उनकी ओर आकर्षित होते हुए किसी के दिमाग में नहीं आती कि उनमें से कई ने निरंतर ताड़ना और अपमान का सामना किया है। आदमी की तकलीफ आदमी को हमेशा तोड़ती नहीं है, कभी-कभी कष्टों में ही जवानी परवान चढ़ती है। यौवन में वह आध्यात्मिक खूशबू होती है कि तंग कोठरियाँ, सील, बदबू और गाली-गलौज उसे बंदी बनाकर नहीं रख सकते। यह जवानी मनुष्य को न केवल खतरे उठाने को मजबूर करती है, बल्कि कई बार विचारों और खुशियों के सातों आकाश भेदने की प्रबल शक्ति भी दे जाती है।

शांता की मैंने सारी किताबें उलट-पलटकर देखीं, सभी पर कन्या महाविद्यालय की मुहर लगी हुई थी। स्पष्ट था कि ये सभी पाठ्य-पुस्तकें श्रीमती बहुगुना ने अपनी कॉलेज लाइब्रेरी से लाकर दी थीं और अगर यह लाइब्रेरीवाली सुविधा न होती तो शांता के इम्तिहान देने का प्रश्न ही न उठता। किताबें मेरे पास छोड़कर शांता अंदर कमरों में भाभी-भाभी का शोर मचाती घूम रही थी। जब मेरी पत्नी उसे कहीं दिखाई न पड़ी तो वह मुझसे पूछने आई, ''भाई साहब, भाभीजी किधर हैं?''

यह कहकर वह स्वयं ही हँसने लगी। शायद मुझसे यह पूछने के बाद उसे खयाल आया होगा कि उसकी भाभी को मैंने कहीं नहीं छिपाया है। मैंने किताबें एक ओर सरकाकर उसकी ओर देखा और बोला, ''तुम्हारी आंटी के साथ ही घर से निकली हैं; शायद बाजार गई हैं।''

"बबलू भी उनके साथ ही गया है?"

मेरे हाँ कहने पर वह रहस्यमय ढंग से मुसकराने लगी। मैं उसकी मुसकान का भेद समझ गया। वे अपनी चाची का स्वभाव जानती थी कि वह कभी अकेली बाजार नहीं जातीं। बाजार जाते समय वे किसी-न-किसी पड़ोसिन की तलाश में रहती थीं; रिक्शे का एक तरफ का किराया वे स्वयं देती थीं और दूसरी तरफ का पड़ोसिन से दिलवाती थीं तथा इस शर्त का निर्वाह करनेवाली कोई-न-कोई साथिन उन्हें अवश्य मिल जाती थी। मैं फिर किताबें देखने लगा। मैं एक स्थल पर पेंसिल से निशान लगाने जा रहा था कि वह बोली, "आपने चाय पी ली?"

मैंने कहा, "ढाई-तीन के करीब तेरी भाभी गई हैं। मैं उस वक्त घर पहुँचा ही था, मेरा खयाल है, अब वे लोग लौट ही रही होंगी।"

"मैं चाय बना दूँ?"

"तू बैठकर पढ़।"

"आप पढ़िए, मैं तब तक चाय बनाकर लाती हूँ।" मुझे किताबों में उलझा देखकर वह अंदर चली गई और जब लौटी तो उसके हाथ में चाय का प्याला था। मेरे हाथ में चाय का प्याला देकर वह बिना बात मुसकराने लगी। मैंने उससे पूछा, "तेरी चाय कहाँ है?"

वह इस बार खुलकर हँस पड़ी···मानो हँसी उसके रोम-रोम में थी तो बोली, "मैंने सिर्फ आपके लिए दो प्याले चाय बनाई है, आप इसे खत्म कीजिए, अभी एक प्याला चाय और रखी है।"

मैंने माथे पर त्योरियाँ डालकर कहा, "दो प्याले की बच्ची, चल उठकर ला, मैं एक प्याला ही पीता हूँ।" वह खड़ी कुटिलता से मुसकराती रही और फिर अंदर भाग गई। मैं चाय पीते हुए सोचता रहा···शायद एक उम्र ऐसी होती है, जब बात-बेबात हर वक्त हँसी आती रहती है। कुछ देर बाद वह लौटी तो उसके हाथ में चाय का प्याला नहीं था, मैंने हाथ के संकेत से पूछा तो बोली, "आप क्या इतना भी नहीं जानते कि हम लोग छुपकर और ज्यादा खा-पी लेते हैं। मैं किचिन में जाकर सारी चाय पी आई।"

उसके पढ़ने का सिलसिला नियमपूर्वक नहीं चल पा रहा था। कभी वह

शाम को आती, कभी रात का खाना समाप्त करके। किताबें पढ़कर मैं उसे कुछ समझाने की कोशिश करता तो वह खाली दृष्टि से देखती रह जाती। शायद घर पर उसे पुस्तकें देखने का अवसर नहीं मिल पाता था। मेरे सामने भी वह ठीक से नहीं पढ़ पाती थी, क्योंकि सभी पाठ्य-पुस्तकों की केवल एक-एक प्रति थी। जब मैं पढ़ता था तो वह खाली बैठती थी और अगर पुस्तक उसके हाथ में थमा देता तो मैं उसके शब्द पकड़ने की कोशिश करता। किसी स्थल को दोबारा पढ़ने के लिए कहता तो वह पुस्तक मेरे हाथ में लौटाकर कहती, ''आप ही पढ़कर समझा दीजिए···मेरे से नहीं पढ़ा जाएगा।''

पाठ्यक्रम की उन नीरस पुस्तकों में उसे कोई आनंद नहीं आता था। कहीं कोई सरस बात होती तो वह उसे सुनने की चेष्टा करती और मासूमियत से कोई ऐसा टेढ़ा सवाल करती, जिसका उत्तर पाठ्य-पुस्तक और परीक्षा से किसी भी प्रकार तालमेल न बिठा पाता। एक दिन जब मैं उसे साहित्य की कोई पुस्तक पढ़ा रहा था तो वह मूल विषय से हटकर बोली, ''क्यों भाई साहब, क्या वास्तव में कृष्णजी राधा को छोड़कर चले गए थे और फिर कभी वापस नहीं लौटे?'' फिर यकायक उसे कुछ याद आया तो कौतुक से बोली, ''सुना है कृष्णजी ने मथुरा जाकर एक ऐसी औरत से शादी रचा ली, जिसकी पीठ में कूबड़ निकला हुआ था···अच्छा भाई साहब, आप ही बताइए कभी ऐसा हो सकता है?''

मुझे उसकी जिज्ञासा भरी मुद्रा देखकर हँसी आ गई। मैंने कहा, ''शांता कूबड़ का शादी से कोई संबंध नहीं है। अब तू अपनी ही मिसाल ले, तेरी पीठ में न सही, दिमाग में तो कूबड़ निकला ही हुआ है।''

मैंने उसकी जिज्ञासा भरी मुद्रा की नकल उतारकर कहा, ''अच्छा शांताजी, तो अब आप ही बताइए, क्या आपकी शादी नहीं होगी?''

वह मेरे हाथ की किताब पर अपना हाथ मारकर शर्म से लाल पड़ गई और बोली, ''हटिए आप बेकार की बातें करते हैं।'' मैं देख रहा था कि पढ़ने से उसकी तबीयत उचटती जा रही थी। वह अजीब-अजीब सवाल करती थी और बीच-बीच में उठकर अंदर चली जाती थी तथा मेरी पत्नी से झख मारने लगती थी। उसकी सबसे बड़ी शिकायत यह थी कि उसे कुछ याद नहीं रहता था। एक दिन उसके रवैए से ऊबकर मैंने कुछ कटु होकर कहा, ''अच्छा शांता, अब तू

जा, तेरी पढ़ाई हो चुकी। इन किताबों से तू सिर्फ अँगीठी सुलगाने का ही काम ले सकती है। पढ़ने-पढ़ाने का काम तेरे लिए नहीं बना, तुझे तो जिंदगी भर चूल्हे में सिर मारना है।''

मेरे खींझने और नाराज होने से उसका हँसता हुआ चेहरा निस्तेज पड़ गया। वह हतप्रभ हो गई और उसके मुख पर गंभीरता के बादल छा गए। मुझे अपने व्यर्थ आक्रोश पर बहुत अफसोस हुआ। क्या यह चूल्हे और गृहस्थी का ही झंझट नहीं था, जो उसे किताबों की दुनिया तक पहुँचने ही नहीं देता था? मैंने उसकी विवशता पर चोट करके वास्तव में अनजाने में क्रूरता का परिचय दिया था। उसकी बेबसी सुबकियों में फूटती देखकर मैंने उसकी पीठ पर सांत्वना भरा हाथ रखकर कहा, ''अच्छा छोड़, मैं तुझे कुछ ऐसी सहायक पुस्तकें मँगा दूँगा कि तेरी पढ़ाई बिलकुल आसान हो जाएगी।'' और इस तरह उसकी पढ़ाई का सिलसिला टूट गया।

इस घटना के बाद शांता का किताबें लेकर आना बंद हो गया। वह यूँ ही जब मौका मिलता चली आती और पत्नी से गप्पें मारती रहती। पत्रिकाएँ और उपन्यास माँगकर ले जाती। एक रात मेरी पत्नी ने मुझे बताया कि उसकी सगाई टूट गई है, क्योंकि बहुगुना साहब ने लड़के के बाप से साफ बातें करने की कोशिश में यह बता दिया कि शांता वास्तव में उनकी लड़की नहीं है, उसके पिता की मृत्यु हो चुकी है और उसकी माँ सदमे के कारण पागल हो गई थी, जो अब लंबे अरसे से पागलखाने में है। उन्होंने शांता को पाला-पोसा जरूर है, मगर उनके पास शादी में खर्च करने के लिए ज्यादा रुपया नहीं है। वे बहुत मामूली स्तर की शादी कर सकते हैं। उन लोगों पर शांता के चाचा की साफगोई का यह असर पड़ा कि उन्होंने इस शादी से इनकार कर दिया।

पिछले कुछ दिनों से मैं देख रहा था कि बहुगुना साहब के घर एक लड़का आने लगा था। यह लड़का बी.ए. में पढ़ता था, पर किसी कारण नाम कट जाने से यह गत वर्ष परीक्षा में सम्मिलित नहीं हो पाया था। इसका नाम कटने पर मुझे कोई अफसोस नहीं हुआ था, क्योंकि कई विद्यार्थियों के डिफाल्टर होने से नाम कट जाते थे, परंतु जब मुझे मालूम हुआ कि यह लड़का दैनिक समाचार-पत्र तथा पत्रिकाएँ बेचकर अपना गुजारा करता है तो मुझे उसके लिए वास्तविक

दुःख हुआ था। मैंने अपने साथ के कई लोगों के घर उसे अखबार देने का काम भी दिलवाया था। बहुगुना के घर वह कैसे पहुँचने लगा, यह मेरी समझ में नहीं आया। बहुगुना परिवार में अखबार या पत्र-पत्रिकाएँ खरीदकर पढ़ना पैसे का अपव्यय माना जाता था। हाँ, यह बात अलग थी कि बहुगुना साहब अपने दफ्तर से कुछ रद्दी किस्म के अखबार उठा लाते थे या शांता कभी-कभी अलमारी, मेज या सूटकेस की तली में लगाने के लिए मोहल्ले-पड़ोस के मकानों से दैनिक अखबारों को बटोर लाती थी। मैंने सोचा, शायद शांता अपने चाचा-चाची से छिपाकर पत्रिकाएँ खरीदती है, लेकिन थोड़े दिनों बाद ही मुझे पता चल गया कि वह शांता को पुस्तकें लाकर देता था। अखबार वह सुबह बाँट जाता था और दस-ग्यारह बजे फिर लौटता था, उसके दोबारा लौटने तक अधिकांश घरों के लोग दफ्तर चले जाते थे और शांता का घर भी सूना हो जाता था। वह साइकिल के कैरिअर पर किताबें रखकर लाता और साइकिल बरामदे में खड़ी करके धीरे से दरवाजे पर दस्तक देता था। दरवाजा तत्काल खुलता और वह मकान के अंदर दाखिल हो जाता। मेरे मन में इस लड़के के लिए सहज सहानुभूति थी, क्योंकि मैं उसे निरंतर संघर्ष करते देखता था। यह लड़का देखने में भी अच्छा था और विनम्र तो हद दरजे का था। मुझे घर से निकलते देख लेता, फौरन साइकिल से नीचे उतर पड़ता और क्षण भर वहीं ठहरा रह जाता। चूँकि वह किताबें देकर फौरन नहीं चला जाता था, इसलिए मान लेने की पूरी गुंजाइश थी कि वह शांता को गाइड भी करता था।

मुझे आशंका होने लगी थी कि अब जल्दी ही मोहल्ले भर में कुछ अजीब-अजीब किस्म की चर्चाएँ शुरू हो जाएँगी। शांता मेरे यहाँ दिन में दो बार तो जरूर ही आती थी, मैं उसे आगाह भी करना चाहता था, किंतु उसके चेहरे पर गंभीरता का स्थायी परदा पड़ा देखकर कुछ कहने की हिम्मत नहीं पड़ती थी। मैं उसके भाव-परिवर्तन का प्रकट रूप में यही अर्थ लगाता था कि उसकी सगाई टूट जाने से उसे दुःख और अपमान का गंभीर रूप से एहसास हुआ है। वह मेरे सामने पढ़ती तो मैं उसे छेड़ना चाहता, किंतु यही सोचकर चुप लगा जाता कि कहीं मेरे किसी वाक्य से उसका दिल न दुःख जाए। जिन लोगों को उसका रिश्ता टूटने की बाबत मालूम थी, वे बहुगुना साहब के यहाँ जाकर यह प्रसंग

जरूर छेड़ते थे। मुझे इस युवक को शांता के पास आते देखकर खुशी ही हुई, क्योंकि अब उसका ध्यान पढ़ाई की ओर चला गया था। थोड़े दिनों बाद वह परीक्षा देगी। तब तक शायद रिश्ते की बात भी कहीं जम जाए।

एक शाम जब मैं कुछ देर से घर लौटा तो मुझे अपने घर का वातावरण बहुत गंभीर दिखाई पड़ा। मेरी पत्नी उत्तेजित अवस्था में इधर-उधर चक्कर काट रही थी। मैंने कपड़े बदलकर इत्मीनान से बैठते हुए पत्नी को हँसाने के लिए कहा, ''अच्छा मैडम, तो आज की ताजा खबरें हो जाएँ।'' मेरे हलके मूड का उनपर कोई प्रभाव नहीं हुआ। वे अपने लटके हुए गंभीर चेहरे को और भी भारी बनाकर बोलीं, ''खबरें! आपको मालूम है आज क्या हुआ है? मिसेज़ बहुगुना की नीचता देखी आपने? हमारे बच्चे को बुलाकर कह रही थीं, ''क्यों, बेटा तुमने हमारी डबल रोटी और मक्खन खाया था?'' बेचारा जरा सा बच्चा घिघियाकर रोने लगा। रोते-रोते ही बोला, ''आंटीजी, मैं आज इधर आया भी नहीं।'' एक साँस में चार प्रश्नचिह्न वाले कुछेक वाक्य बोलते-बोलते देवीजी का दम फूल गया तो विवश होकर रुकना पड़ा। परंतु पूरी बात कहने की बेचैनी इतनी बढ़ी हुई थी कि अगले पल बोलीं, ''इसके बाद उन्होंने शांता की इतनी पिटाई की कि क्या कहूँ।''

मेरी पत्नी ने तटस्थ होने की कोशिश करते हुए निष्कर्ष निकाला, ''हमें क्या, वे शांता को मारे या काटे, पर इनसे पूछिए, हमारे बच्चे से क्या मतलब? मैं तो कह आई, 'आपका हमारे से कुछ लेन-देन नहीं। हम आपके लिए और आप हमारे लिए इसी मिनट मर गए। आपने आज हमारे बच्चे के नाम डबल रोटी की चोरी लगाई है। कल न जाने क्या करें। बाबा, हमें माफ करो।''' और यह कहकर पत्नी ने आवेश में दोनों हाथ सिर के ऊपर ले जाकर प्रायः उसी मुद्रा में जोड़े, जिस तरह कि मिसेज बहुगुना के यहाँ पाँव पटकते हुए जोड़े होंगे।

पत्नी का आक्रोश शायद अभी कम नहीं हो रहा था या वह इस घटना पर मेरी प्रतिक्रिया जानना चाहती थी। मुझे कोंचकर बोली, ''क्यों जी, मैं आपसे पूछती हूँ, क्या हमारी इतनी भी आबरू नहीं है कि हमारा बच्चा उनके यहाँ कुछ खा आए? क्या उनका यही धर्म है कि वे मोहल्ले भर की औरतों के सामने हमारे बच्चे से ऐसी नीचता की बात तसदीक करें? ऐसी हजार डबल रोटियों पर

मैं थूकती हूँ।'' डबल रोटी पर तो नहीं, हाँ फर्श पर उन्होंने वास्तव में पिच्च से थूक दिया। मैं सारी घटना की तह में जाने की कोशिश कर रहा था, मगर अपने बच्चे के अपमान से मेरी पत्नी का हृदय बुरी तरह घायल हो चुका था। उन्होंने फिर सवालिया फिकरे बोलने प्रारंभ कर दिए, ''मालूम है क्या कहती थीं? अपने बन्न-टोनी के लिए चार पीस डबल रोटी और मक्खन की एक टिकिया तीसरे पहर के नाश्ते के लिए छोड़ गई थीं। डायन ने कॉलेज से लौटते ही बच्चों से पूछा कि क्या उन्होंने मक्खन लगे टोस्ट खा लिये? बच्चों के मना करने पर इन्क्वायरी शुरू हुई। होते-होते हमारे बबलू की पेशी हुई। आपको मालूम है, शांता पर क्या कहकर हाथ उठाया, 'हरामजादी, तूने खुद रोटी खाई और पड़ोस के बच्चों को बदनाम करती है। झूठ-मूठ के बहाने बनाकर पड़ोसियों से हमारी सिर फुटव्वल कराएगी! तेरी जबान को आग लगे।' और यह कहकर उन्होंने जवान लड़की को घूँसे-थप्पड़ों से इतना धुना कि बेचारी बेहाल हो गई। मेरे जी में तो आया कि इतनी औरतों के सामने ही कहूँ कि जब इतनी बड़ी लौंडिया को रोटियों से भी तरसाओगी तो यही सब होगा। फिर मैंने सोचा, हमें इससे क्या मतलब। पत्नी अपने गहरे आक्रोश में, जो शांता की दुर्गति से संबंधित था या अपने बच्चों को लेकर था, बोले चली जा रही थी, ''ओह! शांता भी क्या लड़की है। मुँह से साँस तक नहीं निकाली। खड़ी-खड़ी पिटती रही। बस, मैंने तो आज से गाँठ बाँध ली, इस कुटनी के यहाँ कभी झाँकूँगी भी नहीं। मुँहझौंसी, हमारे बच्चे पर इलजाम लगाती है!''

श्रीमतीजी का गुबार कुछ कम हुआ तो उठकर अंदर चली गईं। मैं सारी घटना पर विचार करके सिहर उठा। जो शांता मुझसे यह पूछ रही थी कि क्या वास्तव में कृष्णजी राधा को छोड़कर चले गए थे और फिर कभी वापस नहीं लौटे थे···क्या वही लड़की डबल रोटी के चार टुकड़ों और मक्खन की इतनी लालची हो सकती है कि स्वयं खाकर दूसरे के बच्चों का नाम ले! मैंने दोपहर में कॉलेज जाते हुए उसी अखबार बेचनेवाले लड़के को साइकिल के कैरिअर पर कई किताबें लेकर आते देखा था। घर में उस समय केवल शांता ही थी। वह लड़का कुछ समय वहाँ ठहरा होगा तो शायद शांता ने शिष्टता के नाते उससे चाय के लिए पूछा होगा। जाहिर है कि ताले में बंद चीजों में से वह कुछ नहीं

निकाल सकती थी। चाय की पत्तियाँ और शक्कर ही अधिक-से-अधिक बाहर मिल सकती थीं। चाय बनाने के बाद उसने बहुगुना के बच्चों के लिए रखी डबल रोटी और मक्खन उस युवक को यह सोचकर दे दिया होगा कि चाची से कह देगी···"दोपहर को वर्माजी का बबलू आया था, खा गया।' उसे यह आश्वासन जरूर रहा होगा कि उसकी इस बात की तहकीकात नहीं की जाएगी। लेकिन उस गरीब को क्या पता था कि वह भले ही बड़ी और जवान हो जाए, मगर अब भी उसकी चाची उसे विश्वसनीय नहीं समझती। वह उस मिट्टी की बनी हुई है, जो शायद कुएँ में सुई गिर पड़ने पर उसे भी खोज लाएगी।

मुझे उठते न देखकर पत्नी खाना कमरे में ही उठा लाई और हम दोनों खाना खाने लगे, मगर मुझे खाने में कोई रस मालूम नहीं पड़ा। मेरी सारी चेतना शांता के साथ हुए दुर्व्यवहार पर केंद्रित हो गई। इतनी बार यह लड़की हमारे यहाँ आती है, मैंने आज तक शांता को कुछ खाते नहीं देखा। जिद करने पर भी वह कुछ नहीं खाती है। सिर झुकाकर बैठ जाती है। मैं कई बार इस लड़की का व्यवहार देखकर यह गलत कल्पना करने को विवश हुआ हूँ कि लड़कियाँ शायद कुछ खाती ही नहीं हैं। उनके शरीर किसी सुंदर विचार के द्वारा ही पोषित होते रहते हैं। लेकिन यह कितनी विरोधाभास भरी स्थिति है कि उस जवान लड़की की पिटाई केवल इसी बात को लेकर हुई है कि डबल रोटी के कुछ टुकड़े और दो तोले मक्खन की टिकिया नाश्ते की मेज से नदारद पाई गई। क्या इतने अपमान और लांछन को अपने सिर लादकर कोई चेतनासंपन्न प्राणी जीवित रह सकता है! जिस घर में बेपनाह डाँट-फटकार खाकर यह लड़की बड़ी हुई है, उस घर में उसकी मर्यादा एक कुत्ते के बराबर भी नहीं है। बिल्ली-कुत्ते भी अगर इतना नुकसान कर देते हैं तो लोग दरगुजर कर जाते हैं, किंतु यहाँ इन भले लोगों ने एक ऐसी लड़की को दो कौड़ी की बात पर मार-पीटकर अपमानित किया है, जिसकी शादी की कोशिश में सुना है ये लोग बहुत परेशान हैं।

रोटी का कौर चबाते-चबाते मैं दाँतों में इस तरह किसकिसाहट महसूस करने लगा, गोया रोटियाँ रेत की बनी हों। शांता का निरीह चेहरा और उसके पिटने का दृश्य मेरी आँखों के सामने आ गया। अपमानित करने के लिए कोई

संगत कारण तो होना चाहिए, मगर क्या यह जरूरी है कि हमेशा सब बातें उचित कारणों को लेकर ही घटित हों? चार टुकड़े डबल रोटी और मक्खन की टिकिया का भी अपना एक वस्तुगत सत्य है, जिसके आगे सारी भावनाएँ और रिश्ते दम तोड़ जाते हैं। केवल पात्र बदल जाते हैं, मगर घटनाएँ बार-बार दुहराई जाती हैं।

□

# बहुरूपिया

मैं इलाहाबाद हाईकोर्ट के बाहर खड़ा किसी अच्छे वकील से मिलने की फिराक में था। इसी समय एक ऐंबेसेडर कार ठीक मेरी बगल में आकर ठहर गई। ड्राईवर की सीट छोड़कर जो लंबा-चौड़ा खुश-पोश आदमी बाहर निकलकर मेरी ओर लपकता आया, उसे मैं यकायक पहचान नहीं पाया। उसने मुझे आलिंगन में लेते हुए कहा, "नहीं पहचाने? आयम, योर, ओल्ड फ्रैंड भार्गवा।"

मैंने उसकी जकड़बंदी से छूटकर उसे हैरत से देखा और बोला, "भार्गवा? अरे हाँ भार्गव! मगर तुम यहाँ क्या करते हो?"

"अजीब सवाल है। यहाँ लोग क्या करते हैं, यह भी कोई बताने की बात है? क्या किसी चक्कर में फँस गए हो?" इसके बाद उसने जरा सा मुड़कर गाड़ी में बैठी महिला की ओर संकेत करके कहा, "मीट माई लाइफ-पार्टनर—नलिनी भार्गवा।"

पिछली सीट पर बैठी पैंतीस-छत्तीस वर्ष की एक शालीन महिला ने मेरी ओर हाथ जोड़ दिए, प्रत्युत्तर में मैंने भी अभिवादन स्वरूप हाथ जोड़ दिए। उसके चेहरे पर गुरूर में डूबी, मेहरबानी का भाव उभर उठा। मैंने गौर से देखा, वह एक महँगी सिल्केन साड़ी धारण किए हुए थी। उसकी बगल में जो एक अधेड़ महिला बैठी थी, भार्गव ने उसका कोई परिचय नहीं दिया।

मैं भार्गव को इस ठाठ में देखकर चकित रह गया और सहसा मेरी आँखों में वह रात घूम गई, जब मैं दिल्ली की पहली नुमाइश देखकर लौट रहा था।

शायद दिसंबर या जनवरी का कोई महीना था। रात के ग्यारह बज चुके थे।

मुझे और मेरे मित्र को अलीगढ़ जानेवाली गाड़ी पकड़नी थी। टिकट बाबू अभी खिड़की पर नहीं आए थे, इसलिए मैं और मेरा मित्र विद्यारत्न वहाँ से हटकर उधर जाकर खड़े हो गए, जहाँ मुसाफिरखाने में सैकड़ों पैसेंजर यहाँ-वहाँ पसरे पड़े थे। तृतीय श्रेणी (अब द्वितीय श्रेणी) के डिब्बे के समान ही तीसरे दरजे का मुसाफिरखाना भी किसी ग्रांड सर्कस से कम नहीं होता। वहीं तो समाजवाद का असली रूप देखने को मिलता है। नींद का मारा बाबू भी किसी देहाती की बाजू में अपना रजाई-गद्दा डाले पड़ा रहता है। कड़ाके की हड़कंप मचानेवाली ठंड, वर्ण-भेद की मोटी-मोटी दीवारों को एकबारगी ध्वस्त कर देती है।

तभी सहसा मैंने और विद्यारत्न ने एक अजीबोगरीब दृश्य देखा। रजाइयों, कंबलों, दसूतियों और चिथी-फटी कथरियों के बीच कोई चीज सरसरा रही थी। उसकी सरसराहट लहरों की मानिंद दाएँ-बाएँ, ऊपर-नीचे कहीं भी बढ़ जाती थी। यह हलचल कभी-कभी बीच में क्षण-दो-क्षण के लिए ठहर भी जाती थी और फिर चालू हो जाती थी। देर तक देखते रहने के बाद भी मेरी और साथ खड़े विद्यारत्न की कुछ समझ में नहीं आया कि यह गति अथवा लहर आखिर है क्या? हम दोनों परम चकित होकर इस वर्तुलाकार तरंग को देखते रहे। संयोग से हम दोनों मित्रों के सिवा वहाँ कोई और नहीं था, होता तो कुछ हो-हल्ला ही कर बैठता।

कई मिनट बाद एक कंबल से सिर और किसी दूसरे मुसाफिर की रजाई के सिर से दो पाँव बाहर निकले। कुछ क्षण तो वह विचित्र आकृति फर्श पर ही इधर-उधर करवटें सी बदलती रही। बाद में एक सींक के मानिंद पतला आदमी औचक ढंग से उठकर खड़ा हो गया। उसने दोनों हथेलियों से अपने सिर के उलझे बालों को थपथपाया और अपनी कमीज-पतलून की झाड़-फटकार की।

इतने भयंकर शीत में वह शख्स महज एक सूती शर्ट और पैंट पहने हुए था। बस गनीमत यही थी कि उसके पाँवों में 'बाटा' के कपड़े के जूते थे। कहीं चप्पल होती तो उसका परलोक गमन निश्चित ही था।

जब वह आदमी सारी भीड़ को लाँघकर मुझे अपनी दिशा में आता दिखाई पड़ा तो मैं उसे देखकर दंग रह गया। वह यूनिवर्सिटी में बी.ए. फाइनल का विद्यार्थी भार्गव था। अभी दो-तीन साल पहले वह कॉलेज में मेरे साथ था और अब मुझसे एक वर्ष आगे था।

जब मैं दसवीं जमात में पहुँचा तो भार्गव फेल होकर मेरे साथ ही आ गया था। लेकिन उसकी किस्मत थी कि आजादी की खुशी में अनुत्तीर्ण विद्यार्थी पास किए गए तो वह भी उत्तीर्ण हो गया। वह अलीगढ़ विश्वविद्यालय में दाखिल हो गया और इंटर का विद्यार्थी बन गया। उन दिनों यूनिवर्सिटी में इंटर कक्षाएँ भी होती थीं।

हाई स्कूल में बस वह डेढ़-दो महीने ही मेरे साथ रहा, लेकिन इसी दौरान उसके जौहर हमारे सामने आने लगे थे। वह स्वयं को बड़ा भारी तीस मार खाँ समझता था और बाकी सबसे स्वयं को बहुत अलग करके अफलातून दिखाने को इच्छुक रहता था। पता नहीं कितने ऐसे नाम उसकी जुबान पर रहते थे, जिन्हें हम दसवीं के लड़कों ने तब तक कहीं सुना भी नहीं था। मार्क्स, एंजिल्स, शॉ, शापेनहावर, रसल, सिजविक, पुश्किन, प्लेटो और अरस्तू के अलावा और भी सैकड़ों चित्र-विचित्र नाम उसके मुँह से बरसात की फुहार की तरह झड़ते चले जाते थे। कामरेड गोपालन, नंबूदरीपाद, पी.सी. जोशी का जिक्र तो वह कमोबेश प्रत्येक वाक्य के साथ ही करता था। हम बेचारों ने तब तक गांधी, पटेल, नेहरू, सुभाष आदि के नाम ही सुने थे।

भार्गव के सामने कस्बाई और देहाती लड़कों की तो बोलती ही बंद हो जाती थी। उसकी पीठ पीछे वे जरूर उसका मजाक उड़ाते थे। जब वह मुँह बनाकर फर्राटेदार अंग्रेजी बोलता था तो सारे विद्यार्थी अचंभे से उसका मुँह ताकते रहते थे, पर उनका भौंचक्कापन टूटने पर जो अभिव्यक्ति सामने आती थी, उसका रूप यही होता था 'सारो! इंगरेजी को घुसलो।'

चूँकि एक-डेढ़ महीने तक, जब तक कि उसे स्वतंत्रता की खुशी में आगे नहीं धकेला गया था, वह मेरी सीट से लगकर ही बैठता था। इसलिए मैं ही उसकी लंतरानियाँ सुनने को विवश रहता था। उसके द्वारा कही गई अधिकांश ऊँची-ऊँची बातें मेरे लिए रामरोला सरीखी ही थीं। मैं चुपचाप सुनता रहता था तथा वह और भी अधिक उत्साहित होकर कुछ भी बोलता चला जाता था।

स्कूल छोड़कर चले जाने के बाद भी भार्गव मुझे भूला नहीं था, मुझसे बराबर मिलता रहता था। वह मेरा समवयस्क ही था, इसलिए समय बीतने के साथ उसकी बकबक का रौब मुझ पर बहुत कुछ कम हो चला था। यह मुझे

कभी पता नहीं चला कि वह रहता कहाँ था, पर जब भी उसका मन होता, मेरे पास चला आता था। उसके हाथों और बगल में मोटी-मोटी पोथियाँ अवश्य होती थीं। गाहे-बगाहे वह कोई भी ग्रंथ खोलकर कोई क्लिष्ट उद्धरण मुझे सुनाने लगता था। मेरे साथ, वह अभिभावक के स्तर पर व्यवहार करता था और मुझे अपना योग्य उत्तराधिकारी शिष्य मानने लगा था। मैं मन-ही-मन उसके इस आचरण पर हँसकर खूब आनंदित होता रहता था। कभी-कभी, जब मैं औचक कोई सवाल उछाल देता था तो वह संदेह में पड़कर मेरा मुँह गौर से देखने लगता था। ऐसे क्षण, वह दरअसल यह शिनाख्त करने की कोशिश करता था कि मैंने सहज जिज्ञासावश प्रश्न किया है या मेरा मकसद उसकी परीक्षा लेना है। मेरे चेहरे पर कोई व्यंग्य अथवा कूट-भाव न पाकर वह निर्द्वंद्व भाव से फिर प्रवचन देने में जुट जाता था।

कपड़े-लत्तों की तो उसके पास हमेशा ही कमी बनी रहती थी। उसका संभवत: कहीं कोई ठोस आर्थिक आधार नहीं था। मैंने उसे अनेक बार अपने से बड़ी आयु के लोगों के साथ देखा था। लगता था, वह न केवल उनके ऊपर निर्भर करता था, वरन् उनके घरों को भी अदलता-बदलता रहता था, जाहिर है वह कपड़े भी उन्हीं के पहनता होगा, क्योंकि कभी वह एकदम ढीली-ढाली पतलून और कंधों से लटकती बुश-शर्ट पहने होता था, तो किसी और दिन सड़क पर झाड़ू लगानेवाले, चौड़े पॉयचों का पायजामा धारण किए होता था। बाज मौकों पर वह साहबी लिबास में लकदक भी नजर आता था। उसके होंठों में सिगार अथवा चुरुट भी अटका देखा जा सकता था।

संभवत: उसकी घर विहीनता ने ही उसे सार्वजनिक बना डाला था। घर को लेकर वह भावुक और संवेदनशील भी नहीं था। मुझे कभी पता नहीं चल पाया कि वह किस गाँव, परगने या नगर का रहनेवाला था। उसके माता-पिता तथा अन्य सगे-संबंधियों में से कोई जीवित था अथवा सब स्वर्ग सिधार चुके थे, इसका भी कोई सही अनुमान नहीं लगाया जा सकता था। दरअसल, अपने व्यक्तिगत जीवन के बारे में भार्गव कोई बात करना ही पसंद नहीं करता था। शिष्टता और नफासत उसके सिर पर भूत की तरह सवार थीं, लेकिन परिस्थितियों का विद्रूप उसके साथ इतना खुरदरा व्यवहार करता था कि वह अपने नंगेपन को सार्वजनिकता

की दुहाई देकर छिपाता था।

उस रात मैंने भार्गव को अपनी और विद्या की ओर आते देखा तो 'टी स्टॉल' की तरफ मुड़ गया और विद्यारत्न से बोला, ''विद्याभाई; हड्डियों में ठंड घुसी जा रही है। आओ चलो एक-एक प्याला चाय पी लेते हैं। दरअसल, मैं विद्यारत्न का ध्यान भार्गव की ओर से हटाना चाहता था, पर विद्या तो लगातार भार्गव को ही देखे जा रहा था। उसकी कतई समझ में नहीं आ रहा था कि बाबुओं जैसे लिबास में, वह लड़का सोए पड़े मुसाफिरों के बिस्तरों में घुसकर क्या कर रहा था?

विद्या ने उसे हम लोगों की ओर बढ़ते देखा तो अपनी गँवई बोली में बोला, ''भैयाजी! जे तो मोय कोई गिरहकट लगे है।'' विद्यारत्न को मैं क्या उत्तर देता। स्पष्ट ही था कि भार्गव के पास कोई पैसा-कौड़ी नहीं रही होगी, इसीलिए जोखिम उठाकर भी वह मुसाफिरखाने में सोए पड़े लोगों की खीसें टटोल रहा था। जब मैंने कोई जवाब नहीं दिया तो विद्या भी मेरे साथ चुपचाप 'टी स्टॉल' पर आकर खड़ा हो गया।

अभी मैंने दो प्याले चाय का ऑर्डर दिया ही था कि भार्गव भी उधर ही आ लगा।

मैंने उसे देखा तो वह सकपका गया और धीमे स्वर में फुसफुसाया, ''अरे तुम? कहाँ से? इतनी रात गए, यहाँ टी स्टॉल पर क्या कर रहे हो?''

विद्यारत्न ने उसकी मिमियाहट सुनी और यह देखकर आश्चर्य में पड़ गया कि वह, जो बिस्तरों में घुसकर चोरी-चकारी के धंधे में लगा हुआ था, मेरा जानकार था।

विद्यारत्न को मेरे साथ देखकर उसने विरक्ति से पूछा, ''हू इज ही?''

मैंने विद्या के मन में उसके प्रति घनघोर हिकारत का भाव जानते हुए भी सहजता से कहा, ''मेरे दोस्त विद्यारत्न हैं। हम लोग दोपहर की गाड़ी से 'ट्रेड फेयर' देखने आए थे और अब वापस अलीगढ़ लौट रहे हैं।''

भार्गव ने उड़ती सी नजर विद्यारत्न पर डाली और उसकी ओर हाथ बढ़ाकर बोला ''वैरी हैप्पी टू मीट यू'' विद्या ने बेमन से अपना हाथ आगे बढ़ा दिया, पर वह बोला कुछ नहीं।

भार्गव ने हम दोनों को इस नजर से देखा, गोया यह जानने की कोशिश कर रहा हो कि कहीं हमने उसे लोगों के बिस्तरों से बाहर निकलते तो नहीं देख लिया।

मैंने चायवाले से एक प्याला चाय और बनाने को कह दिया।

भार्गव ने तभी मेरी बाँह पकड़कर दूसरी तरफ घसीटते हुए कहा, "आई वांट टू आस्क समथिंग वैरी इंपॉर्टेन्ट।"

जब मैं थोड़ा आगे बढ़ गया तो उसने सरगोशी से पूछा, "क्या तुमने अलीगढ़ का टिकट खरीद लिया?"

"अभी कहाँ? अभी तो टिकट खिड़की खुली ही नहीं है।" मैंने दीवार घड़ी पर नजर डालते हुए कहा, "गाड़ी जाने में अभी डेढ़ेक घंटा बाकी है। शायद 'टिकेट विंडो' एक घंटा पहले खुलती होगी।" फिर एक क्षण ठहरकर मैंने कहा, "तुम इस वक्त आ कहाँ से रहे हो?" मैंने इस रहस्य पर परदा पड़े ही रहने दिया कि मैंने उसे मुसाफिरों के बिस्तरों में टटोलबाजी करते देख लिया था।

मेरी बात सुनकर भार्गव परम आश्वस्त होकर अहंकारपूर्ण स्वर में बोला, "तो चलो अब मैं भी तुम्हारे साथ ही चलता हूँ। मेरा भी एक टिकट खरीद लेना।" उसने यह बात कुछ इस भंगिमा से कहा, गोया हमसे अपना टिकट खरीदवाकर वह हम पर बड़ा भारी अहसान कर रहा हो।

इसके बाद उसने वही पुराने ढंग की बेपर की उड़ानी शुरू कर दी। "मैं आज कामरेड हरींद्रनाथ चट्टोपाध्याय से मिलने आया था। वे आज सुबह की फ्लाइट से हैदराबाद निकल गए। तुम तो उन्हें जानते ही होंगे।"

मैं बोला, "हरींद्रनाथ चट्टोपाध्याय को इस देश में कौन नहीं जानता? हाँ, यह बात अलग है कि अपने चाहनेवालों में से वे कितनों को जानते-पहचानते होंगे।"

मेरे व्यंग्य को दरगुजर करके उसने पूछा, "तुम्हारे पास सिगरेट तो नहीं होगी?"

"मुझ पर अभी कॉलेज का वह रंग कहाँ चढ़ा है।" फिर इधर-उधर देखकर मैंने कहा, "चलो बाहर देखते हैं। स्टेशन के बाहर शायद कोई पान का खोखा खुला हो।"

मेरे साथ बाहर जाते हुए उस पर फिर अंग्रेजी का भूत चढ़ बैठा, ''यू नो चट्टोपाध्याय इज माई बूजम फिरेंड, टुडे ही टोल्ड मी टेलीफोनिकेली, बट ऑल ऑफ ए सडन ही हेड टू गो।''

मैंने सहमति से सिर हिला दिया। इतने दिनों में मैं यह तो बखूबी जान गया था कि भार्गव हमेशा बड़े-बड़े नामों से घिरा रहता था। उसे कम हैसियतवाला तो कोई बुलाने की जुर्रत ही नहीं कर सकता था। मैंने यह बात उससे जानकर भी नहीं पूछी कि क्या चट्टोपाध्याय महोदय, जो स्वयं एक लंबे-चौड़े आवास में रहते थे, अपने पीछे उसके ठहरने की व्यवस्था भी नहीं कर गए थे।

उसके झख मारने से यह बात तो साफ हो ही चुकी थी कि वह दिल्ली आया था और उसके पास लौटने तथा खाने-पीने के लिए पैसे नहीं थे। कोई भी माकूल व्यवस्था न होने की स्थिति में वह सोए, पड़े लोगों की नंगाझोरी लेने को विवश था।

हम अभी दसेक कदम गए होंगे कि विद्यारत्न पीछे से चिल्लाकर बोला, ''अब कहाँ चल दिए चाय बन गई है।''

मैंने भार्गव से कहा, ''चलो पहले चाय पी लें, बीड़ी-सिगरेट बाद में देखेंगे।''

वह मेरे साथ लौट पड़ा और टी स्टॉल पर पहुँचकर उसने चायवाले से पूछा, ''भाई क्या तुम्हारे पास बंद भी होंगे?''

मैं तुरंत समझ गया कि भार्गव पूरे दिन का भूखा है। मैं हँसकर बोला, ''उसे कामरेड कहकर संबोधित करो, शायद कोई 'बंद' मिल ही जाए। नहीं भी होगा तो बिस्कुट, केक, पेस्ट्री कुछ तो मिल ही जाएगी।''

भार्गव बोला, ''ये सब चीजें अमीरों की चोंचलेबाजी हैं। 'प्रोलितेरियत' के लिए तो 'अलीगढ़ी बंद' ही असली चीज ई।''

पर उसका दुर्भाग्य! चायवाला अलीगढ़ी बंद नहीं रखता था। मैंने कहा, ''चलो, अब थोड़ा समझौता कर लो, बिस्कुट से ही काम चला लो। फिर प्लेटफॉर्म पर चलकर पूडी-उड़ी खा लेना।''

''चलो फिर वहीं देखेंगे।'' सहसा जैसे उसे कुछ याद आया हो, ''हाँ तुम लोगों ने क्या खाया?''

"हमने तो फव्वारे पर ही खा लिया। तुम चाहो तो उधर ही चलकर देख लेते हैं, अभी तो ट्रेन जाने में बहुत देर है।"

भार्गव मेरे प्रस्ताव पर कुछ सोचते हुए, शंकित स्वर में बोला, "मगर अब इतनी रात तक तो वहाँ के ढाबे भी बंद हो चुके होंगे।" फिर फैसलाकुन अंदाज पर कहने लगा, "चलो छोड़ो इतनी तवालत कौन उठाए। बाहर तो वैसे भी जबरदस्त कोहरा पड़ रहा है। जाने-आने में ही मुसीबत हो जाएगी। प्लेटफॉर्म पर ही कुछ देखा जाएगा।"

एकाएक उसने विद्यारत्न से आदेशात्मक लहजे में कहा, "जरा देखो तो सही। शायद टिकट देनेवाला बाबू आ गया है।"

विद्यारत्न, जो मजे से चाय की चुस्की ले रहा था, उसे भार्गव का यह लहजा सख्त नागवार गुजरा। उसके चेहरे पर तनाव की लकीरें साफ उभर आईं। वह अपने पर जब्त करके कठोरता से बोला, "ले लेंगे टिकट भी। तुम अपना काम देखो।"

विद्यारत्न की विरक्ति से मैं समझ गया कि उसे भार्गव फूटी आँखों भी बरदाश्त नहीं हो पा रहा है। उसकी आँखों में वह एक जलील गिरहकट था, जो निरीह सोए पड़े मुसाफिरों की तलाशी ले रहा था।

मैंने विद्या के कंधे पर हथेली टिकाकर कहा, "तुम आराम से चाय पीते रहो, टिकट की अभी कोई जल्दी नहीं है।"

मैंने चाय खत्म करके खाली प्याली काउंटर पर सरका दी और टिकट विंडो की दिशा में चल पड़ा। भार्गव ने मेरे साथ चलते हुए, मुझे फिर टटोला, "तुम लोग कितनी देर पहले इधर पहुँचे?"

उसकी जिज्ञासा, उसकी अपराध-वृत्ति की ही द्योतक थी। वह ठोंक-बजाकर यह जानने को उत्सुक था कि कहीं हम लोगों ने उसे लोगों के बिस्तरों से बाहर निकलते तो नहीं देख लिया था। इस निकृष्ट घटना का साक्षी होना और वह भी अपने दायरे के लोगों का, उसके लिए मरण समान था।

उसके संदेह को जड़ से खत्म करने के इरादे से मैं बोला, "चलो-चलो टिकट देखें।"

टिकट विंडो खुल चुकी थी और बाबू अपने टिकटों की जाँच-पड़ताल में लगा था। वहाँ टिकट लेनेवालों की भीड़ तो थी नहीं, इसलिए मैं इत्मीनान से

खड़ा भार्गव से बातें करता रहा।

चाय खत्म करके विद्यारत्न भी हमारे पास चला आया। टिकट खरीदकर हमने मुसाफिरखाना पार किया और पुल पर होते हुए प्लेटफॉर्म पर जा पहुँचे।

गाड़ी यूँ तो प्लेटफॉर्म पर लग चुकी थी, पर उसमें सवारियाँ गिनी-चुनी ही बैठी थीं। वैसे भी इस कड़ाके की ठंड में रात के डेढ़ बजे इस गधा पैसेंजर से कौन जानेवाला था?

पूरे प्लेटफॉर्म पर उस घड़ी कुल जमा एक ही खोंचेवाला नजर आया। उसके पास न जाने कितनी देर पहले की तली हुई ठंड से लकड़ाई हुई चार-छह पूड़ियाँ बची पड़ी थीं।

मरता क्या न करता, इस हालत में भार्गव को वही पूड़ियाँ गले के नीचे धकेलनी पड़ीं। यहाँ चाय की भी कोई सूरत नहीं थी। मैंने दूसरे प्लेटफॉर्म पर नजर दौड़ाई, मगर वहाँ भी निचाट सन्नाटा फैला पड़ा था।

तभी भार्गव की देह में कँपकँपी की एक लहर सी उठी और वह बोला, ''अब तो गाड़ी में ही चलकर बैठें।''

गाड़ी पर सवार होने से पहले भार्गव को फिर बीड़ी की याद आ गई। उसने खौंचेवाले से चिचौरी सी करते हुए कहा, ''साथी! अगर एक-दो बीड़ियाँ दे सको तो बड़ी मेहरबानी होगी। अब यहाँ तो कहीं बीड़ी मिलने से रही।''

वेटर ने अपनी जेब से बीड़ी का ढीला सा बंडल निकालकर भार्गव की ओर बढ़ा दिया। भार्गव ने बंडल से चार-छह बीड़ियाँ खींचकर अपनी जेब में डालीं और लगभग खाली बंडल उसे वापस करते हुए बोला, ''साथी! माफ करना, आपको मजबूरी में एक्सप्लायट करना पड़ा।''

भार्गव ने अपनी जेब से माचिस निकाली और एक बीड़ी जला ली। मैंने उसे लकदक सूट में सिंगार और चुरुट पीते तो पहले भी कई बार देखा था, इस बार उसे बीड़ी के लंबे सुट्टे मारते भी देख रहा था।

वह विद्या और मुझसे पहले गाड़ी में चढ़ा और एक कोने में पालथी लगाकर बैठ गया। कहना न होगा कि उसने सारी रात हम लोगों पर बड़े-बड़े सिद्धांतों की वह गोलंदाजी की कि उसे हम सारी जिंदगी नहीं भूल सकते थे। बाद में विद्यारत्न ने तो उस रात की बातों को लेकर मुझसे महीनों तक बात ही नहीं की। काफी

दिनों बाद बड़ी कठिनाई से मैं उसे मना पाया था और उससे पक्का वायदा कर दिया था कि बाद में मैं उसे कभी भार्गव द्वारा प्रताड़ित नहीं होने दूँगा।

...और बरसों बाद उसी भार्गव को हाईकोर्ट के बाहर देखकर मैं हैरान रह गया। जिस महिला, यानी अपनी पत्नी से उसने मेरा परिचय कराया था, वह मध्य प्रदेश के किसी डिस्ट्रिक जज की बेटी थी।

भार्गव ने मेरी समस्या जानकर मुझे आश्वस्त किया, ''दैट शैल वी डन वैरी ईजिली, फर्स्ट यू कम विद मी।''

मैं उसकी कार में बैठकर चल पड़ा। शहर से बाहर निकलकर उसने जरा सा मेरी ओर झुककर धीमे स्वर में पूछा, ''आर यू स्टण्ड टु सी मी इन ए वैरी डिफरेंट वे ऑफ लाइफ (क्या तुम मुझे जिंदगी के एक बहुत अलग रूप में देखकर अचंभित हो?)?''

मैंने भी लगभग उसी स्वर में कहा, ''तुमको किसी भी रूप में देखकर मुझे हैरत नहीं हो सकती।''

''व्हाई सो?''

''बिकॉज यू आर एन इंपोस्टर।'' उसने एक जोरदार ठहाका लगाया और बाएँ हाथ से मेरा कंधा दबा दिया। पता नहीं पीछे बैठी महिलाओं ने हम दोनों की बतकही सुनी या नहीं।

*Imposter – 'इंपोस्टर' उस व्यक्ति को कहा जाता है, जो वह वास्तव में नहीं है, उसका भ्रम पैदा करता है। ऑक्सफोर्ड डिक्शनरी में इसकी व्याख्या इस प्रकार की गई है— Person who pretends to be someone else in order to deceive other people.*

□

# फिसलन

उसे पहली नजर देखते ही मेरे मन में उसके प्रति जुगुप्सा पैदा हुई, बिलकुल गिजगिजा सा ढुलमुल आदमी बस में और कोई सीट खाली नहीं थी, इसलिए मुझे उसी के पास बैठना पड़ा। सीट का खोल फटा देखकर और भी तकलीफ हुई। सीट के भीतर से फोम के टूटे टुकड़े झाँक रहे थे। वह सीट की दुर्गति से बेखबर होकर अमरूद खा रहा था। अमरूद से निबटकर उसने अपनी उँगलियाँ चाटीं और जेब से एक नुचड़ा हुआ टुकड़ा निकालकर लार से लिथड़ी हुई हथेलियाँ साफ करने लगा। उसकी सभी हरकतें मुझे नागवार लग रही थीं, लेकिन करता क्या? सीट पर तो उसी से लगकर बैठना पड़ा।

हथेलियाँ पोंछकर उसने अपने दोनों पाँव सीट पर रख लिये और घुटनों को बाँहों की गिरफ्त में लेकर सोने की तैयारी करने लगा। मुँह घुटनों में होने के कारण उसका सिर पीछे से थोड़ा ऊपर उठ गया और लंबी चुटिया दिखाई देने लगी। मैं मन-ही-मन उसके घटियापन को कोस रहा था और साथ ही अपनी तकदीर को भी बुरा-भला कह रहा था। हे भगवान्! कितना सड़ा हुआ आदमी साथ बैठने को मिला।

बीच में कहीं बस ठहरी और भीड़ का एक रेला पसीने का भभका छोड़ते हुए अंदर की ओर पिल पड़ा। मैं उससे भरसक बचकर बैठने की कोशिश कर रहा था, लेकिन सीटों के बीचवाले गलियारे में सवारियाँ आ जाने से उसकी तरफ ही सरककर बैठना पड़ा। भीड़ की धक्का-मुक्की में दो सरदार अपनी पत्नियों के साथ हमारी सीट के पास आकर खड़े हो गए। वे बेचारे दोनों काफी बदहवास थे। पत्नी बच्चों के साथ शायद शनिवार की शाम दिल्ली में बिताने के लिए निकले

थे, पर भीड़, गरमी और धकमपेल से परेशान थे।

तभी मेरे मन में उठने की बात आई, क्योंकि मेरे सीट छोड़ देने से एक औरत और बच्चे को तो थोड़ी जगह मिल सकती थी। मैं उठूँ कि इसके पहले ही मेरे पाँव के पास आकर कुछ गिरा। मैंने गरदन को थोड़ा खम देकर देखा···वह एक खूबसूरत सा पर्स था। मुझे अपनी साँस रुकती सी मालूम हुई। निश्चय ही वह उन सरदारों में से किसी एक का था। वे बेचारे धक्कों से इधर-उधर हो रहे थे और शायद इसी कशमकश में बटुआ किसी की जेब से फिसल पड़ा था। 'चलो जी होगा किसी का' वाला भाव मन में जगा, पर साथ ही जूता पर्स पर पहुँच गया। इस आकस्मिकता के चलते दिल में विचित्र सी हौल भी होने लगी।

मेरे पास बैठे उस मकड़ेनुमा शख्स ने इसी क्षण अँगड़ाई ली और अपने दोनों पाँव सीट से हटाकर मेरे जूतेवाले पैर से सटा लिये। मैंने जूते के तल्ले से पर्स को पूरी तरह छिपा लिया और जी-जान से कोशिश करने लगा कि जैसे भी हो पर्स को आँख बचाकर उठालूँ और कहीं सुरक्षित जगह रख लूँ।

मेरे भीतर एक अजीब सा अंधड़ चल पड़ा। थोड़ी देर बाद बस फिर कहीं रुकी और अगली तरफ कुछ सीटें खाली हो गईं। दोनों सरदारों और उनकी पत्नियों, बच्चों को खाली सीटें मिल गईं। अब बस में कुछ भीड़ कम हुई तो मेरे मन में उलझन होने लगी। मैं तो दिल से यही चाहता था कि बस में बेपनाह भीड़ बढ़ती चली जाए तो किसी को अपनी जेबें टटोलकर पर्स खो जाने का गुमान ही न हो।

कुछ देर के लिए मैं बस की स्थिति से बेखबर हो गया और अपनी संपूर्ण चेतना से पर्स गायब करने की उधेड़बुन में लग गया। मैंने इधर-उधर ताका-झाँकी की और अपने हाथ में ली हुई किताब नीचे गिरा दी। मेरे साथवाले आदमी ने झुककर उसे उठाना चाहा, पर मैंने उसे यह अवसर नहीं दिया और पर्स को किताब के नीचे छिपाते हुए उसे ऊपर उठा लिया। पता नहीं मैं यह सब बहुत सफाई से कैसे कर गया, पर साथ ही तनावग्रस्त होकर पसीने में नहा गया। मैंने तय किया कि अगले बस स्टॉप पर उतरकर मुझे दूसरी बस पकड़नी है, कहीं ऐसा न हो, यहाँ बैठे रहने से रँगे हाथों पकड़ लिया जाऊँ।

हालाँकि बस पिछले स्टॉप से कुछेक मिनट पहले ही रवाना हुई थी, मगर मुझे यूँ लग रहा था, जैसे बस घंटों से चल रही है। मैं चाहता तो कंडक्टर से

कहकर वहीं तत्काल उतर सकता था, पर मैं भीतर से इतना पस्त और हतप्रयास हो चुका था कि मुझ में इतनी सी भी इच्छाशक्ति बाकी नहीं थी कि फुरती से कोई निर्णय ले डालूँ।

पर्स से मेरी चेतना इस कदर जुड़ चुकी थी कि वह मुझसे एकाएक छोड़ते नहीं बन रहा था। बस एक ही खयाल था कि किसी तरह खिड़की के नजदीक पहुँच जाऊँ तो बटुवे से रुपए निकालकर खाली पर्स खिड़की के बाहर फेंक दूँ। लेकिन खिड़की से लगे बैठे उस मरगिल्ले भूत को उठने का कोई ठीक सा बहाना भी मेरे उड़ते दिमाग में नहीं आ पा रहा था।

मैं पर्स को जेब में रखने की जोखिम उठाने जा ही रहा था कि पासवाले ने मेरे हाथ की किताब देखने के लिए हाथ बढ़ा दिया। सत्यानाश! मैं बुरी तरह हिल गया। यद्यपि उसे यह पता नहीं था कि मेरे हाथ में पर्स किसी और का है। पर मुझे पर्स छुपाने की कोशिश करते देख वह सच्चाई ताड़ गया। फलत: अब भंडाफोड़ होने में देर नहीं थी। मेरे उसके बीच किताब के लिए हलकी सी छीना-झपटी हुई और मैंने किताब उसे दे दी। उसने 'पावर्टी टु पावर' नामक उस पुस्तक को उलट-पलटकर देखा और अपने लिए फिजूल सी चीज समझकर एकाध मिनट में ही वापस लौटा दिया।

इसी समय बस में अगली सीट से हंगामा शुरू हुआ और एक सरदार ने सीट से उठकर इधर-उधर उछलकर शोर मचाना शुरू कर दिया। वह अपनी हिप पॉकेट और दूसरी जेबों में जल्दी-जल्दी उतावली से हाथ डाल रहा था। जरा देर में ही परेशान हाल उस शख्स ने सीटों के नीचे झुक-झुककर कुछ तलाशना शुरू कर दिया। जल्दी से कंडक्टर लपककर उसके पास पहुँच गया। दूसरा सरदार भी उसके प्रयासों में सम्मिलित होते हुए बोला, "प्राहाजी बटवा आराम नाल ढूँढ़ो।"

जिस सरदार का पर्स गुम हुआ था, उसकी पत्नी भी सीट छोड़कर खड़ी हो गई थी और सीटों के नीचे झुक-झुककर पर्स ढूँढ़ने लगी। मैंने खतरे को सिर पर आया देखकर पर्स अपनी सीट के फटे हिस्से में छिपा दिया।

यूँ तो पर्स पूरी तरह छिप गया, पर मेरे पास बैठे आदमी ने मेरी यह बदहवासी भाँप ली। मैं घबराहट में पसीने से नहा उठा। मुझे अपनी साँस ठहरी हुई जान पड़ी और आँखों में मेरा अपना पूरा वजूद बहुत भद्दी स्थिति में मूर्त हो उठा।

अभी मैं पकड़ा जाऊँगा, यह सिलबिल्ला सा आदमी अगले क्षण ही सारी पोल खोल देगा। थाने के सामने बस जरूर ठहरेगी। मुझे पुलिस के हवाले कर दिया जाएगा। मार-पीट, थुक्का-फजीहत तो होगी ही, नौकरी अलग से गई समझो। पत्नी, बच्चे सिर पीटकर रह जाएँगे। मेरे साथी और सगे लोग यह हरकत सुनेंगे तो उनके मुँह दुःख और आश्चर्य से खुले-के-खुले रह जाएँगे।

तभी मेरी आँखों के आगे कुछ महीने पहले गुजरी एक ऐसी ही बेहूदा स्थिति आ गई। एक मेरे जैसे ही सफेद पोश सज्जन बाजार से आलू खरीद रहे थे। उन्होंने पालक छाँटते हुए दुकानदार की नजर बचाकर एक आलू चुपके से झोले में डाल लिया। पासवाली कुंजड़िन ने यह हरकत देख ली और आलूवाले से कह दिया। उस दुकानदार ने बाबू साहब की सूरत देखी और लापरवाही से बोला, ‘‘चल छोड़, डाल लिया तो डाल लिया, अब काहे का टंटा।’’ मगर वह कुजड़िन नहीं मानी उसने बाबूजी के हाथ से थैला झपटकर उलट दिया और बुरी तरह लताड़ने लगी, ‘‘सरम हया तो घोलकर पी गए। गरीबन को लोहू पीते भी लाज बी नई आती।’’

कुजड़िन की हाय-तोबा से तमाशबीनों की भीड़ लग गई। उन साहब की इतनी किरकिरी हुई कि क्या कहूँ। उस वक्त मेरा अपना सिर क्या शर्म से झुक नहीं गया था। मैं उस साहब के चेहरे पर नजर डालने की ताब नहीं ला सका था। जब भी मुझे उस घटना की याद आती थी मैं अजीब सी हया में गर्क हो जाता था।...और आज मैं स्वयं अनजाने ही इतनी दुर्गति में फँस गया था कि अपने निस्तार की कोई सूरत ही नजर नहीं आती थी।

अब सारी बस में पर्स को लेकर तरह-तरह के मंतव्य सुनाई पड़ रहे थे। कोई कहता था, ‘‘एक-एक आदमी की तलाशी ली जाए। एक-दो आदमी आगे की तरफ से और एक-दो आदमी पीछे की तरफ से सबकी जामा-तलाशी लें।’’ एक और कह रहा था, ‘‘जिसने पर्स चुराया होगा, वह अब तक बस में काहे को बैठा होगा।’’

जब कोई भी सुझाव कार्य रूप में परिणत न हो सका तो कंडक्टर बोला, ‘‘हमें क्या जरूरत है, जो एक-एक सवारी की तलाशी लें। आगे बोर्डर से पहले थाना है, वहाँ बस रोक देंगे, जो करना होगा पुलिस अपने आप करेगी।’’

उसकी मंशा सुनकर मैं ऊपर से नीचे तक सिहर उठा। मेरे पास बैठा वह मरगिल्ला बहुत ध्यान से मुझे लक्ष्य कर रहा था। शुरू में तो वह मुझे बहुत सपाट चेहरेवाला लगा था, मगर अब उसकी आँखों में व्यंग्य और हिकारत साफ उभरकर आ गई थी। उसने मुँह पर हथेली रखकर जमुहाई ली और थोड़ा फैलकर बैठ गया। उसकी पसलियाँ मेरी पीठ में गड़ने लगीं, लेकिन मैं उससे एक शब्द भी नहीं कह सका। बस में उसके पास बैठते हुए उसे आदमी का दरजा देना भी मुझे गवारा नहीं था, पर अब बार-बार मन हो रहा था कि उसके पाँव पकड़ लूँ और आँखों-ही-आँखों में भंडाफोड़ से बचने की याचना करूँ।

विचित्र परिस्थिति थी। उजड्ड निठल्ला और भुक्क दिखाई देनेवाला आदमी इस क्षण अपना उद्धारक लग रहा था। उसकी पीली-पीली रोगीली आँखों को देखकर मैं इतना भयकातर हो गया कि बेहोशी सी आने लगी। मुझे सारी बातें उड़ते-उड़ते सुनाई पड़ रही थीं। पर्स को माध्यम बनाकर आज की मानवीय विकृतियों का रोना रोया जा रहा था। एक कोई पूछ रहे थे, ''सरदारजी, पर्स में कितने रुपए थे।'' वह मरी सी आवाज में बता रहा था कि करीब दो-ढाई सौ रुपए थे। पर्स में कुछ जरूरी कागज भी थे। फौज में होने की वजह से कुछ पहचान-पत्र भी थे। उसे रुपयों की उतनी परवाह नहीं थी, जितनी कागजात के गुम हो जाने की थी।

बस शायद पुलिस की चौकी के नजदीक ही थी कि मेरे साथवाला आदमी एकदम से उठकर खड़ा हो गया। उस वक्त मुझे होश नहीं रहा कि मैं कहाँ हूँ? सिर में वह घुमेर आई कि बस में बैठी सवारियाँ टूटते खिलौनों सी गड्ड-मड्ड नजर आईं। बस के भीतर उठता बेपनाह शोर मात्र धूँ-धूँ की ध्वनि सा लगा।

कुछ देर बाद सहसा मेरी चेतना लौटी तो मैंने पाया कि मेरे साथवाला तकरीर के अंदाज पर अटक-अटककर कुछ कह रहा था, ''सरदारजी! आपको बटवा खोने की रपट जरूर करनी चाहिए। आप जाँ से बस में चढ़े थे, वाँ को थाना साबाबाद लगता है। आप बस से उतर के वई पोंचो और रपोट लिखवाओ। इहाँ तो थाना दिल्ली सादरा के लगेगो। आपकी इहाँ सुनवाई नाय होएगी। बाल-बच्चा के संग हो, पुलिसवाले दो-चार सौ और ठग ले जाएँगे, होयगो-हवायगो कुछ बी ना। मैं सच्ची कहूँ हूँ।''

बस में बैठी सवारियों ने उसकी बात की जोरदार तारीफ की। यह उस आदमी के तर्क का असर था या फिर बस में बैठी सवारियों को अपने गंतव्य पर पहुँचने की जल्दी थी। सरदार लोग भी उसकी दलील से प्रभावित होकर सीटों से उठकर खड़े हो गए और उतरने के लिए दरवाजे की ओर बढ़ने लगे।

बस से उतरते-उतरते वह सरदार जिसका बटुवा गुम हुआ था, हाथ-जोड़कर बोला, "भाइयो! बस इतनी महरबानी करना कि पर्स में रखे कागजात मेरे पते पर जरूर वापस लौटा देना, रुपए बेशक रख लेना। हमारे आइडैंटी कार्ड पर पता लिखा है। मेरी उस भाई से अरदास है, मेरे बड़े नुकसान की परवाह जरूर करना।"

उस दुःखी सरदार की इतनी सच्ची भावना और इतनी कातर यातना पर मेरा मन सहसा द्रवित हो उठा, लेकिन मैं अपनी फजीहत से डरकर चुप रह गया। हाथ जोड़ते हुए वह शख्स बस से नीचे उतर गया। उसकी गमगीन बीवी ने एक बार उदासी भरी नजर सवारियों पर डाली और वह भी बस से उतर गई। मैं भीतर-ही-भीतर कटकर रह गया।

बस चल दी तो अपनी बेशर्मी के बावजूद मैंने महसूस किया कि मेरे जी में चुभा हुआ काँटा निकल चुका था। मुझे यह सोचकर बाहरी राहत मिली कि मेरे हमसफर ने अपनी दलील से मुझे एक हादसे का शिकार होते-होते बचा लिया। साथ ही मैं उस उधेड़बुन में पड़ गया, आखिर उसने ऐसा क्यों किया? मैं अजीब सी उलझन में फँस गया। अंतिम निष्कर्ष के रूप में यह बात मेरे जेहन में उतरी कि हो-न-हो मेरे द्वारा हड़पे बटुवे की रकम में यह दुष्ट अपना हिस्सा चाहता होगा। मुझे बचाने की मुरव्वत का तो कोई सवाल ही नहीं था। वह मुझे पहले से तो जानता नहीं था। किसी अनजान शख्स को कोई इस ढब पर क्यों बचाना चाहेगा?

मुझे बस स्टैंड से पहले एक मोड़ पर उतरना था, लेकिन मैंने अपना विचार बदल लिया। कहीं ऐसा न हो कि मैं स्टैंड से पहले उतरने के लिए खड़ा होऊँ और यह शख्स मुझे बटुवा चोर कहकर शोर मचाने लग जाए। बस स्टैंड पर ही उतरना मुनासिब समझकर मैं चुपचाप बैठा रहा।

बस के बस स्टैंड परिसर में दाखिल होते ही सवारियों में बस से उतरने की अफरा-तफरी मच गई। ड्राइवर बस को मुनासिब जगह खड़ा करने की गरज से

बस को 'बैक' कर रहा था और सवारियाँ थीं कि धड़ाधड़ उतरती चली जा रही थीं।

जब बस की सारी सवारियाँ उतर गईं और ड्राइवर भी अपनी खिड़की से कूदकर बाहर निकल गया तो मैंने सीट के खोल से पर्स निकाला और उसे किताब की आड़ में छिपाते हुए बस से बाहर आ गया। वह शख्स भी मेरे पीछे लग लिया। मेरे लिए यह कोई अप्रत्याशित स्थिति नहीं थी।

जाहिर सी बात थी कि उसे अपना हिस्सा लेना ही था। मानसिक रूप से मैं भी उस बँटवारे के लिए तैयार था। वह मेरे पीछे-पीछे बस स्टैंड से बाहर निकल आया। एकाएक उसने मेरे बढ़ते कदमों पर 'ए बाबू साहब' कहकर पूर्ण विराम लगा दिया।

वह मेरे ऐन सामने आकर खड़ा हो गया। उसकी तीखी निगाह मेरे चेहरे पर गड़ी थी। उन आँखों में विद्रूप और घृणा का असीम पारावार उमड़ रहा था। उसने अप्रत्याशित ढंग से बोलना शुरू कर दिया, ''का आस-औलादवाले नहीं हो? डाका क्यूँ न डालते? भीक क्यूँ न माँगते? औरन का खून पीते हया-सरम कुछ ना आवे है। हुई पकरवा दयो होतो तो जेलखाने में चक्की पीसते। बाल बच्चा सरकन पै भीक माँगते नजर आवते। लानत है या बेहयाई पै।'' वह एक क्षण अपनी उखड़ती साँस सँभालने के लिए ठहरा और मेरा मखौल उड़ाते हुए बोला, ''बटवा लैके भागे तो ऐसे जायरे है, ज्यूँ बड़ी मसक्कत की कमाई कल्लई होय। कबऊँ कसाले ते कमाय के खायो है तुमने?''

उसके माथे की नसें तन गई थीं। गरदन पर नसों का मोटा जाल फैल गया था। सूखा चेहरा उत्तेजना में अत्यंत भयंकर दिखाई पड़ रहा था। मैं समझ नहीं पा रहा था कि क्या करूँ? उससे कैसे निपटूँ? मेरी कुछ भी करने या कहने से पहले उसने झपट्टा मारकर बटुआ मेरे हाथ से छीन लिया और उसमें से रुपए निकालकर मेरे मुँह पर फेंक मारे। बटुवा अपनी गिरफ्त में लेकर वह बड़बड़ाया, ''तो जैसे कसाई ते जे उम्मेद बी ना है के वा गरीब के कागज पत्तर ई लौटाल देगो। काई तरियाँ अब इनन्ने मैं ई वापस करऊँगो।''

उसका आगे बोलना रुक गया। वह लगातार खाँसने लगा। मैंने महसूस किया कि मेरा गला खुश्क हो रहा है। मेरी आँखों और सिर से आग की लपटें सी निकल

रही थीं। मैंने स्वयं को जीवन में इतना बेबस, तुच्छ और अपमानित कभी अनुभव नहीं किया था। और वह भी एक ऐसे आदमी के सामने जो शायद कभी और वक्त में मुझसे घरेलू नौकर रखने की प्रार्थना करता तो मैं उसपर ध्यान तक न देता।

उसने पर्स से सारे कागज निकाले और खाली पर्स मेरे ऊपर फेंककर दूसरी ओर मुड़ गया। सड़क पर मेरे सामने रुपए बिखरे पड़े थे, पर झुककर उन साँपों की मानिंद लहराते रुपयों को उठाने का जिगर मेरे पास नहीं था।

□

# छूटा हुआ कुछ

जीने की आखिरी सीढ़ी पर पहुँचकर उसने दोनों थैलों को दरवाजे के सहारे टिका दिया और ठहरकर लंबी उसाँसें भरने लगा। थैले वजनी थे, जिन्हें चिलचिलाती धूप में वह करीब डेढ़ मील से हाथों में टाँगकर लाया था। रिक्शेवालों से उसने रास्ते में रुक-रुककर कई बार मोल-भाव किया था। उसके सिर पर लदी हुई मजबूरियों से बाखबर रिक्शा-चालकों ने डेढ़ रुपए से कम नहीं माँगा था।

उसने पसीने से तर पेशानी और गरदन अपने कुरते की लटकती आस्तीन से पोंछी और दरवाजे पर दस्तक दी। उसे लग रहा था कि आधे मिनट में दरवाजा नहीं खुला तो वह बेहोश होकर वहीं ढह पड़ेगा।

द्वार खुला तो उसने दोनों थैले समेटे और सहन को आग के दरिया की मानिंद पार करने लगा। द्वार खोलने आया बच्चा उसके आगे नंगे पाँव छलाँग लगाता निकल गया। कमरे में अनोखा दृश्य था। उसकी रुग्ण पत्नी पलंग पर एक पीतल की मंजूषा खोले बैठी थी। जिसके भीतर सँजोकर रखी हुई छोटी-छोटी नियामतें बिस्तर पर बेतरतीब ढंग से इधर-उधर छिटकी पड़ी थीं। उसकी भौंहें चढ़ी हुई थीं और बच्चे पलंग के नीचे घुसकर मुस्तैदी के साथ कुछ तलाश कर रहे थे। तभी एक बच्चा पलंग के नीचे से बाहर निकल आया और निराशा से बोला, ''मम्मीजी वहाँ तो नहीं है।''

उसकी पत्नी, जो कभी सुंदर थी, अब महज हड्डियों का ढाँचा मात्र रह गई थी, उसका गोरापन पीले और काले का मिश्रण बन गया था। जो चेहरा कभी अंडाकार था, अब पतला पड़कर सिकुड़ गया था। गले की नसें तनी हुई और मोटी दिखाई पड़ती थीं। कलाइयाँ, जो कभी गोल और चिकनी थीं, जिनमें पड़ी

चूड़ियों की खनक संगीत का माधुर्य पैदा करती थीं, अब इतनी कृश हो गई थीं कि चूड़ियों का उनमें अटके रहना भी दूभर हो चला था।

उसकी पत्नी ने उसे देखते ही रुदन के स्वर में कहा, ''इन कमबख्तों ने मेरा नाखून और हाथी पता नहीं कहाँ फेंक दिया। मैं सबसे पूछकर थक गई, कोई नहीं बताता कि पेटी किसने खोली थी···मेरी चीजों को ये नासपीटे क्यों छेड़ते हैं, मैं इनकी जान ले लूँगी।'' यह कहते-कहते वह किसी की जान लेने की बजाय अपनी जान गँवाती सी लगने लगी।

जानलेवा गरमी की वजह से वह हलकान था। फर्श पर दोनों फूले-फूले थैले टिकाए वह दो कमरों के बीच दरवाजे पर खड़ा था, किसी ने उसका मरना नहीं देखा। जिस विकराल संकट में सारा घर पड़ा था, उसे देखते हुए वह पानी का एक गिलास भी नहीं माँग सका। अपनी भयानक प्यास को दरगुजर करके वह जोर लगाकर हँसा और मसखरी का अंदाज पैदा करके कहने लगा, ''तुम्हारा हाथी गुम हो गया और ये बच्चे इतने नालायक हैं कि उसे पलंग के नीचे से निकालकर बाहर नहीं ला पा रहे हैं, लेकिन उसकी पत्नी पर उसकी विनोद-वृति का कोई अनुकूल प्रभाव नहीं पड़ा। वह आपा पीटने के अंदाज में झुँझला गई, ''इन्होंने तो मेरा नाखून भी खो दिया। मैंने बीस साल से सहेजकर रखा था।''

वह चोरी-छिपे यह दृश्य कई बार देख चुका था कि उसकी पत्नी एक-दो बार अपनी छोटी सी मंजूषा खोलकर कोई चीज गौर से देखती है। उसकी तन्मयता में राग की अखंड लय होती थी। वह ऐसे क्षणों में कभी उसके नजदीक नहीं जाता था। वह स्वप्निल आँखों का मोह भंग नहीं करना चाहता था, बहुत सालों पहले वह दो-चार वर्षों में मंजूषा खोलती थी, मगर जब से वह रुग्ण और दुर्बल हुई थी, मंजूषा लेकर बैठने में तेजी आ गई थी। फोटो अलबम तो वह अपने सिरहाने तकिए के नीचे ही रखने लगी थी। उसे कभी-कभी यह लगता था कि एकांत पाते ही वह अलबम भी जरूर उलट-पुलट करती होगी।

अलबम के प्रथम पृष्ठ पर उनके विवाह के अवसर की तसवीरें थीं। पहली तसवीर में वे दोनों एक-दूसरे से सटे हुए विवाह-मंडप में बैठे थे। पत्नी के चेहरे पर लाल रंग की, जो झीनी चूनर थी, उसमें से उसका नीचे झुका हुआ चेहरा साफ नजर आता था। अगले पृष्ठ पर एक फोटो थी, जिसमें वह एक कुरसी पर

बैठा था और पत्नी कुरसी के हत्थे पर टिककर उसकी ओर झुकी हुई थी और दोनों का चेहरा जुड़ा हुआ नजर आता था। विवाह की तसवीरों के अलावा और भी न जाने कितने फोटो थे, जिनमें उसकी पत्नी का बचपन, कैशौर्य और यौवन कैद था। यही नहीं, पत्नी ने उसके भी कई फोटो उस अलबम में टाँके रखे थे।

वक्त की मार अथवा बदलते मौसमों के प्रभाव से अलबम की पहली तसवीरें तो चकनाचूर हो चली थीं। पत्नी की चूनर ही नहीं, चेहरे का पलस्तर भी यहाँ-वहाँ से झड़ गया था। बस उसका और पत्नी का उस फोटो में आंशिक स्वरूप उभरता था। उसकी पत्नी या वह उस अलबम को, जब किसी परिचित या संबंधी को दिखलाते थे तो शुरू का पृष्ठ तत्काल पलट देते थे। अलबम देखनेवाले को भी उस घायल फोटो को देखने की कोई उत्सुकता नहीं होती थी। फोटो के कागज पर से, जो मसाला झड़कर उनकी शकल-सूरत भुतही कर गया था, कभी वह उनका सौंदर्य था, इसका एहसास वे किसी को भी नहीं कराना चाहते थे।

बच्चे पिटाई की दहशत से अभी तक गुमशुदा हाथी और नाखून की तलाश में जमीन-आसमान एक किए हुए थे। उसने नाखून की बाबत कुछ नहीं कहा, उसने महज हाथी में अपनी दिलचस्पी जाहिर की। उसकी पत्नी ने मंजूषा के ढक्कन की एक खाली जगह पर उँगली की नोक टिकाकर कहा, ''इस पर हाथी दाँत का बहुत छोटा सा हाथी था, इन लोगों ने पता नहीं उसे किधर गुम कर डाला। आपको पता है वह मेरी पैदाइश से पहले भी इसी पेटी पर चिपका था।''

उसने दोनों थैलों को एक कोने में टिकाकर बच्चों से कहा, ''लाओ मुझे झाड़ू दो, मैं निकालता हूँ उस बदजात हाथी को पलंग के नीचे से।''

बच्चों ने झाड़ू लाकर दी तो वह झाड़ू समेत पलंग के नीचे घुस गया। हाथी को तलाशने में उसे रत्ती भर भी उत्साह नहीं था। लेकिन बच्चों को वह उस साँसत से मुक्ति दिलाना चाहता था, जो पता नहीं, वे और कितने वक्त से झेलते चले आ रहे थे, वह अच्छी तरह से जानता था कि वह बूढ़ा और सनातन हाथी अगर हाथ नहीं आया तो एक अनदेखी शामत सारे दिन घर पर मँडराती रहेगी।

जब वह तंग हो गया तो बाहर जाकर कूड़े के कनस्तर को उलटने की सोचने लगा। पत्नी शायद उसकी मंशा समझ गई। वह कातर भाव से बोली,

"हाथी अब नहीं मिलेगा। नाखून भी नहीं मिलेगा।"

यकायक उसके भीतर भयंकर विस्फोट हुआ, "रेणु! हाथी युगों से कैद था, मौका पाते ही निकला पर नाखून तो कोई ऐसी दुर्लभ वस्तु नहीं है, जिसकी खोज मिट गई हो। तुम जब चाहो नाखून बढ़ा सकती हो। अबकी बार बढ़ जाने पर, जब वह टूट जाए तो उसे सहेजकर रख लेना। फिजूल में बच्चों को मत ताँसो।"

रेणु का चेहरा, जिस पर अब केवल बड़ी-बड़ी आँखें ही पुराने दिनों की सुंदरता की याद दिलाती थीं, लाल-भभूका हो गया। वह गुस्से में बेकाबू होकर बोली, "हाँ-हाँ अब आपने और आपकी औलाद ने मुझे जरूर इस लायक छोड़ा है कि मैं नाखून बढ़ा लूँ। बरतन-भाँडे घिस-घिसकर उँगलियों के पोर तक तो खत्म हो चुके हैं, कहीं नाखून बचे भी हैं, जो उन्हें बढ़ा लूँ? बरसों से नेल-पॉलिश तक की शक्ल तो मैंने देखी नहीं है। क्या कहने हैं नाखून के!"

पता नहीं, कौन सी मृत अभिव्यक्ति लाख न चाहते हुए भी उसके भीतर एकाएक जीवित होकर हिंसक पशु की तरह झपट पड़ी। "कोई बहुत काबिले तारीफ आदत नहीं है कि आप गज-गज भर के नाखून बढ़ाकर बैठ जाएँ। यह जंगली लोगों की जरूरत थी, दरिंदों की जरूरत में शामिल होनेवाली आदतों को शौक में लाकर पता नहीं कौन सी शान बढ़ जाती है आजकल?" वह बोलते-बोलते लगभग चीखने लगा और यह बात एकदम विस्मृत कर बैठा कि उसकी पत्नी बीमार है, वह चिड़चिड़ेपन से पूरी तरह ग्रस्त है और डॉक्टर ने खास ताकीद की है कि उसे उत्तेजित होने का अवसर न दिया जाए।

उसकी पत्नी का रक्त-चाप बढ़ गया और वह पलंग पर लेटकर बेचैनी से इधर-उधर हाथ-पैर पटकने लगी। पलंग के सिरहाने रखा अलबम फर्श पर गिर पड़ा और पैरों के पास रखी एक नोट बुक उलट-पुलट होकर दूर बीच दरवाजों में जा पड़ी! नोट बुक के खुल जाने पर पृष्ठ के बीच से गुलाब की सूखी मुरझाई पत्तियाँ फर्श पर इधर-उधर बिखर उठीं। इन गुलाबी पँखुरियों की रंगत न जाने कब की उड़ चुकी थी।

सहसा वह घबरा उठा। उसे अपने कहे हुए शब्दों पर अफसोस होने लगा। भाग-दौड़ शुरू हो गई। एक बच्चा स्टेनलैस स्टील की कटोरी-चम्मच और पानी

ले आया। लड़की ने दौड़कर अलमारी से ग्लूकोस का डिब्बा निकाला और ग्लूकोस कटोरी में डालकर उसका घोल तैयार करने लगी। उसने लड़की के हाथ से कटोरी चम्मच लेकर चम्मच भर पानी पत्नी के मुँह में डालने की कोशिश की, पर उसने उलट दिया और पति व बच्चों को जबरन ठेलने लगी।

हर तरफ अजीब सी हड़बौंग मच गई। रेणु को काबू में लाने के लिए हर कोई मुस्तैद दिखाई पड़ने लगा। थोड़ी देर बाद रेणु की हालत में कुछ सुधार हुआ, वह उसके बालों में आहिस्ता-आहिस्ता उँगलियाँ घुमाने लगा और बोला, ''अच्छा बच्चो अब तुम जाकर खेलो और पढ़ो।''

सहसा उसे खयाल आया कि बच्चों ने शायद अभी तक खाना भी नहीं खाया है। उसने बेटी से खाने की बाबत पूछा तो उसने बताया कि अभी तक तो खाना तैयार ही नहीं हुआ है। वह समझ गया कि जो घर हाथी और नाखून की गवेषण में लगा पड़ा था, वहाँ खाना बनाता ही कौन!

''कोई बात नहीं, खाना अभी बन जाता है, तुम लोग उधर जाकर कॉमिक्स पढ़ो।'' उसने बच्चों को तसल्ली दी। जब बच्चे दूसरे कमरे में चले गए तो उसने रेणु का मस्तक हथेलियों से सहलाना आरंभ कर दिया। अब तक रेणु का आक्रोश और क्षोभ संभवतः कुछ हलका पड़ गया था। वह उठने की कोशिश करते हुए बोली, ''जाइए! अब आप भी नहा-धो लीजिए, तब तक मैं कुछ बनाए देती हूँ। बच्चों को भूख लग रही होगी, दो-ढाई बज रहे होंगे अब तो।''

उसने रेणु को जबरन पलंग पर लिटा दिया और धीमे स्वर में कहने लगा, ''मैं कुछ नहीं कहना चाहता रेणु! लेकिन मैं तुमसे अकसर एक सवाल पूछना चाहता हूँ कि बीते कल के मोह से हमेशा जुड़े रहना क्या कोई बहुत अच्छी बात है?''

रेणु ने झटके से अपना चेहरा उसकी ओर घुमाकर कहा, ''मैंने आपकी बात सुन ली··· मैं आपसे ही पूछती हूँ कि अपने अतीत से कटकर कौन जीवित रह सकता है? अतीत में कुछ होता है तो आदमी उस तरफ देखता ही है।''

उसने अपनी पत्नी की आँखों में कोई परिचित तलाश करते हुए कहा, ''जीने के लिए जिनके पास वर्तमान नहीं होता, जिन्हें आज के सवालों से कुछ लेना-देना नहीं है, वे ही वर्तमान से कटकर पीछे और बहुत पीछे चले जाते हैं।

यह कुछ नहीं एक तरह का प्रेतबोध है, जो आदमी को एक लंबी आत्महत्या में धकेलता है। कहना चाहिए कि यह आत्माहीन शरीरों की कैफियत है।''

रेणु ने उसकी ओर अजनबी आँखों से देखा और सरगोशी में बुदबुदाई—''मुझे मिला ही क्या इस जिंदगी में, जो मैं आत्मा की परवाह करूँ।''

''बच्चे, घर और पति क्या इनमें से कुछ भी तुम्हें नजर नहीं आता?'' उसने अपना स्वर यथासंभव धीमा रखते हुए सवाल किया।

रेणु ने सवाल उसी की ओर लौटा दिया, ''ये तो सबके पास होते हैं। इनमें घमंड करने लायक क्या है?''

''जिनके पास इनमें से कुछ नहीं है, एक बार जाकर उनसे पूछो।'' उसने अपनी समझ से एक ठोस स्थिति सामने रखी, लेकिन रेणु ने उसकी बात को हवा में उड़ा दिया, ''यह एक परायी स्थिति है···'' मेरा सपना यह नहीं था। लोग इस जिंदगी में न जाने कितना कुछ पा लेते हैं, पर मुझे क्या मिला? वही चहारदीवारी की एक बँधी-बँधाई जिंदगी, वही बच्चे पैदा करने और पालने-पोसने का बोझ, वही चूल्हा-चौका और तंगी-तुर्शी में खुद पर तरस खाते चले जाने का अटूट सिलसिला, इसी को जिंदगी कहते हैं आप?''

उसने हैरत से रेणु का तमतमाया चेहरा देखा और हारते जुआरी के अंदाज पर उसने एक दाँव फेंका, ''सबके ही जिंदगी में यही होता है रेणु देवी।''

''होता होगा, पर मैं इसे एक बोझ समझती हूँ···इसमें मुझे गौरव का नहीं, अपमान का बोध होता है। अपने हाथ को सिकोड़ते चले जाना शायद आत्महत्या का ही दूसरा नाम है। वह क्या आदमी हुआ, जो एक बार खुलकर वह सब न कर सके, जिसकी उसे हर घड़ी इच्छा होती है। अगर तूफानी रफ्तार से उड़ने की इच्छा आप में नहीं है तो उस ललक को आप जान ही कैसे सकते हैं?''

''तुम आत्मकेंद्रित हो, इसलिए यह सब कहती और समझती हो। सभी में तुम्हारी तरह जीने की ललक होती है रेणु।''

''लेकिन जीने की हविश को आप अपनी विवशताओं और सामर्थ्यहीनता से दुलराकर रह जाते हैं, जब आदमी से कुछ नहीं होता तो वह कठोर सच्चाइयों पर कुछ खूबसूरत झूठ आरोपित करके बच निकलने का रास्ता तलाश करने लगता है।'' रेणु ने उसके परखचे उड़ा दिए।

वह भीतर तक दहल गया। एक छत के नीचे बरसों से, जिसके साथ लगभग एक देह होकर वह रहता आया था, जिसे वह फुसला या धकेलकर नहीं लाया था, जिसके सपनों का कभी वह मूर्त नायक था, वही रेणु इतने बरसों को पार करके घनिष्ठ होने के स्थान पर पूरी तरह अजनबी बन गई थी। उसे लगा रेणु हर कोण से उसे गलत साबित करके अब प्रायश्चित्तस्वरूप अपनी जान देने पर तुली हुई थी।

परंतु इतने पर भी उसने रेणु को फिर से टटोला, "रेणु, मैं लाख निकम्मा और असफल सही, पर मैंने अपनी ओर से तुम्हें कुछ भी तो देने में चूक नहीं की। क्या मैं नहीं चाहता था कि तुम्हारे सामने सुविधाओं के अंबार लगा दूँ, यहाँ तक कि तुम्हें बिस्तर से नीचे भी न उतरने दूँ?"

रेणु विद्रूप में भरकर विषाक्त ढंग से हँसी। वह हँसी, जो पुरुष की चेतना में विस्फोटक लावा भर देती है। वह हँसते-हँसते दोहरी हो गई। गोया उसे हिस्टीरिया का दौरा पड़ गया हो। बहुत देर बाद वह कष्ट से साँस लेते हुए बोली, "जो आपने दिया उसमें नाज करने लायक मुझे कुछ भी दिखाई नहीं पड़ता। मैंने तो कभी नहीं चाहा कि बिस्तर के नीचे पाँव न रखूँ, क्या मैं अपाहिज हूँ?" उसने लाचारी से सिर हिलाकर कहा, "शायद तुम ठीक कहती हो, लेकिन इस दुनिया में कोई किसी को पूर्ण संतुष्ट नहीं कर सकता। हर एक उपलब्धि एक खास बिंदु पर पहुँचकर निकम्मी और अर्थहीन हो जाती है, यहाँ तक कि आसमान से सितारे नीचे लाने का चमत्कार भी किसी की नजर में व्यर्थ हो सकता है।"

"एक अल्प तुष्ट व्यक्ति का यह आखिरी तर्क होता है।"

"शायद यही ठीक हो, अपने-अपने सोचने का ढंग है। पर क्या तुम्हें पता है कि इस दुनिया में लोग एक मुट्ठी भात और सड़ी सीलन भरी कोठरी के लिए अपने आप को ता-जिंदगी गिरवी रख देते हैं।"

रेणु ने नाक सिकोड़कर कहा, गोया किसी सीलन भरी कोठरी की दुर्गंध उसके नथुनों में घुस गई हो, "मैं ऐसे गए-बीते लोगों के बारे में क्यों सिर खपाऊँ, जिनके पास सलीके से जीने की कोई तसवीर ही न हो?"

वह हक्का-बक्का रह गया। जिस औरत को वह बीस वर्षों से राई-रत्ती

जानने का दम भरता था, वह भीतर से किस मारक द्वंद्व में ग्रस्त थी और छील देनेवाली भाषा का बखूबी इस्तेमाल कर सकती थी···यह आज वह पहली बार जान रहा था!

उसने दरवाजे से ही दूसरे कमरे में झाँककर देखा। बच्चे भूखे पेट झूठ-मूठ आँखें बंद किए पड़े थे। शायद अभी वे उस हाथी और नाखून के आतंक से मुक्त नहीं हो पाए थे, जिनका इतिहास उनके नर्म-नाजुक, मन-मस्तिष्क पर स्याह हाशिए खींच रहा था। उन निरीह बालकों को संभवत: पता भी नहीं था कि उनकी माँ, जब एक छोटी सी अबोध बच्ची थी तो उसे एक छोटी सी मंजूषा अपनी माँ से विरासत में मिली थी। जिसके ढक्कन पर हाथी दाँत का दो सूत का एक हाथी चस्पा था और वही हाथी उस मंजूषा की पहरेदारी करता था, जिसमें उनकी नादान माँ का बचपन कैद था। यही नहीं, उन बेचारों को तो यह भी ज्ञात नहीं था कि उनकी कमसिन माँ को जब यौवन की दहलीज पर पाँव रखते ही अपने नाखून बढ़ाने का शौक हुआ था तो वह अपने नाखूनों पर हसरत से रोज पॉलिश किया करती थी। असावधानी में टूटे हुए एक नाखून, यानी यौवन काल के प्रतीक को उसने अपना बचपन सहेजनेवाली पेटी में ही बंदी बना दिया था। और शायद वे यह भी नहीं जानते थे कि कविताएँ संकलित की हुई नोट बुक में उसने गुलाब की महकती हुई अग्निवर्णा पँखुरियाँ सँजोकर रखी थीं। लेकिन इन सारी नियामतों को अतृप्ति की आँधी असमय में ही उड़ाकर ले गई थी। अब न वह अपने सुकुमार नन्हे-मुन्नों से खुश थी, न उसे अपने पति से संतोष था।

कमरे की खिड़कियों पर परदे पड़े होने की वजह से कमरे में खासा अँधेरा व्याप्त था, मगर फिर भी उसे दिखाई पड़ गया कि रेणु अलबम तकिए की आड़ में रखे बैठी कुछ देख रही है। उसने पंजों के बल चलकर रेणु की पीठ के पीछे से देखना चाहा कि वह इतने ध्यान से क्या निरख रही है। जो कुछ उसने देखा, उससे स्तंभित रह गया। रेणु उसके एक फोटो पर नजर जमाए बैठी थी। विद्यार्थी काल का एक अजहद पिटा हुआ फोटो था और वह कभी परिचय-पत्र पर चिपकाने की गरज से खिंचवाया गया था। उस फोटो में बचा रह गया वह लड़का न जाने कब और कहाँ गुम हो गया था, इसका उसे भी अब कोई अनुमान नहीं लग रहा था। उसने रेणु के निकट खड़े होने का कोई संकेत नहीं दिया। वह

दबे पाँव हटकर आगे बढ़ गया। रेणु के आत्मस्वीकार को वह गोपनीयता की लय से स्वीकार ही रहने देना चाहता था।

उसे लगा, शायद रेणु अखंड तन्मयता से अलबम के उस फोटो में ऐसा कुछ तलाश कर रही थी, जो उसकी निर्जन द्वीप में कैद आत्मा को स्फुरण देकर एक मुक्त आकाश दे सके।

□

# सिलसिला

रात को वह देर तक जागता रहा। पता नहीं, कब आँखें लगीं। पर वह आश्वस्त था कि अगली सुबह बच्चों से मुँह नहीं छिपाना पड़ेगा। वह एक मित्र से बीस रुपए उधार लेने में सफल हो गया था। हालाँकि इन रुपयों को लेते समय बीस तरह के रोने और पचास किस्म के झूठ बोले गए थे। रुपए जेब में डालकर जब वह सड़क पर चल रहा था तो उसे आज की सुबह फिर याद आ गई थी। विमला ने उसके हाथ में 'टिफिन बॉक्स' देते हुए बहुत डूबे हुए स्वर में कहा था, "आपने चार दिन पहले रद्दी न बिकवा दी होती तो कल बच्चों को फुलझड़ी और चार पटाखे जरूर मिल जाते।"

उसने विमला की बात का जो उत्तर दिया था, वह बहुत कटखना था, "काम करता हूँ, बेरोजगार नहीं हूँ। सुबह होते ही नौकरी पर जाने की तैयारी शुरू कर देता हूँ, फिर भी सब भिखारी नजर आते हों तो क्या सिर फोड़ लूँ या डाके डालने लगूँ?" विमला ने उसके आक्रोश पर कोई प्रतिक्रिया व्यक्त नहीं की थी। वह उसकी चुप्पी से और भी अधिक आहत हो उठा था। घर से निकलने के बाद एक अजीब पश्चात्ताप उसके साथ पूरे वक्त रहा था। उसने स्वयं से पूछा था, 'ऐसा क्यों हो रहा है', पर जैसे अंधी गुफा में चलते-चलते दृष्टि नहीं रह जाती, उसी तरह चीजों के समझने का तर्क उसका साथ छोड़ बैठा था। उसे तंत्र की असलियत का कहीं सुराग नहीं मिलता था।

अगली सुबह बच्चे बहुत जल्दी जाग गए, पता नहीं, तीज-त्योहार के दिन ही ऐसा क्यों होता है? बच्चे और दिन कई-कई बार जगाने से भी करवटें नहीं बदलते।

अलस्सुबह उठकर उसने पत्नी के साथ लगकर सारे घर की सफाई करवाई और बच्चों को इस ताकीद के साथ नहाने-धोने के लिए प्रेरित किया कि "जल्दी नहा-धो डालो। हम लोग, जितनी जल्दी बाजार जाएँगे, भीड़ उतनी ही कम होगी। हम लोग सामान लेकर जल्दी लौट आएँगे। कंदील तुम लोग घर में ही बनाना। मैं भी कुछ मदद कर दूँगा।"

इस प्रेरणा का प्रभाव यह हुआ कि कई बच्चे एक साथ हुड़दंग मचाते गुसलखाने में दाखिल हो गए।

पता नहीं कितने समय से उसने अपने बदन पर मालिश नहीं की थी। जाड़ा आने को था, इसलिए देह पर खुश्की के लक्षण उभरने लगे थे। उसने सोचा, जितनी देर में बच्चे नहा-धोकर फारिग हों, वह हाथ-पैरों पर तेल ही चुपड़ ले। अब तक सहन में धूप फैलने लगी थी। वह तेल की शीशी लेकर बैठ गया। बेसुरेपन से गुनगुनाने की कोशिश करते हुए हाथ-पाँव और पीठ पर उसने तेल लगाया ही था कि दरवाजे पर थपथपाहट होने लगी। वह परम निश्चिंत सा हो गया था। एक बच्चे से दरवाजा खोलने को कहकर पीठ और गरदन पर घिस्से मारने लगा।

दरवाजा खुलते ही जो आदमी भीतर घुसा, उसे देखकर वह सिटपिटा गया। एक लकड़ी के शहतीर जैसा लंबा सूखा सा आदमी बहुत बुरे हुलिए में मलबूस उसकी तरफ आ रहा था। चिथड़ों पर नरमे की मोटी चादर लपेटे हुए वह दहकानी ठीक उसके सामने आकर खड़ा हो गया। उसके गाल एकदम पिचके हुए थे। उनपर कम-से-कम हफ्ते-दस दिन की दाढ़ी सेही के काँटों की मानिंद उभरी हुई थी। गड्ढों में धँसी हुई पीली बीमार आँखों को देखकर कोई भी सहम सकता था। सिर के अधिकांश बाल सफेद थे और दाढ़ी में तो शायद ढूँढ़ने पर भी एक काला बाल नहीं मिल सकता था। रक्तहीन कलाइयों पर नसों के जाल फैले हुए थे। उस व्यक्ति ने हँसने की कोशिश करते हुए कहा, "तुमने मुझे पहचाना नहीं?"

पहचानने का कोई प्रश्न ही नहीं उठता था। उसने बच्चे से मोढ़े पर पड़ा तौलिया हटाने को कहा। ज्यों ही तौलिया हटा, वह आदमी मोढ़े पर बैठते हुए बोला, "हम दोनों करीब तीस साल बाद मिल रहे हैं।"

"तीस साल?"

ये तीस साल उसके मस्तिष्क में इस तरह टकराए जैसे पहाड़ की चोटी से कोई वजनी चट्टान घाटी की ओर लुढ़कती आ रही हो। आगंतुक की ओर देखते हुए उसे भय मिश्रित संकोच हो रहा था। वह स्वयं एक विचित्र स्थिति में था। पूरे बदन पर मात्र एक जाँघिया पहने वह तेल मालिश कर रहा था और तीस बरस पहले का अंतरंग सखा सामने मोढ़े पर बैठा था।

आखिर उसने सामने बैठे आदमी को ध्यान से देखा। उसके लटके हुए होंठों से साफ दिखलाई पड़ रहा था कि उसके दाँत टूट चुके थे। उसे शुबहा हुआ कि वह होंठों में तंबाकू रखे हुए है। उसका यह शक थोड़ी देर बाद सही निकला। वह शख्स उठा और आगे बढ़कर उसने नाली पर पिच्च से थूक दिया। इस क्रिया को उसने लगातार कई बार दोहराया।

उसे वह आदमी विस्मयपूर्ण और रहस्यात्मक लगा। उसने सोचा कि यह किस तरह संभव हुआ होगा कि तीस बरस बाद भी यह उसका सही पता-ठिकाना खोजकर चला आया। इतने बरसों में उसने न जाने कितने पापड़ बेले थे और न जाने कितने शहरों की खाक छानी थी। कम-से-कम आठ नौकरियाँ की थीं और इस शहर में भी सात बार मकान बदल चुका था।

अपने बालसखा से वह भीतर-ही-भीतर बहुत घबरा उठा। उसे छेड़ने में उसे भारी जोखिम लगी। पता नहीं, वह कहाँ से छेड़ बैठे और अपने घाव कहाँ से दिखाने लगे। सामान से बेतरह अँटी हुई कोठरी का दृश्य उसकी आँखों में आ गया। पता नहीं, खोलते ही कितनी अजीबो-गरीब चीजें अड़ड़-धम्म सिर पर आकर गिरने लगें।

लेकिन नंगी स्थितियों को कितनी देर तक टाला जा सकता है? इधर वह स्वयं शरीर से नंगा बैठा है, रुपए-पैसे के लिहाज से भी कोई बेहतर हालात नहीं हैं। इधर सामनेवाला आदमी भी लगभग नग्नावस्था में है। उसने दूर तक किनारा खोजने की कोशिश की, पर हाथ-पैर मारना व्यर्थ रहा। इस क्षण आश्वासनों से भरपूर तो सिर्फ इस घर के बच्चे थे, जिन्हें बाजार जाकर खरीदारी करने की जल्दी थी और वे नहाने-धोने में जुटे हुए थे।

उसके भीतर बेचैनी की लहरें उठने लगीं। सामनेवाला मुसकरा रहा था। उसकी मुसकान इतनी मैली और मरी हुई थी कि उसने अपनी आँखें दूसरी ओर

फेर लीं। बालमित्र का अप्रत्याशित बुढ़ापा उसे दु:ख देने लगा। एक तरफ अपने शरीर को चुस्त-दुरुस्त बनाए रखने के लिए तेल मालिश कर रहा है, दूसरी तरफ बैठा आदमी लगभग किनारे जा लगा है।

जो बच्चा नहा-धोकर गुसलखाने से निकल रहा था, उसको आवाज देकर उसने आगंतुक के लिए चाय लाने के लिए कहा। बच्चा सिर्फ कच्छे में गुसलखाने से निकला था, इसलिए शरमाकर दीवार की ओट में चला गया और पूछने लगा, "कितने प्याले चाय बनेगी, पापाजी?"

"बस्स एक प्याला। मैं तो नहाने जा रहा हूँ। इन्हें पिलाओ।" यह कहकर उसने अकारण मुसकराते हुए अतिथि की ओर उँगली उठा दी। अनजान के लिए एकमात्र संबोधन 'अंकलजी' ही हो सकता था, लेकिन उसने बच्चे से आगंतुक का परिचय अंकलजी के लिए 'चाय लाओ' कहकर नहीं कराया। वह किसी भी तरह घनिष्ठता के दावों से बचकर निकल जाना चाहता था। संबंधसूचक दावे कड़की की परिस्थितियों में बहुत दु:खदाई हो ही जाते हैं।

"तुमने मुझे पहचाना नहीं दोस्त?" जैसे किसी खाली कुएँ से कोई आवाज निकाली।

"पहचान तो रहा हूँ, लेकिन आपको देखे हुए लंबा अरसा हो गया। इधर मैंने नजर का चश्मा भी ले लिया है।" उसने जान बचाने का उपाय निकाला।

आगंतुक ने नजर के चश्मेवाली बात पर हँसने की कोशिश की और मासूमियत से बोला, "यों तो पोढ़े लगते हो। तुम पर तो उमर का कतई असर नहीं पड़ा।" यह कहते- कहते उसके होंठ इतने फैल गए कि दाँतों की काली जड़ें दिखलाई पड़ने लगीं। वह उसकी हँसी से आतंकित हो उठा, "हे भगवान्! यह कौन हो सकता है?"

पहेली बुझाना छोड़कर वह व्यक्ति बोला, "तुम 'युवराज' को भूल गए? मैं तुम्हारे साथ तहसीली मदरसे में छठी जमात में था। हम दोनों में जमकर लड़ाई होती थी। लेकिन उससे क्या? मैं तुम्हें चाहता भी तो बहुत था।"

आनेवाले की बातें सुनते हुए वह अपनी याददाश्त को भरपूर टटोलता रहा, पर इस उजड़ी शक्ल का कोई 'युवराज' उसे तीस बरस क्या शताब्दियों पीछे लौटने पर भी नहीं मिला।

पर 'युवराज' नाम बतानेवाला कतई हताश नहीं हुआ। वह बीते वक्त को लौटाते हुए बोला, "तुम्हें शायद याद हो, एक दफा मैंने तुम्हें धक्का दिया था तो तुम्हारा घुटना छिल गया था।"

उसकी बात सुनकर यकायक उसका हाथ अपने तेल-सने घुटने पर चला गया, लेकिन उसने वहाँ से अपना हाथ तत्काल हटा लिया। उसे डर लगने लगा कि कहीं युवराज उसे वह छिली हुई जगह न दिखला दे।

लड़का चाय का प्याला ले आया तो युवराज ने प्लेट-प्याले को सँभालते हुए कहा, "तुम भी बनवा लेते अपनी खातिर। मैं अकेला चाय पीता क्या अच्छा लगूँगा?" युवराज ने चाय का प्याला तीन-चार बार प्लेट में उँडेला और 'सुड़-सुड़' करके डेढ़-दो मिनट में चाय गटक गया।

खाली प्लेट-प्याला फर्श पर टिकाने के बाद वह बोलने लगा, "उसी जमाने में एक-दो बार मैंने तुम्हें बताया था कि मेरे पिता ने दो शादियाँ की थीं। तुम्हें याद होगा, मैं चिमनलाल हॉस्टल के एक्कट्रीम लेफ्ट वाले सिंगल रूम में रहता था।"

अपने मित्र की आँखों में इतने पर भी खालीपन देखकर आगंतुक ने अपने पक्ष में एक प्रबल तर्क दिया, "अच्छा तुम यूँ समझो, अगर मैं तुम्हें न जानता होता तो यहाँ कैसे चला आता? तुम्हें शायद मालूम हो मैं बार-मैनेजर था। बड़ी अच्छी तनख्वाह थी। बी.ए. में फिलॉसफी भी मेरा एक सबजेक्ट था। 'निरूलाज' में कई साल सर्विस की। अच्छी-खासी आमदनी थी। रोज फरीदाबाद चला जाता था। मेरी अपनी फैमिली वहीं थी। फिर क्या हुआ, मैं 'ऑल ऑफ ए सडन' बीमार पड़ गया…"

उसने अपनी बातचीत बीच में छोड़कर अपनी जेबों की तलाशी शुरू कर दी और किसी जेब से मुड़ी-तुड़ी पुड़िया निकालकर उसमें से तंबाकू निकालने लगा। हथेली पर तंबाकू रखकर वह तन्मयता से उसे अँगूठे से रगड़ते हुए बातों का टूटा सिलसिला जोड़ने लगा, "छह महीने किसी तरह नौकरी चली, लेकिन फिर छूट गई। तुम समझो प्राइवेट नौकरी और वह भी होटल की। आखिर कितने दिन बीमार आदमी के लिए खाली पड़ी रहती?"

युवराज ने मसला हुआ तंबाकू अपने होंठों में रखा और क्षण भर के लिए चुप्पी साधकर बैठ गया। वह मन-ही-मन पस्त पड़ रहा था। उसकी समझ में

यह बात साफ ढंग से नहीं उभर पा रही थी कि इस शख्स ने उसे इतने सबेरे क्यों घेरा है? मात्र स्नेहभाव तो उसका प्रयोजन हो ही नहीं सकता। आगंतुक ने मोढ़े से उठकर पीक नाली पर थूककर खड़े-खड़े ही कहानी आरंभ कर दी, "अब एक बरस से पूरी तरह बेकार-बेरोजगार हूँ। भुखमरी की नौबत आ गई है। चार बच्चे हैं। बड़ा इंटर कर चुका है। बी.ए. में दाखिला दिलवाया है। देख रहा हूँ। तुम्हारे बच्चे तो अभी काफी छोटे हैं। क्या लेट मैरिज की है?"

आगंतुक अजीब से आवेश में लग रहा था। वह अनाप-सनाप तारतम्य-हीन कुछ भी बोले जा रहा था, गोया वह अपने मित्र को घनिष्ठता के दायरे में खींचकर विश्वस्त होना चाहता हो। वह फिर शुरू हो गया, "पिता मरे तो उन्होंने फूटी कौड़ी नहीं छोड़ी। गाँव की सारी जायदाद तो चौपट कर ही गए। पाँच-सात हजार का कर्जा भी मेरे सिर डाल गए। दोनों माताएँ मेरे पास हैं।"

आगंतुक ने यहाँ आकर उसकी ओर फिर देखा और एक लंबी साँस लेकर शायद अपने मित्र को तौलने लगा। 'जो होगा देखा जाएगा' के भाव से उसने अभिव्यक्ति की चरम पीड़ा खोलकर रख ही दी, "बहुत बुरी हालत में हूँ दोस्त।"

हालाँकि उस आदमी की बुरी हालत कुछ कहने की मुंतजिर नहीं थी, लेकिन वह स्वयं भी अवर्णनीय स्थिति में बैठा था। उधर बच्चे नहा-धोकर बाजार जाने के लिए 'राजकुमार' बने खड़े थे, इधर वह 'युवराज' नाम के चक्रव्यूह में फँस गया था।

चाय का प्याला अभी फर्श पर ही रखा था, अजीब से प्रश्नों की कुहेलिका से उबरने में अक्षम होकर उसने बड़े बेटे का नाम पुकारा और कुछ तेज स्वर में बोला, "बीनू, यह प्याला उठाओ यहाँ से।"

उसकी तेज आवाज से आगंतुक में भी हरकत हुई और उसने अपना मोढ़ा जरा सा और आगे करके फुसफुसाहट के लहजे में कहना शुरू किया, "मैं अब ज्यादा धीरज नहीं रख सकता। तुम बचपन के संगी हो। बेलिहाज होकर अपनी बात कह रहा हूँ। मुझे इसी वक्त दो सौ रुपए की सख्त जरूरत है।" आगंतुक ने भावावेश में उसके हाथों को अपनी हथेलियों में लेकर कहा, "मुझे मना मत करना मेरे दोस्त!"

वह युवराज की याचना सुनकर अवाक् रह गया। बोलने के लिए उसे

खोजने पर भी शब्द नहीं मिले। उसकी पत्नी विमला इस दौरान रसोई की जाली से एक-दो बार ताक-झाँक कर चुकी थी। बच्चे भी अपनी माँ से सरगोशी में पूछ रहे थे कि यह कौन आदमी है, जो पापा को सबेरे से घेरे बैठा है?

वह अतिथि को वहीं छोड़कर नहाने की घोषणा करते हुए कमरे में चला गया। उसने दहशत से इधर-उधर देखा और कुरते की जेब से बीस रुपए का नोट निकाल लिया। उसके आसपास कहीं कोई नहीं था, फिर भी हड़बोंग में वह नोट को छिपाने की योजनाएँ बनाने लगा। उसे कहानी में पढ़े हुए 'कोहिनूर' को छिपाने की घटना याद आ गई, उसे लगा कि बाहर बैठे ऊबड़-खाबड़ आदमी को इस नोट की बाबत सबकुछ साफ-साफ मालूम है।

जब उसे कोई ढंग की जगह नोट छिपाने के लिए नहीं मिली तो नोट को पतलून की चोर जेब में रखकर वह फिर सहन में निकल आया। उसका बालबंधु अभी मोढ़े पर ही डटा हुआ था। गुसलखाने की दिशा में जाने की बजाय वह युवराज की तरफ बढ़ गया और अपने सूखे होंठों पर जीभ फेरते हुए बोला, "भाई···मेरे पास आपकी सहायता के लिए कुछ नहीं है। मैं बहुत मजबूर हूँ···"

उसने शब्दों को अपने गले में गोले की तरह अटकते हुए अनुभव किया, लेकिन फिर भी उसने बोलने की कोशिश की, "आप तो अपनी परिस्थितियाँ बता भी गए, पर मैं तो यह भी करने की स्थिति में नहीं हूँ। मुझे हार्दिक खुशी होती, अगर मैं इस समय आपकी मदद कर सका होता।"

कहने को वह कह तो गया, लेकिन उसे अपने शब्द बहुत फुसफुसे और कमजोर लगे। जैसे उसकी पूरी अभिव्यक्ति के पीछे रटा-रटाया संवाद जैसा कुछ था, जिसे प्रभावपूर्ण ढंग से बोलने की चेष्टा की गई थी, परंतु सामनेवाले को महसूस नहीं कराया जा सका था।

अपनी बात खत्म करके वह एकदम चुप्पी साध गया। उसने अनुभव किया कि थोड़े से शब्द बोलने में ही उसकी साँस फूल गई है। उसने आगंतुक के चेहरे पर दबी सी दृष्टि डाली और अपने शब्दों की प्रतिक्रिया तलाशने लगा। वह कुछ क्षण अनजाने में ही साँस रोके बैठा रहा। वह नहीं चाहता था कि पत्नी और बच्चे यह सुनें कि उसका कोई तीस वर्ष पुराना मित्र मिलने आया है और इतनी बदहालत में है कि रुपए माँग रहा है।

पता नहीं क्या हुआ कि सहसा उसके मुँह से निकला, "आओ युवराज, कमरे में बैठकर बात करें, यहाँ धूप आ रही है।"

युवराज नाम का विद्रूप उठकर उसके पीछे कमरे में पहुँच गया और याचना के स्वर में बोला, "हर्रो! मैं रोज-रोज तेरे पास नहीं आऊँगा। तेरे पास मकान है और भी भगवान् का दिया सबकुछ है। तेरे पास रुपया न हो तो किसी से लेकर दे-दे। ऐसा वक्त बार-बार नहीं आएगा।"

उसे अपने बचपन का नाम सुनानेवाला कभी इस जीवन में मिलेगा, ऐसी उम्मीद माँ-बाप की मृत्यु के साथ ही खत्म हो चुकी थी। आज न जाने कितने सालों के बाद हरि को हर्रो कहनेवाला आखिर कोई आ ही गया। उसने खाली आँखों से 'गया वक्त कभी नहीं लौटता' के अंदाज पर उकसानेवाले याचक को देखा और सहम गया। हालाँकि बीस रुपए का पूरा नोट उसकी पैंट में पूर्ण सुरक्षित था। लेकिन उसे लग रहा था कि आगंतुक के पास कोई ऐसी भेदी नजर है, जो सारी वास्तविकता को स्पष्ट देख सकती है। हो सकता है, अगले क्षण वह यह भी कहने लगे, 'तुमने मुझसे रुपए छुपाकर पतलून की चोर जेब में ठूँस रखे हैं।'

वह निरंतर चुप बना रहा और कमरे में यूँ ही दीवारों पर आँखें डालता रहा। इन दीवारों में देखने को कुछ नया नहीं था। वह आँखें बंद करके भी देख सकता था कि कहाँ क्या कुछ है। जब चुप्पी एकदम असह्य हो गई तो वह डूबते से स्वर में बोला, "युवराज भाई, मेरे पास बीस का एक नोट है और आज त्योहार के दिन बच्चे बाजार जाने के लिए तैयार बैठे हैं।"

"बीस नहीं, मुझे कम-से-कम डेढ़-दो सौ चाहिए। तुम किसी के नाम रुक्का लिख दो। मैं उससे बेलिहाज होकर माँग लूँगा। मैं भिखारी नहीं हूँ, माई फ्रेंड।"

जब उससे कोई उत्तर नहीं बन पड़ा तो युवराज ने अपने मस्तक पर हाथ मारकर कहा, "बेशरम युवराज! तुझे यह दिन भी देखना पड़ा? दोस्त से कहने आया तो वह भी तेरी मदद नहीं करता।"

यह कहकर वह कुरसी छोड़कर उठ खड़ा हुआ और दीवानगी के स्वर में बोला, "अच्छा ठीक है तो फिर मैं जाता हूँ। आज दीवाली का दिन है, तुमको

दीवाली मुबारक हो। खैर, अब क्या कहना-सुनना बाकी है। आज कुछ भी हो सकता है। अब धीरज दम तोड़ चुका है दोस्त।''

आगंतुक की चेतावनी में उसे किसी भयंकर कांड के घट जाने की अग्रिम सूचना मिलती लगी। वह नीचे से ऊपर तक हिल उठा, जैसे कोई अनहोनी एक क्षण में ही घटित होने जा रही हो। उसके माथे की नसें तन गईं। वह सामने प्रश्नवाचक की तरह खड़े मायूस आदमी की आँखों में झाँकने की ताव नहीं ला सका। चुपचाप उठा और खूँटी पर लटकती पतलून की जेब से नोट निकाल लाया। उसने शर्मसार होकर वह नोट बचपन का नाम पुकारनेवाले बालसखा की ओर बढ़ा दिया।

अब आगंतुक ने एक भी शब्द नहीं कहा और नोट उससे लेकर अपने माथे से छुलाकर उसके नंगधड़ंग शरीर से लिपट गया।

वह इस स्नेह-पगे आचरण के लिए कतई तैयार नहीं था। उसे अपने अंक से मुक्त करके युवराज दरवाजे की दिशा में बढ़ते हुए बोला, ''तेरे पास यही थे तो यही सही। मुझे तेरे बीस ही हजार और लाख बराबर हैं। जिंदगी रही तो कभी लौटा दूँगा। जाते समय छाती पर बोझ लेकर नहीं जाना चाहता।''

युवराज तेजी से कदम बढ़ाते हुए द्वार से बाहर निकल गया। वह भी दरवाजा बंद करके भीतर रसोई में पहुँच गया।

□

# क्षेपक

मैं घर के कैदखाने में उन लोगों की वजह से ही था। उन दोनों ने छह बजे आने के लिए कहा था, पर अब आठ से ऊपर का वक्त हो रहा था। रंगनाथ नरेश को लेकर आनेवाला था और साथ ही एक अद्धा लाने का भी आश्वासन था। नरेश की नियुक्ति की खुशी में हम तिलंगों के बीच एक जश्न होने की बात अब एक मरी हुई संभावना के सिरे तक जा पहुँची थी। उनके इंतजार में बारी-बारी से दोनों कमरों में बेमतलब चक्कर काटते हुए कोई ऐसा काम तलाश कर रहा था, जो अभी थोड़ी देर मुझे घर में और अटकाए रह सके।

सहसा दरवाजे पर दस्तक हुई। मैं खटखटाने के ढंग से ही समझ गया कि नरेश बेताबी की हालत में पहुँचा हुआ है। मैंने लपककर किवाड़ खोले। सहन की रोशनी सीढ़ियों तक जा रही थी, आगे नरेश तना हुआ खड़ा था और उसके दाहिने हाथ रंगनाथ अपना चमड़े का गला हुआ बैग लिये सिर एक तरफ डाले खड़ा था। लगता था कि वह शहीद हो चुका है। नरेश अपने चीकट सूट पर गहरे रंग की टाई कसकर बाँधे हुए था और उसके धँसे हुए कल्ले ऊपर की तरफ एक निरीह मुसकान में खिंचे जा रहे थे। उन दोनों को हलकी रोशनी में खड़े देखकर मैंने अनुमान की स्थिति को टालने की गरज से रास्ता छोड़ दिया। रंगनाथ पाँव घसीटते और नरेश धम-धम पैर पटकते हुए सहन पार करके कमरे में दाखिल हुआ। उसने अपने हलके नीले काँचवाले चश्मे से इधर-उधर कोई चीज टोह लेने की कोशिश की और घूमकर फिर सहन की तरफ बढ़ लिया। मैं समझ गया कि वह अपने पान की पीक गुलाब के पौधे पर थूकने गया है। अजीब विसंगति है। उसने गुलाब के गमले को पीकदान की शक्ल दे दी है और कत्थे-चूने में रँगी

पौधे की पत्तियाँ काले खून से रँगी होने का एहसास देती हैं। जी हाँ, मैंने उसका बेचैनी से अनुमान लगाया कि उसका सेलेक्शन हो गया है।

इस बीच रंगनाथ ने अपना बैग बहुत सावधानी से सोफे की पीठ से टिकाकर रख दिया और इस तरह लंबी-लंबी साँसें खींचने लगा, गोया आहें भर रहा हो। उसके उदास चेहरे पर गहरी थकान के चिह्न स्पष्ट अंकित थे। मैंने आगे का प्रोग्राम निश्चित रूप से जानने के लिए रंगनाथ का बैग खोलकर तसल्ली कर ली कि ब्लैक नाइट हमारी आहों को वाहों में बदलने के लिए मौजूद है। पहली बार मुझे नरेश के वजूद से उन्सियत हुई और वह बखूबी सह जाने योग्य लगा। इंटरव्यू की सफलता वही कुछ करा देती है···राजपाट पा लेने की खुशी शायद गुजरे वक्तों में यही होती होगी। मैंने सरसरी तौर पर तखमीना लगाया। नरेश ने इस हाफ में सिर्फ आधे पैसे ही चुकाए हैं। इंटरव्यू के सिलसिले में पहले दरजे का टिकट, टैक्सी का माइलेज, एक अच्छी दावत का सरंजाम जुटा गया होगा।

रंगनाथ का मुरझाया चेहरा देखकर मैं बोला, ''आज अपना खलीफा पूरा अद्धा लेकर आया है, तू इसपर मातमपुर्सी सी क्यों कर रहा है भई?'' उत्तर रंगानाथ को नहीं देना पड़ा। नरेश ही रिकॉर्ड की तरह बजने लगा, ''नहीं, नहीं, भाई साहब, इसे तो दादा ही लेकर आया है···बात यह हुई···'' रंगनाथ ने उसकी बात पूरी नहीं होने दी, कुछ खिजलाकर बोला, ''बात हुई तेरी और हरामी दादा की ऐसी की तैसी की···आया बात का घुसला साला।''

रंगनाथ ने मेरी तरफ गरदन उठाकर आजिजी से कहा, ''तू, मुझे एक प्याला चाय नहीं दे सकता? दफ्तर से लौटा तो यह जमदूत आ गया, मैं एक प्याली चाय भी नहीं पी सका। यह सोचकर कि कहीं तू इंतजार करता न रह जाए, मैं इसे फौरन लेकर चल दिया।'' यकायक रंगनाथ चुप हो गया और थोड़ी देर बाद नरेश के चेहरे पर निगाह डालकर संकोच से बोला, ''इस हरामी ने आज बुरा मारा। प्रोग्राम के मुताबिक इसके साथ मैं परसादी लाल ऐंड संस के यहाँ पहुँचकर बोला, ''क्या लेना है भई?'' यह तपाक से बोला, ''ब्लैक नाइट का हाफ ठीक रहेगा।'' जब अद्धा रैपर में लिपटकर इसके हाथ में आ गया, तो यह मेरा मुँह देखने लगा। तुम्हें मालूम है, इस चोट्टे ने उस वक्त क्या कहा, ''दादा, वहाँ रुपए मिलने में कुछ बिल वगैरह का घपला हो गया। इस वक्त पैसे आप दे दीजिए, मैं

बाद को सारी बात बताऊँगा···चलिए ये पैसे मेरे सिर उधार रहे।'' रंगनाथ ने नरेश की नकल उतारकर एक भारी-भरकम गाली दी और ''धत्तेरे की···'' कहकर हाथ में पकड़ी हुई बीड़ी को लाइटर से जलाने लगा।

बीड़ी का धुआँ रंगनाथ ने गले के भीतर घूँट लिया और माथे पर अँगूठा घिसते हुए बोला, ''अब तू देख वहाँ कितनी मिट्टी खराब होती। वह तो अच्छा हुआ, जेब में चालीसेक रुपए पड़े थे···एक कलिंग से दफ्तर छोड़ते वक्त ले लिये थे।'' रंगनाथ का आवेश में तना हुआ चेहरा नरेश की दिशा में घूम गया और वह आँख दबाकर बोला, ''उल्लू की औलाद, वक्त पहचानना तू कब सीखेगा? तुझे मालूम है, वे पैसे रोजमर्रा की घरेलू महामारी का इलाज थे, राशन-वाशन सब घुस गया···। अबे भाई, मुझे यह बात पहले नहीं बोल सकते थे? इस तरह गावदीपन फैलाकर काम कराने से फायदा? कोई आज खास बात थी, तुझपर पहले भी पचासों बार रुपए फेंके हैं कि नहीं?''

रंगनाथ का तमतमाया हुआ चेहरा नरेश कुछ इस भाव से देख रहा था, जैसे रंगनाथ किसी अनुपस्थित आदमी की कारस्तानी हम लोगों को सुना रहा हो। नरेश के चेहरे पर प्रतिक्रियास्वरूप एक निर्विकार मुसकान थी, जो वाकई लानत भेजनेवाली थी। आवेश और दु:ख में डूबे हुए लोगों की हालत पर, जब कोई इतना निर्लिप्त होकर मुसकराता है, तो जबरदस्त इच्छा होती है कि ऐसे आदमी को बेतहाशा जूते लगाए जाएँ। लेकिन मैंने इस असंतोष के लंबे प्रकरण को दरगुजर करके कहा, ''छोड़ो रंगनाथ, क्या खटराग ले बैठे। मैं तुम्हारे लिए बढ़िया चाय तैयार करके लाता हूँ। जल्दी अपने धंधे में लगें। ऐसी शाम गारत करने से क्या हासिल।'' मेरे प्रसंग-परिवर्तन से रंगनाथ सहज हो गया। उसके चेहरे से क्रोध और कष्ट के कई निशान एकदम साफ हो गए। मैं जानता था, अगर रंगनाथ दिलशिकनी को तूल देनेवाला होता तो नरेश का पत्ता कभी का कट चुका होता। रंगनाथ का आक्रोश केवल उन परिस्थितियों को लेकर था, जिन्हें नरेश हमेशा बिगाड़कर ही दम लेता था।

मैंने कुरसी से उठते हुए रंगनाथ को हँसते हुए देखा। वह अपना दायाँ हाथ नरेश की ओर उठाकर कह रहा था, ''देख रहा है इस खरदूषण को, साला कयामत तक यूँ ही मुसकराता रहेगा। दुनिया में आग भी लग जाए तो इसे क्या। यह ठहरा

जीनियस की दुम। कुछ कहो यार, बौद्धिक आदमी कभी-कभी अविश्वसनीय सीमा तक कमीना होता है।'' नरेश ने अपना दृष्टिकोण साफ करने के लिए हथेली पर उँगली की नोक गड़ाकर कुछ कहना आरंभ किया, तो मैं आगे बढ़ गया।

हम तीनों ने गिलास ऊपर उठाकर टकराए तो मैंने कहा, ''बुद्धिजीवी के मरने की खुशी में जामे-सेहत।'' वातावरण बहुत हलका और उल्लासपूर्ण हो गया। पहला पेग खत्म करते-करते हम लोग बहुत जीवंत हो उठे। बातचीत का दौर नरेश की नियुक्ति को लेकर ही चल निकला। अहमदाबाद की आबोहवा और सामाजिक स्थिति के विषय में सब इस तरह बातें करने लगे, जैसे हमारी पूरी जिंदगी वहीं कटी हो। रंगनाथ हार्दिकता से नरेश को समझाने लगा कि उससे अहमदाबाद पहुँचकर अपनी दिनचर्या का आरंभ किस प्रकार करना चाहिए और बौद्धिक हलके में किन व्यक्तियों से संपर्क बढ़ाना चाहिए।

यकायक मुझे कुछ याद आया। मैंने नरेश से कहा, ''हाँ मियाँ, यह तो बताओ तुम्हारे अपॉइंटमेंट की क्या शर्तें हैं?'' नरेश अपना गिलास मुँह की तरफ ले जाते हुए चौंक पड़ा, ''शर्तें? हाँ, शर्तें कुछ खास नहीं हैं। साढ़े पाँच सौ रुपए माहवार। रहने को जगह मुफ्त। तीन साल की बॉन्ड। बस, सोचने की बात यह बॉन्ड की फॉर्मेलिटी ही है।'' नरेश की बात सुनकर रंगनाथ का चेहरा खिल उठा, ''मजा आ गया यार! और तुझे चाहिए भी क्या? अरे भाई, हमें तो कोई टिंबकटू भेज दे, बस रुपया दे दे। और फिर तेरा क्या! तू तो वैसे भी फकतदम है। हमने तो बीस साल में कभी साढ़े पाँच सौ नहीं देखे।''

नरेश ने बेदिली से होंठ बिदोरकर कहा, ''साढ़े पाँच सौ ऐसी क्या खास बात है? इतने कम रुपए के लिए मुझे अनजान जगह में जाकर धक्के खाने में कोई खुशी नहीं है। इसके अलावा घर से, अपने माहौल और कार्यक्षेत्र से एकदम कटकर अलग पड़ जाना बहुत बेहूदा है।'' रंगनाथ ने जल्दी से नरेश की बात काट दी, ''होश में है नू? बात क्या करता है? साढ़े पाँच सौ कुछ होते ही नहीं हैं? यहाँ कोई तुझसे कम पढ़े-लिखे नहीं हैं। इतने सालों से झक मारकर अभी तक पाँच सौ तक भी नहीं पहुँचे और जनाब हैं कि स्टार्ट पर ही इतने रुपए मिलेंगे और फिर मकान भी फ्री।'' रंगनाथ एक साँस में जो बोलता चला गया, उससे मुझे लगा कि उसे डर है कि कहीं नरेश अपनी सनक में यह नौकरी भी न गँवा

दे। उसकी बातों से यह भी लग रहा था कि वह नरेश को इतने सारे रुपए पाने के काबिल ही नहीं समझता था। अगर नरेश उसको अपने बोझ से अधमरा न कर देता तो शायद वह उसको नौकरी पर भेजने के लिए इतना उतावलापन प्रदर्शित ही न करता, बल्कि ईर्ष्या तक करने लगता।

आखिर पेग के नाम रंगनाथ ने बोतल की अंतिम बूँदें तीनों गिलासों में निचोड़ दीं और अपनी मस्ती में डूबी आँखें मेरी ओर स्थिर करके बोला, ''लो पार्टनर, नौकरी तो इस मरदूद को अब मिल ही गई। अब इसे जाना तो है ही, लेकिन इसके चले जाने के बाद कमी देर तक अखरती रहेगी।'' अपनी बात को भावपूर्ण बिंदु पर खत्म करने के लिए उसने पौराणिक आख्यान छोड़ा, ''हमने अपने कर्मवीर और दार्शनिक हमेशा दूसरों को खुशी-खुशी दिए हैं। क्या कृष्ण को भी हमने गुजरात को नहीं दे डाला था?'' उसके इस बेतुके तालमेल पर मुझे अनायास ही हँसी आ गई और मैंने उसके कंधे पर थपकी देकर कहा, ''वाह, क्या क्षेपक मारा है!''

शराब की मस्ती ने रंगनाथ जैसे चिंतापरायण गृहस्थ को भी कुछ और ही बना दिया था। एक हाथ उसने नरेश के गले में डाला और दूसरे से उसके सिर की मालिश करने लगा। नरेश ने खाली गिलास मेज पर रख दिया और मेरे पैकेट से सिगरेट खींचकर उसे होंठों में अटकाए बैठा रहा। कोई आधा मिनट बाद घोषणा सी करते हुए बोला, ''लेकिन दोस्तो, मैं एक बात साफ किए देता हूँ। तुम लोगों को छोड़कर मैं कहीं जानेवाला नहीं हूँ। मेरी योजना यहीं रहकर कुछ करने की है।''

''ऐसी की तैसी तेरी योजना की। साले, बकता क्या है? जाएगा कैसे नहीं। इस बार इतने जूते पड़ेंगे कि छठी का दूध याद आ जाएगा।'' मुझे डर लगने लगा कि कहीं वाकई रंगनाथ बिफरी हुई हालत में जूता-बूता न चला बैठे। अभी कुछ देर पहले प्रदर्शित की हुई उसकी भावुकता पूरी तरह गुम हो गई और वह ताबड़तोड़ फोश गालियाँ बकने लगा। नरेश के लिए उसने वास्तव में बहुत कष्ट सहे थे। उस निठल्ले को बरसों संरक्षण दिया था। अब और ज्यादा तकलीफ बरदाश्त करने की सामर्थ्य उसमें बाकी नहीं रह गई थी। मुझे रंगनाथ का आक्रोश वाजिब लगा। मैंने नरेश को समझाने की नीयत से कहा, ''नरेश यार, क्यों बोर करता है! रंगनाथ को दुःखी करने से क्या हासिल होगा? हम जानते हैं, ऐसी बढ़िया नौकरी तू हमारे मना

करने पर भी छोड़नेवाला नहीं है। ऐसी नौकरी इन दिनों अच्छे-अच्छों को भी नहीं मिलती।''

''मैं यहीं एक स्कूल खोलने की सोचता हूँ। मैं जर्नलिज्म पर काम करूँगा। एक वीकली पेपर निकालूँगा और तुम दोनों का इंटेलेक्ट उसमें इस्तेमाल करूँगा। आखिर हम लोगों का देश के लिए भी तो कोई फर्ज बनता है।''

मैंने उसे फिर समझाने की कोशिश की, ''हाँ, हाँ, वह तो ठीक है, उसके लिए भी तो कोई पुख्ता जमीन चाहिए। तू कुछ वक्त नौकरी कर। कमा-धमाकर कुछ रुपया इकट्ठा कर। मेरे भाई, आर्थिक तंगी से सारी महान् योजनाएँ मिट्टी में मिल जाती हैं। मैं यह नहीं कहता कि तू वहाँ सारी जिंदगी काट आ। तीन साल एक पूरी जिंदगी में होते ही क्या हैं?''

नरेश मेरी सलाह पर व्यंग्यात्मक हो उठा, ''दादा, आप भी कमाल करते हैं। मैं वहाँ इस सड़ी नौकरी में क्या बचा लूँगा? अपने घर और परदेश में बड़ा फर्क है। मैं वहाँ एक दमड़ी भी नहीं बचा पाऊँगा।''

इस बार रंगनाथ क्रोध में बौखला उठा, ''हाँ, तू तो नवाब का बच्चा है। पाँच सौ रुपए में तेरा काम क्यों चलने लगा!'' रंगनाथ मेरी ओर मुँह घुमाकर बमकने लगा, ''जाने दो साले को जहन्नुम में। मुझे-तुझे समझाने की जरूरत भी क्या है? यहाँ भूखा मरेगा, तो अपने-आप भागता नजर आएगा। सच पूछो तो मैंने और तुमने इसे 'एसाइलम' देकर निकम्मा और 'पैरासाइट' बना दिया है।'' रंगनाथ उत्तेजना में उठकर खड़ा हो गया। उसकी आवाज़ में तकलीफ और कंपन का अनोखा मिश्रण था। रंगनाथ अपना बैग उठाकर चलते हुए बोला, ''हरामी, मैं तो अब जा रहा हूँ। अब आगे से मेरी तरफ झाँका, तो तेरा सिर फोड़ दूँगा।''

मेरे कमरे में अजीब हड़बोंग मच गई। बिफरे हुए रंगनाथ को मैंने जबरदस्ती हाथ पकड़कर रोका और नरेश से बोला, ''तू जरा सी दारू पीकर यह क्या करने लगा? इंटरव्यू देकर जब तू नियुक्ति-पत्र ले ही आया है, तो फिर नौकरी पर न जाने का मतलब क्या है?''

इस दफा नरेश सहसा बुझ गया। वह एक मिनट तक दीवार पर नजर जमाए रहा और बगैर हम लोगों की ओर देखे फुसफुसाने लगा, ''दादा लोगों, मेरा अपॉइंटमेंट नहीं हुआ।''

"अँय, अपॉइंटमेंट नहीं हुआ?" मैं अनजाने में अपना सिर खुजलाने लगा।

"हाँ दादा, उन लोगों को मुझसे कहीं ज्यादा क्वालीफाइड उम्मीदवार मिल गया। समझिए मेरा वहाँ जाना ही बेकार हुआ।"

मैंने परेशान होकर पूछा, "तो भाई, तूने आते ही यह सब साफ-साफ क्यों नहीं कह दिया?"

रंगनाथ के हताश और लटके हुए चेहरे को देखकर मुझे लगा कि मायूसी ने आश्चर्य-विमूढ़ होने का भाव भी उससे छीन लिया है। नरेश ने जो कुछ कहा था, वह इतना अप्रत्याशित था कि सहसा विश्वास नहीं होता था। लेकिन ठीक इसी क्षण मुझे रंगनाथ की कभी कही हुई बात यकायक याद आ गईं। "हमेशा आशाएँ जगाने से शुरुआत होती है, मगर अंत उन्हीं हताशाओं की लीपापोती से होता है।"

नरेश से मैंने शिकायती लहजे में कहा, "रंगनाथ को तूने बिना वजह एक्साइट किया। साफ कह देता, तो वह तेरे अपॉइंटमेंट को लेकर इतना टची क्यों होता?"

नरेश क्षमा सी माँगते हुए कहने लगा, "दादा, अब मैं आपसे क्या कहूँ? मैं स्वयं अपने फालतूपन से तंग आ गया हूँ। बार-बार इंटरव्यू देने दौड़ता हूँ, पर कहीं काम नहीं बनता। आप दोनों के पास लौटकर मैं झूठमूठ डींगें हाँकता रहता हूँ कि मैंने बोर्ड के मेंबरों को हिप्नोटाइज कर लिया या कि वह खरी-खोटी सुनाई कि उनका दिमाग ठिकाने आ गया। मगर वास्तविकता यह है कि वहाँ तुम्हारे इस जीनियस को कोई दो कौड़ी का भी नहीं पूछता। मैं सिर्फ आप दोनों को अटकाए रखने के लिए दूर की हाँकता हूँ।"

नरेश का चेहरा यकायक राख जैसा मैला लगने लगा और उसके व्यक्तित्व में हरदम बनी रहनेवाली लापरवाही पलभर में तिरोहित हो गई। वह इतना दयनीय और करुण हो उठा कि मुझे घबराहट सी होने लगी। इस सत्ताईस साल तक दुनिया देखनेवाले आदमी को पहले कभी मैंने इतना करुण-कातर नहीं देखा था। वह असफलताओं के स्वर में बोलता चला गया, "सच बात यह है कि मैं अपनी असफलताओं के लंबे सिलसिले से आप दोनों को इतनी गहराई तक उखाड़ चुका हूँ कि अब आप लोगों के चेहरों पर अपनी असफलताओं की प्रतिक्रिया सहन नहीं कर सकता। शायद यही वजह रही हो कि मैंने इस बार फैसला कर लिया था

कि चाहे कितना भी बड़ा झूठ क्यों न बोलना पड़े, मैं अपने असफल होने की बात नहीं कहूँगा। इस बहाने आप दोनों की आँखों में बहुत दिनों से स्थगित होती हुई खुशी की चमक तो देख ही लूँगा।''

नरेश एक लंबी आह भरकर चुप हो गया, तो रंगनाथ ने फुफकार छोड़कर कहा, ''तैंने यह ठीक नहीं किया नरेश। तेरी इस छलना से मैं कहीं बहुत गहरे में टूट गया हूँ। चरम निराशा से आदमी उतना नहीं छिलता, जितना छद्म से टूट जाता है।''

रंगनाथ ने आगे कुछ नहीं कहा। वह बहुत आहिस्ता से उठा और अपना बैग उठाकर चल दिया। मैं उसके इस स्वरूप से इतना आतंकित हो गया कि आगे बढ़कर उसे रोक भी नहीं सका। मुझे लगा कि नरेश की क्षणभर की झूठी आशावादिता ने रंगनाथ के सारे भरम झकझोरकर एक ही झटके में तोड़ डाले।

जब तक मैं सीढ़ियाँ लाँघकर नीचे उतरा, रंगनाथ अपनी खड़खड़िया साइकिल लेकर जा चुका था और कुछ दूर से डगमगाती कोई आकृति मुझे अपनी तरफ आती मालूम पड़ रही थी। पर वह मेरा भ्रम निकला। मैं भूल गया था कि नरेश ऊपर मेरे कमरे में ही बैठा है। कमरे में लौटकर मैंने देखा कि नरेश के चेहरे पर एक बहुत डरी हुई मरियल मुसकान दम तोड़ रही थी और दहकते अंगारों की लाली धीरे-धीरे ठंडी राख में पर्यवसित होने के क्रम में थी।

□

# वहम

उसने 'विभागीय लाइब्रेरी' में जाकर एक-एक करके सारे दैनिक देख डाले। हिंदी, अंग्रेजी के समाचार-पत्रों में उस खबर का छोटे-से-छोटा भी संकेत कहीं नहीं था। वह गंभीरतापूर्वक सोचने लगा, 'ऐसा कैसे हो सकता है?' अखबारों में छोटी-से-छोटी घटना का विवरण प्रकाशित होता है। संवाददाता पता नहीं कितने मामूली कस्बों और गाँवों तक से खबरें बटोर लाते हैं और यहाँ इतने बड़े शहर में वह चीज इस तरह दब गई, गोया कभी कोई घटना घटी ही न हो। लाइब्रेरी में कुछ स्थानीय अखबार भी आते थे, जिन्हें उसने अब तक नहीं टटोला था। कौतूहलवश उसने उन्हें भी छान मारा, उनमें नगर की कोई खास खबर नहीं थी। हाँ, मुंडन, कनछेदन, मकानों के प्रवेश-समारोह या किसी समृद्ध बूढ़े नागरिक के वानप्रस्थ लेने की सूचनाएँ जरूर थीं या फिर पूरे-पूरे पृष्ठों पर नगर निगम द्वारा आमंत्रित 'टेंडरों' के विज्ञापन थे और सबसे ज्यादा निराश करनेवाली वे अंतरराष्ट्रीय घटनाएँ थीं, जो अब तक इतनी बासी हो चुकी थीं कि उनमें शायद ही किसी की उत्सुकता बाकी बची हो।

वह पुस्तकालय से उठकर कैंटीन की तरफ चला गया। अभी बाकायदा दफ्तर का वक्त शुरू होने में थोड़ी देर थी। उसने सोचा, ऐसे दो-एक लोग वहाँ जरूर पहुँच चुके होंगे, जिनकी दिलचस्पी अब अपनी गृहस्थी में नहीं है। एक कोने में कालीचरण, रघुनाथ और वर्मा बैठे किसी समस्या पर जोर-जोर से चीखकर बहस कर रहे थे और उनसे काफी हटकर मनोहर चुपचाप बैठा चाय पी रहा था। उसे मनोहर बहुत उदास और समस्याग्रस्त लगा। उसने सोचा, शायद मनोहर को उस संबंध में कुछ मालूम हो। अभी वह मनोहर की तरफ बढ़ने की सोच ही रहा

था कि वहीं चाय का खाली प्याला एक ओर सरकाकर उठ खड़ा हुआ। मनोहर उसके बहुत पास से निकला, लेकिन उसने हवा में अपना पंजा इतनी बेदिली से लहराया, जैसे वह बहुत जल्दी हो और मूक अभिवादन के अलावा इस क्षण और कुछ न कर सकता हो। हालाँकि वह मनोहर से कुछ पूछने के लिए बुरी तरह उतावला था, लेकिन उसे अपनी बेसब्री सख्ती से दबानी पड़ी और वह कैंटीन छोड़कर दफ्तर की बिल्डिंग की ओर घूम गया।

हस्बेमामूल वह उस दिन भी मुँह अँधेरे सैर करने निकला था। अँधेरा छँटने में ज्यादा देर नहीं थी, लेकिन मैदान के पेड़-पौधे और इक्का-दुक्का मकान पूरब में उभरती लहौंही के बीच सिलहुत जैसे उभरे हुए थे। उसके पैर मार्ग के अभ्यस्त थे और आँखों पर कतई नहीं निर्भर करते थे। कहाँ रेत का ढूह होगा, कहाँ कँटीली झाड़ियाँ, इनका उसके पैरों को एहसास था। जी हाँ, पैरों को एहसास, इसी सैर ने उसे बता दिया था कि महज मस्तिष्क ही सोचने का बोझ नहीं उठाता, हाथ-पाँव तक कुछ सोचते हैं और उनमें बाकायदा अनुभूति व्यक्त करने की कूबत है। खैर, वह बढ़ते-बढ़ते आठ-नौ फीट चौड़े नाले के किनारे पहुँच गया। उस पर आर-पार एक-पौन फीट चौड़ा सीमेंट का लट्ठा पड़ा था और गाँवों से दूध लानेवाले उस खफीफ सी चौड़ाईवाले लट्ठे को बगैर डगमगाए पार कर जाते थे।

एकाएक नाले में कुछ फैला हुआ देखकर वह बीच में ठहर गया। उसने लट्ठे पर खड़े-खड़े ही गौर किया, कोई चारेक फीट के विस्तार में कोई चीज पसरी पड़ी थी। एक कंबल जैसी चीज ऊपर नजर आ रही थी। उसके नीचे कुछ रंगीन सा था। नाला तली में एकदम सूखा पड़ा था। वह भय और त्रास से जड़ होकर कुछ पल पतले लट्ठे पर ही खड़ा रहा। उससे आगे कुछ लोग बतियाते जा रहे थे। वह दो-तीन डग बढ़ाकर नाले के पार हो गया और आगे जानेवाले के नजदीक पहुँचने की गरज से तेज-तेज चलने लगा।

वे लोग दूध के भाव के बारे में चिंतित थे और महँगाई घटने के प्रश्न पर एकमत नहीं लग रहे थे। उसे लगा कि शहतीर पर जानेवालों की नजर शायद नाले के भीतर नहीं पड़ी। अन्यथा वे महँगाई और दूध के भाव पर बहस न करते, वहाँ जरूर ठहरते और कोई निर्णय लेते। हादसा एकदम साफ और सामने था।

रात के किसी पहर में नृशंसता का एक वीभत्स कांड घटित हो चुका है और हत्यारे अपनी करतूत नाले के हवाले करके बच निकले हैं। दिन निकले, जब लोग इधर से गुजरेंगे, तभी शायद सही शिनाख्त हो सकेगी।

डगमगाते से कदमों से वह आगे बढ़ता रहा, लेकिन उसके मन की सारी निश्चिंतता तहस-नहस हो गई। हवा के भीतर कंबल के नीचे पड़े स्तूप में केंद्रित हो गई। वह बहुत लंबी सैर पर नहीं जा सका। अजीब से खयालों में भटकते हुए वह आगे जाकर नाले की पुलिया पर बैठ गया। लेकिन उसे चैन नहीं पड़ा, जैसे ही उनमें कुछ लोगों को शहतीर के पुल की तरफ लौटते देखा, तेजी से कदम बढ़ाते हुए उनके पीछे लग लिया। उसके आगे चलनेवाले लट्ठे को बिना रुके आराम से लाँघते चले गए, उनमें से न किसी को किंचित् हिचकिचाहट हुई और न उनके कदमों में ठहराव आया। यही नहीं, उन्होंने उस पार पहुँच जाने के बाद भी रुकना जरूरी नहीं समझा। वह भी नाला पार करके दूसरी ओर पहुँच गया और इरादा करके वहीं ठहर गया। उसने देखा, चार-छह लोग दूसरी तरफ से चले आ रहे हैं। अब यह बात बिलकुल साफ हो गई थी कि वे लोग उसे नाले में यूँ ताकते-झाँकते देखकर जरूर ठहर जाएँगे और नाले में पड़ी चीज पर पूछताछ शुरू कर देंगे।

वह शहतीर के ठीक नीचे पड़ी बिखरी हुई जिंसें देखने लगा। एक पुराना सा कत्थई रंग का कंबल था। एक मैली सी शर्ट, जो शायद सस्ती टेरेलीन या टेरीकॉट की हो, लस्त-पस्त हालत में अपनी बाँहें पसारे हुए थी और चौड़ी मोहरी का एक पायजामा भी मौजूद था। यानी एक पूरे आदमी का लिबास था, जूते होते (या चप्पलें ही सही) तो आदमी की शख्सियत का कुछ और सही अनुमान हो सकता था।

उसे इस जानकारी से कोई राहत नहीं मिली कि वहाँ कोई हताहत आदमी नहीं है, महज एक लिबास है। क्या कपड़ों के इस तरह बेतरतीब पड़े रहने से यह साफ नहीं हो जाता कि किसी को हलाल करने से पहले ही ये आच्छादन उसके शरीर से अलग कर लिये गए हैं? तफतीश, जैसी चीज के तहत उसने इधर-उधर नजर डाली, लेकिन उसे अपनी यह खोज काफी मूर्खतापूर्ण लगी, उन लोगों ने कत्ल के बाद अपने शिकार को आसपास नहीं फेंका होगा, वे इतने नौसिखिए

नहीं हो सकते। हो सकता है, इस साफ ढंग से लगभग आम रास्ते के बीच लत्ते महज इसलिए फेंके हों कि शिनाख्त हो जाए कि किसका सफाया हुआ है।

चार-पाँच फीट के घेरे में फैले हुए इस रहस्य-रोमांच में वह इतना गर्क हो गया कि उसे पता ही नहीं चल पाया कि इस बीच कितने लोग शहतीर पार करके इधर-उधर जा निकले।

तमाम वक्त वह उम्मीद करता रहा कि अभी कोई सूचना देनेवाला है कि नाले में जो कपड़े पड़े मिले हैं, वह अमुक व्यक्ति के हैं। वह अपने दफ्तर वक्त से काफी पहले पहुँच गया। उसके ऑफिस का एक चपरासी महरौली से आता था, उसे 'शॉर्टकट' से आने में नाले पर पड़े शहतीर को जरूर लाँघना पड़ता होगा। जब चपरासी उसे आता दीख पड़ा, तो उसने संकेत करने की बजाय उसे आवाज देकर बुलाया। उसने गंगाबिशन से कई मिनट तक इधर-उधर की बातें कीं और खास तौर से नाले पर पड़े शहतीर की चर्चा की। उसने गंगाबिशन से पूछा, "क्यों गंगाबिशन नाले के आम रास्ते पर पुल क्यों नहीं बनाते? लोगों को पुल पार करने के लिए काफी आगे जाना पड़ता है।" गंगाबिशन ने पुल में अपनी कोई दिलचस्पी नहीं दिखलाई, बल्कि गाँव में बैंक की शाखा खुलने का जिक्र किया और बताने लगा कि अब भैंस खरीदने के लिए जो चाहे ढाई हजार रुपए बैंक से उधार ले ले। गाँव, रास्ता और पुल कई बार सामने रखे गए, लेकिन गंगाबिशन उस संदर्भ से इस तरह साफ बच निकला, जैसे कोई चालाक चूहा चूहेदानी की भीतरी दिलचस्पी की तरफ आँख भी न उठाए। आखिरकार उसने गंगाबिशन को सिगरेट लाने के लिए पैसे निकालकर दिए और कोई दूसरा रास्ता सोचने लगा।

जैसे आप घर कभी-कभी इसलिए शीघ्र लौट आते हैं कि आपको कोई महत्त्वपूर्ण पत्र या अन्य सूचना मिलने की उम्मीद होती है, उसी भावना के तहत वह उस रोज दफ्तर से उठकर सीधे घर आया। जब दिन छिपने लगा तो वह छड़ी उठाकर उधर ही टहलने चल दिया। वह शीघ्रता से पैर बढ़ाते हुए चलने लगा, अँधेरा होने से पहले लौटना बेहतर होगा। नाले के करीब पहुँचकर उसने देखा, सारे कपड़े यथावत् पड़े हुए हैं। उसने नाले के उस पार जाने का खयाल छोड़ दिया।

लौटते हुए उसने सोचा कि इन कपड़ों की बाबत अब किसी से बात कर ही

ली जाए। वारदात हुई जरूर है, लेकिन हैरत है, कहीं उसको लेकर कोई चूँ तक नहीं कर रहा है। चलते-चलते वह एक नए बनते मकान के सामने जाकर ठहर गया। मकान के फर्श की मशीन से घिसाई चल रही थी। मकान-मालिक लुंगी-कुरता पहने बाहर बराँडे में खड़े मिस्त्री को कुछ समझा रहा था। वह गेट के पास पहुँचा तो मकान-मालिक उसी तरफ बढ़ आया, शायद उसने सोचा हो कि आगंतुक किसी का पता पूछना चाहता है, "कहिए, किसकी तलाश है?"

एकाएक वह तय नहीं कर पाया कि किस तरह शुरुआत की जाए, लेकिन उसने सोचा, चुप रहने से वह अहमक समझा जाएगा। वह बगैर भूमिका बाँधे बोलने लगा, "आपको नाले में पड़े चार कपड़ों के बारे में कुछ मालूम है?" वह आदमी सहसा घबरा सा गया, "जी कपड़े! कौन से चार कपड़ों से मकसद है आपका?"

वह नाले की दिशा में उँगली उठाकर बोला, "आपने शायद देखा हो, आपकी कोठी के पिछवाड़े, जो सूखा नाला है, उधर एक आदमी के कुछ कपड़े पड़े हैं, मेरा मतलब..." पर वह अपना मतलब साफ नहीं कर पाया। इस दौरान मिस्त्री भी उस आदमी के करीब पहुँच चुका था और कुछ सुनने के लिए उत्सुक दिखाई पड़ता था। मकानवाला आदमी अपने मकान को 'कोठी' का दरजा दिए जाने के बावजूद उसकी जिज्ञासा से प्रसन्न नहीं हो सका और यह कहते हुए कि "मुझे नहीं मालूम, आप किसके बारे में क्या दरयाफ्त करना चाहते हैं," पीछे लौट गया।

उसने ऊहापोह में खुद से सवाल किया, 'यह कैसे हो सकता है कि इतने करीब रहनेवालों को कुछ भी मालूम न हो?'

वह दो दिनों तक चाहकर भी सुबह-शाम की सैर पर नहीं निकला। तीसरे दिन खूब उजाला हो जाने पर छड़ी हाथ में लेकर घूमने निकला। उसने तय किया कि आज वह छड़ी से कपड़ों को टटोलकर पता लगाएगा कि कहीं पर खून के धब्बे तो नहीं हैं। लेकिन नाले के किनारे पहुँचकर वह सन्नाटे में आ गया, वहाँ से कंबल गायब था, बाकी कपड़े ज्यों-के-त्यों पड़े थे। देर तक सिर मारने के बावजूद उसकी समझ में नहीं आया कि कंबल कौन ले गया।

शाम को दफ्तर से निकलने के बाद वह 'गुदड़ी मार्केट' की तरफ से गुजरा।

उसे क्षीण सी आशा थी कि फुटपाथ पर बिकनेवाले फटे-पुराने मरम्मत किए हुए कपड़ों के ढेर में उसे वह कंबल नजर आ जाएगा। उसने बहुत नामालूम ढंग से एक-एक ढेर के सामने ठहरकर निगहबानी की कि वह कत्थई रंग का कंबल उसे कहीं दीख जाए, लेकिन वैसा कोई भी कंबल उसे कहीं नजर नहीं पड़ा।

एक अजीब विचार उसके मस्तिष्क में कौंधा, 'जहाँ से कुछ सुराग मिल सकता था, उस जगह तो तुम पहुँचे ही नहीं!' लेकिन पुलिस स्टेशन जाने की बजाय वह खुद से उलझने लगा, 'होंगे कपड़े किसी मरदूद के···तुझे क्या···तू क्यों मरा जाता है?' सबसे बुरी बात यह होती है कि जब आपको गहराई में पहुँचने के लिए संभावित खतरे उठाने चाहिए, तब आप निकल भागने के लिए कोई पिछला दरवाजा तलाश करने लगें। उसने धीरज के साथ सोचकर समझना चाहा कि वास्तव में उसकी मंशा क्या है? एक अमूर्त अपराध के पीछे सिर मारते चले जाना किसी भी स्थिति में मानसिक स्वास्थ्य का लक्षण नहीं है, इस चीज को यहीं छोड़ देना बेहतर है।

लेकिन अगली सुबह बिस्तर पर आँखें खुलते ही उसे फिर उन कपड़ों की याद आ गई। क्या खुराफात है? आखिर ऐसा क्यों हो रहा है? उसने कपड़ों के खयाल को जहाँ-का-तहाँ झटककर यह याद करने की सोची कि कितने वर्ष पहले वह बिस्तर पर आँखें खुलते ही कुछ सुंदर और सुखद बातों के बारे में अनायास अनुभूतिमय हो उठा करता था। तब शायद उसमें गहरी तन्मयता और उत्साह था। कविता उसको सुख दे सकती थी। कोई अनाम सी सुगंध किसी चेहरे का खयाल आते ही उसके सारे व्यक्तित्व को आप्लावित कर लेती थी। एक वास्तविक अचंभे ने उसे हिला दिया, 'पता नहीं, यह चेतना अनजाने तरीके से मुझे कब छोड़कर चली गई। उम्र बढ़ने के साथ-साथ यह क्या होने लगता है, आदमी अपने से बाहर की चीजों और घटनाओं के बारे में सोचते-सोचते बेचारा और अकेला हो उठता है।' उसने अपने स्वभाव के विपरीत एक भद्दी सी गाली धीमी फुसफुसाहट में उच्चरित की और सिर सहित कंधों को झटका देकर बिस्तर से उठ गया।

उसने तय कर लिया कि अब वह अपनी जिज्ञासा का गला घोंट देगा और कपड़ों की बाबत भूल जाएगा तथा अब भूलकर भी उधर सैर के लिए नहीं जाएगा।

दफ्तर में पहुँचकर उसने तय किया कि आज चाहे रात तक बैठना पड़े, वह सारा काम समाप्त करके ही बिल्डिंग से पाँव बाहर रखेगा। दोपहर तक उसने पाया कि उसने पूरे दिन का काम अखंड तन्मयता से निपटा दिया है। 'अब क्या किया जाए' के भाव से वह अगले ढाई-तीन घंटों का हिसाब लगाने लगा। सीट पर बैठे-बैठे मक्खी मारने की बजाय लोगों से कुछ बात ही की जाए। लेकिन कौन सी बात? उसे फिर खुजलाहट ने आ घेरा। यह खुजली कुछ ऐसी जगह पर थी, जैसे पीठ पर, जहाँ पर आपका अपना हाथ न पहुँचता हो और दूसरे से कहने के लिए उपयुक्त अवसर न हो। वह गौर से दफ्तर के सहयोगियों के चेहरे परखने लगा। उसकी जबरदस्त इच्छा हुई कि तिवारी से बातें करे, कोई भी बातें! वह निहायत बहिर्मुख फक्कड़ तबीयत आदमी है, लेकिन तत्काल ही खुली तबीयतवाले आदमी का एक ऐसा पक्ष भी नजर में आ गया कि वह सावधान हो उठा। तिवारी से बात करने का मतलब है, वह बात पल भर में सारे दफ्तर में चर्चा का विषय बन जाएगी। इधर-उधर सब तरफ टकराकर अंततः उसकी आँखें फिर मनोहर पर ही टिक गईं, बीवी-बच्चोंवाला आदमी है और उसकी पारिवारिक समस्याएँ ही इतनी अधिक हैं कि वह इस बात को चार आदमियों से कहने का अवसर ही नहीं निकाल सकता।

दफ्तर से मनोहर जैसे ही चलने लगा, वह उसके साथ हो लिया और दफ्तर के 'मेन गेट' से बाहर निकलते ही उसने मनोहर को दबोच लिया, "...तुम्हें मालूम है, मेरे घर से थोड़ी दूर जो नाला है, उसमें किसी आदमी के पूरे कपड़े पड़े हैं?"

मनोहर अपनी ही उलझन में था। उसे टालते हुए बोला, "पड़े होंगे किसी आदमी के, मरे हुए लोगों के कपड़े ऐसे ही डाल दिए जाते हैं। हाँ, एक बात बताओ, तुम्हारी नजर में हिसाब और अंग्रेजी पढ़ानेवाला कोई ठीक-ठाक मास्टर है? पता नहीं, साले स्कूलों में आजकल क्या पढ़ाते हैं, दीपक पढ़ाई में एकदम सिफर है।"

उसने एक क्षण कुछ सोचा और बोला, "ठीक है, मास्टर का इंतजाम हो जाएगा, लेकिन मनोहर, आखिर पता तो चलना ही चाहिए कि ये कपड़े किसके हैं...मैं एकदम 'श्योर' हूँ कि यह स्वाभाविक रूप से मरनेवाले आदमी का लिबास

नहीं है। मरे हुए आदमी के कपड़े लोग अपने दरवाजे पर डालते हैं, जिससे हरेक को पता चल जाए कि वहाँ कोई मर गया है, कोई घर से इतनी दूर नाले में कपड़े डालने क्यों जाएगा?''

मनोहर कुछ मिनट तक सोचते हुए चलता रहा और फिर चिंता के स्वर में पूछने लगा, ''कितने दिन की बात है?''

''यही चार-छह रोज हुए होंगे, लेकिन मजे की बात यह है कि अभी तक कहीं भी कोई काररवाई नहीं हुई।''

शाम का धुँधलका गहराने लगा था। मनोहर बोला, ''तो आओ चलो देखते हैं, शायद कुछ सुराग लग ही जाए।'' वह मनोहर को साथ लेकर जब नाले के किनारे पहुँचा तो उसने देखा, वहाँ कपड़ों के नाम पर एक चिंदी तक नहीं थी। वह हैरान रह गया। मनोहर को विश्वास में लाने की कोशिश करने लगा, ''यहाँ, इसी शहतीर के नीचे कंबल, कमीज, स्वेटर, पाजामा, ये सभी कपड़े पड़े थे। हाँ, कोई तीन दिन पहले कंबल यहाँ से रात में उठा ले गया था, लेकिन बाकी तीनों कपड़े मैं खुद अपनी आँखों से देखकर गया था। बेचारा कोई बदकिस्मत आदमी था...।''

उसके बताए हुए स्थान को मनोहर मोटे काँच की ऐनक पर आँखें जमाए कुछ देर तक देखता रहा और संशयात्मक स्वर में बोला, ''सोचो तो, यहाँ इस बियावान जंगल से कपड़े कौन उठा ले जाएगा? मुझे लगता है यह सिर्फ तुम्हारा वहम है, फिजूल की किताबें पढ़ना छोड़ दो।''

मनोहर को विश्वास दिलाने के लिए वह किसी शहादत के बारे में सोचने लगा कि तभी मनोहर ने उसका कंधा छूकर कहा, ''चलो-चलो, अँधेरा घिरता आ रहा है।''

□

# स्वीकार-अस्वीकार

सुधाकरजी ने हमारे कॉलेज में जब एल.टी. की कक्षाएँ खुली थीं तो कुछ वर्ष पढ़ाया था। बाद में, जब ट्रेनिंग विभाग खत्म हो गया तो वे मध्य प्रदेश चले गए। वहाँ खादी ग्रामोद्योग में उन्हें डिजाइनर का काम मिल गया था, सो कुछेक वर्ष उसे भी निभाते रहे। वे भरपूर मौजी स्वभाव के थे और स्थायी रूप से कोई कामधाम उन्हें आकर्षित नहीं कर पाता था। उन्होंने अपने परिवार को भी बाहर ले जाना कभी गवारा नहीं किया। पाँच-सात साल किसी काम में इधर-उधर रहते थे और बाद में यहीं अपने शहर में लौट आते थे। बच्चे कैसे बड़े हुए, कैसे पढ़े-लिखे, इसका इल्म शायद ही किसी को हो।

वे कभी मेरे पिताजी के दोस्त थे। इसलिए उनका एक बुजुर्ग के नाते सम्मान करता था। जब उन्होंने हमारे कॉलेज में कुछ वर्ष अध्यापन किया था तो मैं दसवीं का विद्यार्थी था। बाद में मैं उसी विद्यालय में शिक्षक हो गया था। यही वजह थी कि वे जब कभी बाहर से आते थे तो कॉलेज में मुझसे मिलने जरूर चले आते थे।

इस बार आए तो खासे कमजोर और बीमार लग रहे थे। उन्हें कॉलेज की कैंटीन में ले जाकर मैंने चाय पिलाई और बाद में रिक्शे पर बिठाकर घर भेज दिया। लेकिन बाद में भी उनके प्रति चिंता बनी रही।

अगले दिन से कॉलेज बड़े दिन के उपलक्ष्य में हफ्ते भर के लिए बंद था। इसलिए मैंने तय किया कि जल्दी ही किसी दिन उन्हें देखने के लिए उनके घर जाऊँगा। वैसे तो मैं उनके घर कभी-कभी जाता भी था, पर साल-दो साल के अंतराल पर उनका परिवार हमेशा मकान बदलता रहता था, इसलिए यह पता

नहीं रहता था कि अब वे किस मोहल्ले या नगर के किस हिस्से में होंगे।

आठ-दस वर्षों की अवधि बीत चुकी थी और उनके परिवारी जनों में मैं केवल उनके छोटे बेटे को ही जानता था। वह भी इसलिए कि वह हमारे कॉलेज से जुड़ी संस्था का विद्यार्थी था और जब-तब मुझे नजर आ जाता था। उसी से मुझे यह भी पता चला था कि वे लोग अब देश विभाजन के बाद रिफ्यूजियों के लिए बने कमला क्वाटर्स में रहते थे।

दो-तीन दिन बाद मैं सुधाकरजी के यहाँ गया तो उनका छोटा बेटा विशु मुझे दरवाजे पर ही मिल गया। मैंने उससे पूछा, ''बाबूजी क्या कर रहे हैं?''

''अभी तो अपने कमरे में ही हैं।''

''उनकी तबीयत कैसी है?''

''बाबूजी रात को बहुत देर में सोए थे, अभी थोड़ी देर पहले ही जगे हैं।''

मैं विशु के पीछे चलते हुए सहन में पहुँच गया। सुधाकरजी की कोठरी जिसे विशु ने कमरा कहा था, सामने ही थी। वे मैली सी लुंगी पहने हुए फर्श पर बिछे बिस्तर पर ही बैठे थे। कंधे पर शॉल पड़ा था। लाल शॉल का रंग इतना ज्यादा उड़ चुका था कि वह खाज मारे कुत्ते की खाल जैसा दिख रहा था।

मुझे आता देखकर वे फट से खड़े हो गए। उनका चेहरा कमजोरी के बावजूद चमक उठा। प्रसन्नता से बोले, ''आओ भैया रमेश, आओ। मैं तो यही सोच रहा था, तुमसे किस जुगत से मिलना होय।''

उनका खिला चेहरा देखते हुए मैं उनकी कोठरी में दाखिल हो गया। पूरी कोठरी में जबरदस्त अव्यवस्था फैली हुई थी। कोठरी में घुसते ही दरवाजे से लगा हुआ एक लोहे की टंकीवाला स्टोव दिखाई पड़ा, जिस पर चाय की पत्तियाँ और तरह-तरह के खाद्य-पदार्थों के नमूने चिपके पड़े थे। अल्यूमिनियम का हर तरफ से काला पड़ गया एक भगौना स्टोव की बगल में पड़ा था, जिसकी तली में एक-डेढ़ सूत मोटी निकोटिन (चाय की पत्ती निरंतर उबलते रहने के सबब) पपड़ी की शक्ल में जमी हुई थी। उनका फर्शी बिस्तर बाँका-तिरछा हुआ पड़ा था। बिस्तर का गद्दा-चादर और रजाई सभी बहुत मैले-कुचैले दिख रहे थे एवं चिकटे हुए तकिए की दशा तो भयानक रूप से शोचनीय थी। उसके फटे खोल से गूदड़ बाहर निकल रहा था।

सारी कोठरी, जो मुश्किल से आठ-नौ फीट लंबी-चौड़ी होगी, पत्र-पत्रिकाओं और पुरानी-पुरानी किताबों से अँटी पड़ी थी। यूँ तो किताबों की एक चक्राकार घूमनेवाली रैक भी थी। जिसमें किताबें इस कदर ठुँसी हुई थीं कि वह घूमने की जहमत उठाने से तौबा कर चुकी लग रही थी।

कोठरी में हर दीवार पर लोहे और लकड़ी की अनेक खूँटियाँ गड़ी हुई थीं, जिन पर थैले, फटे-पुराने कपड़े-लत्ते और बरसों पुराने कई कैलेंडर टँगे हुए थे। किस्सा कोताह यह कि उस वीरान कोठरी का कोई भी हिस्सा कहीं से भी खाली नहीं था। रात के अँधेरे में तो उस कोठरी में इधर-उधर हिलना भी मुश्किल लगता था। मेरा खयाल है कि चूहों के अलावा वहाँ से किसी का गुजरना संभव नहीं था।

उनके बिस्तर पर भी कितनी ही कॉपियाँ और डायरियाँ बंद और खुली पड़ी थीं। मैं उनकी कोठरी में दाखिल तो हो गया, पर मेरी समझ में यह नहीं आया कि मैं कहाँ जाकर टिकूँ। सुधाकरजी ने रजाई, कंबल, दीगर कपड़े-लत्ते एक तरफ ढूह की शक्ल में ठेल दिए और अपने बिस्तर पर ही मेरे लिए जगह बना दी तथा उत्साह से बोले, ''आओ भाई, यहीं मेरे पास आकर बैठो।''

मैंने भी उनकी बगल में बैठने के आमंत्रण के प्रति विशेष उत्साह प्रदर्शित किया और पालथी लगाकर उनके बिस्तर पर पसर गया।

मुझसे बैठने को कहकर उन्होंने अपने बेटे विशु को व्यस्ततापूर्वक पुकारना शुरू कर दिया। विशु अपने मुँह में अटका जरदे का पान थूकने चला गया लगता था। एक-डेढ़ मिनट बाद विशु आया तो सुधाकरजी बोले, ''विशु! चाचाजी को चाय पिलाओ।'' फिर उन्हें कुछ खयाल आया तो संशोधन करते हुए बोले, ''चाय नहीं बनाओ। पहले जाकर हरीशंकर की दुकान से कुछ खाने के लिए ले आओ।''

मैंने उन्हें टोका, ''सुधाकरजी! मैं अभी-अभी भरपूर नाश्ता करके घर से ही आ रहा हूँ। कुछ खाने की गुंजाइश तो एकदम ही नहीं है। हाँ, चाय की बात अलग है, आपके साथ आधी प्याली जरूर पी सकता हूँ।''

वे लापरवाही से बोले, ''तो चलो चाय का दौर ही सही।'' इसके बाद विशु से उन्होंने वह विचित्र स्टोव जलाने को कहा और स्वयं इधर-उधर हाथ चलाते

हुए टिन और प्लास्टिक के छोटे-बड़े डिब्बे टटोलने लगे।

चाय की पत्ती, चीनी वगैरह तलाश करने के बाद उन्होंने विशु से कहा, "पहले जाकर हरिया की दुकान से ही दूध ले आओ।" फिर मस्तक पर छितराए बालों को सिर की तरफ वापस धकेलते हुए बोले, "पता नहीं ग्वाले को क्या हुआ, आज अभी तक दूध नहीं दे गया।"

मैंने आश्चर्य व्यक्त किया, "क्या ग्वाला अब तक दूध नहीं दे गया है?"

"उसका बड़ा चक्कर है रमेशजी! अजब भुलक्कड़ है। किसी दिन तो उसे यही याद नहीं रहता कि दूध भी पहुँचाया है। नागा के अगले रोज जब उससे न आने की वजह पूछी जाती है तो हैरत जताता है—हैं जी, क्या कल मैंने दूध ना पोंचाया था, आप लोगन का?"

मैंने हँसते हुए कहा, "क्यों नहीं होगा भुलक्कड़! आखिर वह दूधवाला भी तो सुधाकरजी का ठहरा!"

जब विशु गिलास उठाकर दूध लाने के लिए कोठरी से निकल रहा था तो सत्रह-अठारह बरस की एक लड़की दहलीज पर एक लुटिया पकड़े नजर आई।

मैंने युवती को जरा गौर से देखकर यह जानना चाहा कि क्या यह उनकी छोटी बेटी है। लड़की अत्यंत क्षीणकाय लग रही थी, लेकिन उसका रंग खूब गोरा और नाक-नक्श आकर्षक थे। वह कॉलेज में ग्यारहवीं-बारहवीं में पढ़नेवाली छात्रा हो सकती थी, क्योंकि उसकी पीठ पर दो लंबी चोटियाँ बल खा रही थीं।

उसके हाथ में निश्चय ही दूध की लुटिया रही होगी, पर वह किसी भय अथवा संकोचवश कोठरी में नहीं घुस पा रही थी। हो सकता है, मुझे देखकर शरमा रही हो।

मैंने दीवार पर टँगी पतलून की जेब से विशु को कुछ टटोलते देखकर कहा, "विशु देखो! यह मुन्नी शायद दूध लेकर आई है। इससे दूध का बरतन ले लो।"

मेरी बात सुनकर ज्यों ही सुधाकरजी की नजर दहलीज पर खड़ी लड़की की ओर गई, उनकी त्योरियाँ चढ़ गईं और वे दहाड़ते हुए बोले, "नहीं चइए दूध-फूद, ले जाओ इसे।"

एकाएक मैं कुछ नहीं समझ पाया कि ये सुधाकरजी को क्या हो गया? मैंने तो उन्हें हमेशा प्रसन्न और हँसी-मजाक करते देखा था। इतने बरसों में कभी किसी को डाँटते-फटकारते या ऊँची आवाज में बोलते हुए भी नहीं सुना था। बेटी से इतनी बेरुखी की क्या वजह होगी? उन्हें दूध की जरूरत थी और वह दहलीज पर दूध का बरतन लिये खड़ी थी। बात कुछ भी समझ में नहीं आई।

लड़की उनकी गर्जना से सहम गई और उसका चेहरा भयकातर हो उठा। उसी समय विशु पतलून छोड़कर दहलीज की ओर लपका।

कुछ देर तक दोनों बहन-भाई फुसफुसाकर बातें करते रहे। उसके बाद विशु ने दूध का बरतन ले लिया और सुधाकरजी की ओर मुखातिब होकर बोला, ''बाबूजी, हरेंदर जब दूध लाया था तो आप सो रहे थे। बीना ने आपका दूध ले लिया था।''

उचटती सी निगाह से सुधाकरजी ने बीना को देखा और चेहरे पर वितृष्णा और उपेक्षा का भाव लाकर बोले, ''ठीक है-ठीक है।'' और फिर मुझसे बातें करने लगे।

लड़की दूध देकर जा चुकी थी, लेकिन मैं बराबर उसी के संबंध में सोचता रहा। सुधाकरजी, उसपर उतनी बुरी तरह न बिगड़ते तो मैं बिटिया के बारे में जरूर ही कुछ पूछता, पर अब कोई भी उत्सुकता व्यक्त करना संभव नहीं था।

इसी समय मेरी निगाह सहन की ओर उठ गई। एक अधेड़ महिला, जिसकी आँखों पर चश्मा चढ़ा था, ड्योढ़ी में दाखिल हो रही थी। उसके हाथ में एक लंबा सा झोला था, जो फर्श छूता लग रहा था। उसने सहन में आते ही आवाज लगाई, ''ओ बीना, चल यह सब्जी टोकरी में निकाल के रख।''

सुधाकरजी कोठरी में इस ढब पर बैठे थे कि उन्हें सहन में खड़ी महिला नहीं दिख रही थी।

जलते स्टोव पर दूध का बरतन रखकर पता नहीं विशु कहाँ निकल गया था! दूध में उबाल आने लगा तो मैं इधर-उधर सँडसी तलाश करने लगा, मगर वह कहीं नजर नहीं आई। सुधाकरजी ने दूध उफनते देखा तो बिना सँडसी की सहायता लिये, दोनों हाथों से बरतन स्टोव से उतारकर फर्श पर टिका दिया।

मैं यह देखकर अचंभे में रह गया कि जलते स्टोव पर से उन्होंने हाथों के

जलने की परवाह किए बिना बरतन यूँ उतार दिया, गोया यह उनका रोजमर्रा का काम हो। निश्चय ही चूल्हे-चौके से उनका रिश्ता घनिष्ठ रहा होगा, तभी न वह ऐसा कर सके होंगे।

फर्श से भगौना उठाकर उन्होंने गरम दूध लुटिया में उँड़ेला और इसी काले चीकट बरतन में चाय का पानी स्टोव पर चढ़ा दिया। मुझे यूँ लगा कि जब से वह बरतन उस घर में आया होगा, उसकी एक बार भी मँजाई नहीं हुई होगी।

जब चाय का पानी खूब उबलने लगा तो उन्होंने एक प्लास्टिक का डिब्बा खोला और मुट्ठी भर चाय की पत्तियाँ पानी में झोंक दीं। चाय उबलते-उबलते काढ़ा बन गई थी, पर वह मुझसे बातें करने में इतने मगन थे कि उन्हें यह ध्यान ही नहीं रहा कि चाय के नाम पर मुझे जो कुछ पिलाएँगे, वह किसी जहर से कम नहीं होगा।

जब मैंने देखा कि स्टोव पर उबलता काढ़ा कुछ ही क्षणों में भाप बनकर उड़ जाएगा तो मैंने उस तरफ उनका ध्यान आकर्षित किया। इसपर भी सुधाकरजी ने कोई उतावली नहीं दिखाई। बड़े इत्मीनान से इधर-उधर टटोला-टटोली करके एक कड़छी कहीं से ढूँढ़ निकाली और आधा कड़छी दूध उस भगौने में डाल दिया। कहना न होगा, उन्होंने चाय में दूध छोड़ने में भरपूर कंजूसी से काम लिया।

चाय जब काँच के दो गिलासों में बगैर छाने ही डाली गई तो वह आधे गिलास तक भी बमुश्किल ही पहुँच पाई। उन्होंने चाय की पत्तियों में जो उदारता दिखाई थी, वही चीनी झोंकने में भी निभाई।

□

मैं हिम्मत करके चाय का गिलास उठाने की सोच ही रहा था कि विशु हाथ में कागज का एक डोंगा लिये कोठरी में घुसा। उसने उस अखबारी लिफाफे को फर्श पर टिकाया और इधर-उधर कोई तश्तरी वगैरह तलाश करने लगा।

सुधाकरजी ने लिफाफे को कुछ इस शैली में फाड़ा कि फिर तश्तरी का झंझट ही खत्म हो गया। वह मिश्रित नमकीन था, जिसमें मूँगफली के तले हुए दाने, चिवड़ा, बेसन के सेव तथा और भी न जाने क्या-क्या मिला-जुला था।

मैंने चाय की घूँट भरी तो जीभ और हलक दोनों ही कड़वे हो उठे। इस

तरह की चाय तो बुरे-से-बुरे स्टेशन पर भी नहीं मिलती। मैं चुपचाप चाय पीता रहा। वे बोले, "आपको आज बढ़िया कॉफी पिलाई जाए।"

मैंने अपने कान छूते हुए कहा, "कॉफी! वह तो मुझे हुक्के का जला हुआ तंबाकू पानी में घुला लगता है।"

मेरी बात पर सुधाकरजी ने एक ठहाका लगाकर कहा, "अरे भाई, किसी दक्षिणवाले के सामने यह बात मत कह देना। कॉफी तो उनकी 'कंप्लीट डाइट' है। स्वागत-सत्कार के लिए भी सही सर्वश्रेष्ठ पेय माना जाता है, पूरे दक्षिण में।"

मैंने लापरवाही से कहा, "होगा।"

चाय की घूँट भरकर गिलास उन्होंने फर्श पर टिका दिया और धीमे स्वर में बोले, "मैं आज आपसे एक सलाह लेना चाहता हूँ।"

मैं ठहाका मारकर हँस पड़ा और बाद में बोला, "मुझे यह सोचकर गर्व का अनुभव हो रहा है कि आप जैसा अनुभवी और विद्वान् मेरे जैसे निपट अनाड़ी को भी किसी मामले में सलाह-मशविरा देने योग्य खयाल करता है।"

उन्होंने मेरी हँसी पर ध्यान नहीं दिया। कुछ सोचते हुए बोले, "पहले मैंने सोचा था कि एक छोटा सा प्रेस डाल लूँगा और अपनी पेंटिंग की किताबें खुद ही छापकर सप्लाई करता रहूँगा। पर मेरे पास वे सब करने के सोर्स नहीं हैं। ऐसी हालत में क्या करना उचित होगा, यही मैं आपसे जानना चाहता था।"

उनकी बात का एकाएक कोई उत्तर नहीं सूझा। सत्तर की उम्र पार कर जाने के बाद आदमी क्या नया काम कर सकता है? इसके अलावा सुधाकरजी जैसा अलमस्त जीव, जिसने जीवन भर निरंतर रास्ते बदले हों और कोई भी एक काम कभी लगकर जी से न किया हो।

मुझे चुप देखकर वे बोले, "छोटे भाई ने पास के एक गाँव में थोड़ी सी जमीन का टुकड़ा ले रखा है। वह बताता है कि वहाँ नर्सरी और पॉल्ट्री का काम किया जा सकता है। इन कामों में आगे की संभावनाएँ भी नजर आती हैं, क्योंकि शहर जिस तेजी से बढ़ रहा है, उससे अंडे-मुरगों की भारी खपत होने लगेगी। लेकिन इस काम में भी झंझट तो कुछ कम नहीं है।"

मैंने अपना पिंड छुड़ाने की गरज से कहा, "हाँ, थोड़े-बहुत झंझट तो सभी नए कामों में होते हैं, पर आप एक बार शुरू कर देंगे तो चल निकलेगा, फिर विशु

को भी किसी तरफ लगाना ही है।''

उन्होंने हवा में अपना पंजा लहराते हुए विद्रूप से कहा, ''विशु! उसके तो बाप से भी कुछ नहीं सधेगा।''

उनकी भंगिमा पर मैं बेसाख्ता हँस पड़ा तथा मैंने एक और तजवीज उनके सामने रखी, 'शायद आपने इस बात पर ध्यान नहीं दिया कि जो जमीन प्रभाकरजी (उनके छोटे भाई) ने ले रखी है, उसपर आप एक स्कूल भी चला सकते हैं। आजकल हर तरफ आबादी जिस गति से बढ़ती चली जा रही है, उसके अनुपात में अच्छे स्कूलों की बड़ी कमी है। कुछ ही सालों में स्कूल खूब अच्छा चल निकलेगा।''

वे तुरंत बोले, ''ऐसा नहीं है कि मैंने इस बात पर गौर न किया हो, पर मुश्किल वही है कि पहले वहाँ एक भवन बनवाओ, जिसके लिए पहले दो-चार लाख जुटाओ। इसके अलावा, जब वहाँ बसावट हो जाएगी तो प्रभाकर उस जमीन पर अपना मकान बनवाने की भी सोचता है। फौरी तौर पर, वहाँ कुछ किया जा सकता है। फिलहाल तो, फिर स्कूल में भी क्या कम पापड़ बेलने पड़ते हैं? मुझ-अकेले से क्या होगा, दो-चार टीचर भी चाहिए ही।''

''हाँ, यह बात तो है।'' कहकर मैं चुप हो गया।

यूँ वे पिछले कुछ महीनों से शहर के बाहर स्थापित मिशनरियों के एक स्कूल में भी जाते थे, पर वह उनके घर से काफी दूर पड़ता था, इसलिए वहाँ भी उनका मन नहीं रम रहा था। यही नहीं, उनकी सेहत भी इन दिनों अच्छी नहीं चल रही थी। मुझे लगा, उन्हें एक आर्थिक आधार की जबरदस्त तलाश थी और वे उसी की उधेड़बुन में लगे हुए थे। मुझे विचारों में खोया देखकर बोले, ''मैं सोचता हूँ, कुछ लिखने का काम शुरू कर दूँ। आप बताइए, इस मामले में क्या कुछ सफलता मिल सकती है!''

सहसा मैं कुछ समझ नहीं पाया। मैंने पूछा, ''आप किस प्रकार के लेखन के बारे में सोचते हैं? किस्से-कहानी लिखने की बात कह रहे हैं या राजनीति और दूसरे सामाजिक मुद्दों पर लिखने की।''

''मैं सभी तरह के लिखने के बारे में सोचता हूँ। दैनिक समाचार-पत्रों में सामान्य जन की दिलचस्पी की सामग्री रोजमर्रा छपती है। किस्से-कहानी, लतीफे,

चुटकुले, नुस्खे वगैरह बड़ी तादाद में छपते ही हैं। अखबार भी सैकड़ों तो होंगे ही। फिर वीकली और मंथली मैगजींस भी कुछ कम नहीं हैं।''

वे एक धंधे से, दूसरे धंधे पर, जिस तेजी से पलट रहे थे, उसके मद्देनजर कुछ भी कहना या सुझाना आसान नहीं लग रहा था।

वे उत्सुकता दिखाते हुए पूछ बैठे, ''अच्छा, यह तो बताओ, लिखने के बदले कुछ मुआवजा भी मिलता है क्या?''

''शुरू में लिखने पर कुछ मिलता है या नहीं, मैं नहीं कह सकता।''

वे संशयग्रस्त लगे, ''हाँ नयों को क्या मिलता होगा, जब वहाँ जमे-जमाए सिद्धहस्त लिखनेवालों की कमी नहीं है।''

मैंने उनका मन डूबने से बचाने की कोशिश की, ''आप तो अंग्रेजी और उर्दू, दोनों भाषाओं के भी अच्छे जानकार हैं। आप अनुवाद का काम क्यों नहीं करते? यह तो सही है कि शुरू में कुछ ज्यादा पारिश्रमिक नहीं मिलेगा, पर बाद में तो पैसा मिलने ही लगेगा।''

मेरे सुझाव से सुधाकरजी में जान पड़ गई। वे उठे और कूड़े के ढेर में से कई डायरियाँ और कॉपियाँ निकाल लाए।

उन्होंने एक कॉपी खोली और इधर-उधर चश्मा तलाश करने लगे। चश्मा नहीं मिला तो बेसब्री से विशु को आवाज लगाने लगे।

विशु बाहर से दौड़ा आया और उसने उनकी ऐनक ढूँढ़कर दे दी। उन्होंने उसे आँखों पर चढ़ाते हुए कहा, ''मैंने, 'अश्वत्थामा' पर एक खंड-काव्य लिखा है, इसका अंग्रेजी में अनुवाद किया जा सकता है।''

कुछ दूर से मैंने उनकी खुली कॉपी देखी। बहुत छोटे-छोटे अक्षरों में रॉयल ब्लू इंक से, पुराने पीले पड़ गए कागजों पर उन्होंने गुप्तजी की शैली में तुकबंदी की थी। इस तरह की कविताओं का चलन बरसों पहले बाहर हो चुका था।

चश्मे के बावजूद शायद उन्हें अपना ही लिखा पढ़ने में नहीं आ रहा था, सो कॉपी मेरी ओर बढ़ाते हुए बोले, ''जरा आप ही देखिए, इससे कोई बात बनती है क्या?''

मैंने जबरन उत्साह दिखाते हुए प्रथम सर्ग के कुछ छंद पढ़े। झूठी उत्सुकता बरकरार रखते हुए, कई मिनट तक उस समय से निर्वासित खंड-काव्य को पढ़ना

जारी रखा। और इस तरह पाँच-सात पृष्ठ पढ़ ही डाले।

मैंने कॉपी खोले-खोले ही कहा, ''आपने काव्य तो अच्छा लिखा है।''

''चलिए, आपको पसंद तो आया। क्या इसे कोई प्रकाशक छापने को तैयार हो सकेगा?''

यदि किसी जमे हुए लिक्खाड़ का लिखा हुआ होता तो प्रकाशक उस खंड-काव्य को पाठ्यक्रम में लगवाने का जुगाड़ भिड़ाने की सोचता, पर जिस व्यक्ति को साहित्य-जगत् में कोई भी न जानता हो, उसकी कृति का क्या औचित्य? अज्ञात व्यक्ति की तो महान् रचना भी विस्मृति की गर्द में दबकर सड़-गल जाती है।

मैं चुप बैठा था और सुधाकरजी बड़े निहोरे से मेरा मुँह देख रहे थे। मैं सोच नहीं पा रहा था कि उनकी जिज्ञासा का क्या उत्तर दूँ। मैं बोला, ''यह कृति बेशक उत्कृष्ट है। अगर किसी तरह कोर्स में लग जाए तो फिर किसी भी प्रकाशक को छापने में दिक्कत नहीं होगी।''

वे मामूली सी हँसी हँसते हुए बोले, ''पर भाई, इसे कोर्स में लगाएगा कौन? मैं तो किसी बोर्ड के किसी भी मेंबर, सचिव या यूनिवर्सिटी के कुलपति को नहीं जानता। हाँ, जब खादी ग्रामोद्योग में था तो खादी बोर्ड के लोगों को जानता था। एकाध मिनिस्टर से भी मिलना-जुलना था। पर वे तो बरसों पुरानी बातें हुईं।''

मैंने दूर की कौड़ी लाते हुए कहा, ''यदि आप इसे स्वयं प्रकाशित कर डालें या किसी प्रकाशक को इसके छापने का खर्चा देकर छपा लें तो हो सकता है, भाग-दौड़ करने पर 'अश्वत्थामा' कहीं किसी बोर्ड में बतौर पाठ्य-पुस्तक लग जाए।''

वे कई क्षणों तक मन-ही-मन कोई हिसाब लगाकर पूछ बैठे, ''अगर हम अपने रुपए लगाकर छपाना चाहें तो क्या खर्च बैठ जाएगा?''

मैंने बिना जाने-बूझे कह दिया, ''आठ-दस हजार तो लग ही जाएँगे।''

''चलो, वह तो हम कर लेंगे, पर किताबें रखेंगे कहाँ? किसी किताबवाले के पास ही रखी जा सकें, तभी कोई बात बन सकती है।''

मैंने कहा, ''कहीं चर्चा हो जाए तो शायद पुस्तक विक्रेता भी इसे रखने में

दिलचस्पी दिखाने लगे।"

"भई आदमी हो या किताब सबकी अपनी-अपनी तकदीर होती है। देखते हैं, 'अश्वत्थामा' के भाग्य में क्या बदा है?"

मैं यह सोचकर भीतर-ही-भीतर काँप उठा कि सुधाकरजी एक अंधा दाँव खेलने के लिए पूरी तरह तैयार बैठे थे। मुझे स्वयं पर बहुत गुस्सा आया। मैं उनको अपना पैसा खर्च करके पुस्तक छपवाने का सुझाव ही क्यों दे बैठा? किताब छप भी गई तो उसकी ओर कौन आँख उठाकर देखेगा। इधर-उधर मारी-मारी फिरेगी न कोई किताबवाला लेगा, न कोर्स में लगेगी। बाद में वही रुपए-दो रुपए किलो रद्दी में बिकेगी।

कहीं बाद में वह और भी विस्तार से बातें न करने लगें, इसी डर से मैं उठकर जाने की सोचने लगा।

□

मैं उठने ही वाला था कि बीना आती दिखाई पड़ी। वह कोठरी में घुसी तो उसके एक हाथ में हलवे की तथा दूसरे हाथ में गरम पकौड़ियों की प्लेट थी। वह मेरे सामने आई और ठिठककर खड़ी हो गई।

कुछ कागज-वागज टटोलते सुधाकरजी की नजर लड़की पर पड़ी तो वे घृणा से मुँह बिगाड़कर बोले, "यह सब यहाँ नहीं चाहिए। तुम्हीं सब लोग यह पकवान भकोसो। यहाँ किसी को कुछ नहीं चाहिए।"

सुधाकरजी के डपटने के बावजूद लड़की वहाँ अडिग खड़ी रही। मैंने फुरती से उठकर उसके हाथों से दोनों प्लेटें ले लीं और उत्साह से बोला, "वाह बिटिया! तुम्हें कैसे पता चल गया कि मैं इतना भूखा हूँ। हलवा और पकौड़ियाँ तो मेरी सबसे बड़ी कमजोरियाँ हैं।" साथ ही मैंने आँखों से लड़की को वहाँ से चले जाने का संकेत भी कर दिया।

वह मेरा इशारा समझ गई। उसके चेहरे पर हलकी सी हँसी भी दिखाई पड़ी। वह तुरंत वहाँ से चली गई।

मैंने दोनों तश्तरियाँ उनके बिस्तर पर टिकाते हए कहा, "हलवा तो मैं आपको छूने भी नहीं दूँगा।"

मैंने विशु से कहा, "आओ विशु, तुम भी थोड़ा सा नाश्ता कर लो।"

विशु ने मेरा निमंत्रण पाकर सुधाकरजी की ओर देखा।

मैंने जो भी किया, वह एक झटके में ही किया था। वह सही था या गलत, इसपर मेरी नजर नहीं थी। मेरे मन में सबसे ऊपर यही बात थी कि लड़की का अपमान नहीं होना चाहिए। सुधाकरजी जिस तरह की परिस्थितियों में घिरे हुए थे, उसको देखते हुए यह तो स्पष्ट ही था कि वह परिवार की कोई आर्थिक सहायता शायद ही कर पाते हों। हो सकता है, यही अपराध-बोध उन्हें घर की कोई सहायता लेने से बरजता हो। पर मैं तो एक बाहरी आदमी ही था और यह कैसे सहन कर सकता था कि वे मेरे सामने एक निरीह बच्ची का यूँ सरासर अपमान करने लगें!

कई बार कहने पर विशु ने डरते-डरते तश्तरी से एक-दो पकौड़ियाँ उठाईं और फिर वह कोठरी से बाहर चला गया। हालाँकि हलवा और पकौड़ियाँ तीन लोगों के लिए ही आई थीं और एक आदमी के लिए तो वे बहुत अधिक थीं, पर मैंने दोनों प्लेटें साफ कर दीं और नाश्ते की खूब तारीफ भी कर दी।

सुधाकरजी ने मेरी प्रशंसा का कोई नोटिस नहीं लिया, वे हस्बेमामूल अपनी डायरियों और कॉपियों के पृष्ठ उलटते-पुलटते रहे।

जब विशु कोठरी में लौटा तो उन्होंने वितृष्णा दिखाते हुए मेरे सामने रखी तश्तरियों को उठाने का संकेत किया और उससे बोले, "इन्हें बाहर नल के पास रख आओ।" जाहिर था कि वह उन प्लेटों को, जिनमें उनकी पत्नी ने नाश्ता भेजा था, अपनी कोठरी में नहीं रहने देना चाहते थे।

मैंने उनसे विदा लेने के खयाल से कहा, "अच्छा तो मुझे अब आज्ञा दें और आप पांडुलिपि तैयार कर लें। इस बीच मैं देखता हूँ कि इन्हें कहाँ खपाया जा सकता है?"

मुझे उठने को तत्पर देखकर सुधाकरजी बोले, "अरे! यह क्या? इतनी जल्दी क्यों जा रहे हो? आज तो आपकी तातील (छुट्टी) है। मैंने तो सोचा था कि आज आपको अपने हाथों से कुछ बनाकर खिलाऊँगा।"

मैंने अकारण हँसते हुए कहा, "खाने का न्योता फिर कभी के लिए सुरक्षित रहा। मैं घर में कुछ कहकर नहीं आया हूँ। अवकाश के दिन कोई-न-कोई बाहर से आ जाता है। मैं घर में नहीं मिला तो उसे निराश लौटना पड़ेगा। फिर घर में

किसी को यह भी सूचना नहीं है कि मैं इस समय कहाँ और किसके पास हूँ।''

उनके चेहरे पर हलकी सी हताशा उभर आई और वे लाचारी से बोले, ''चलिए तो फिर कभी सही।''

मेरे साथ वे कोठरी से बाहर निकले और हम दोनों सहन पार करने लगे। मेरे मन में आया कि उनकी बेटी बीना कहीं नजर आ जाए तो मैं स्वादिष्ट हलवे और पकौड़ियों के लिए उसे धन्यवाद दूँ। सहन में तो कोई नहीं था। हाँ, सुधाकरजी की कोठरी के दाएँ हिस्से में रसोई के भीतर वह खड़ी दिखाई पड़ गई। मैं सुधाकरजी को सहन में ही छोड़कर उधर बढ़ गया। रसोई के बाहर खड़े-खड़े ही मैंने बीना और सुधाकरजी की पत्नी को संबोधित करते हुए कहा, ''आप लोगों ने वाकई बहुत लजीज पकौड़ियाँ और हलवा खिलाया, मैं बहुत आभारी हूँ।''

मुझे उन दोनों के चेहरे पर लज्जा-मिश्रित अनुग्रह की भंगिमा दिखी तो मैंने बीना को संकेत से बुलाकर पूछा, ''तुम्हारा नाम बीना है न? किस स्कूल में पढ़ती हो?''

वह शरमाते हुए बोली, ''मैं सीता देवी कन्या इंटर कॉलेज में बारहवीं क्लास में हूँ।''

मैंने उत्साह प्रदर्शित किया, ''ऐं! इंटर में पढ़ती हो? मैं तो तुम्हें आठवीं जमात की छात्रा समझ रहा था।''

मेरी बात पर वह हँस पड़ी। उसकी माताजी बोलीं, ''पतली-दुबली मरी-मरी है, ना ऐं से सब सोचे हैं आठवीं-नमी से होयगी।''

सुधाकरजी आगे बढ़कर ड्योढ़ी के पास जा पहुँचे थे। मैंने माँ-बेटी को हाथ जोड़कर नमस्कार किया और सहन पार करने लगा।

सुधाकरजी के समीप जाकर मैंने उनका चेहरा देखा। उनकी मुखाकृति पूरी तरह भावशून्य थी। मुझे इस बात पर हार्दिक खेद हुआ कि अपनी बेटी के प्रति उनका घोर वितृष्णापूर्ण रवैय उनकी अनुचित असंपृक्ति का सूचक था। जो आदमी घर से बाहर अनजान लोगों के बीच भी हँसोड़, सहज और बातून हो उठता था, वह अपने ही घर में घोर अजनबी जैसा व्यवहार करता था। क्या यह द्वैध उनकी दुनियावी असफलता का फलितार्थ था?

मैंने घर से बाहर आकर सुधाकरजी से विदा लेते हुए नमस्कार किया और

सड़क की ओर बढ़ने लगा। वह भी कुछ कदम साथ चले और अलग होते हुए बोले, ''रमेशजी। आपके सान्निध्य में बहुत अच्छा समय गुजरा। मेरी इच्छा तो यही थी कि आप आज शाम तक यहीं रहते। मगर चलिए, फिर किसी और रोज का प्रोग्राम बनाया जाएगा।'' फिर एक क्षण ठहरकर बोले, ''अब तो आपकी हफ्तेभर की छुट्टियाँ हैं, कब और कहाँ भेंट हो सकती है? आप ही किसी दिन इधर आने का कष्ट करेंगे या मैं ही आपके घर चला आऊँ?''

''आप क्यों कष्ट करेंगे? मैं वैसे भी दूसरी मंजिल पर रहता हूँ। आपको सीढ़ियाँ चढ़ने में तकलीफ होगी। इस दौरान आप अपनी रचनाएँ सँजो लें। मैं दौड़-धूप करके इनको छपाने का कोई मार्ग खोजता हूँ।''

''अच्छा तो फिर यही सही!'' कहकर उन्होंने दोनों हाथ जोड़कर नमस्कार किया और वहीं खड़े हो गए।

मैं नमस्कार का उत्तर देकर तेजी से आगे बढ़ गया। चौराहा पार करके, जब मैं भीड़-भाड़ से बाहर निकल आया तो बराबर यही सोचता रहा, आदमी दो स्तरों पर जीने को आखिर क्यों मजबूर हो जाता है? अपनों से अलग, अपनी एक और दुनिया बसा लेने की विवशता के पीछे क्या रहस्य है? इसी संदर्भ में मुझे निरालाजी का स्मरण हो आया—

यह प्रश्न सदा ही है पथ पर,  
पर मौन सदा इसका उतरा!

□

# जन्नत न गई

बड़े साहब ने अपने आधा सेंटीमीटर से भी छोटे खिचड़ी बालों को हथेली से थपथपाया और उससे बोले, ''अरे भई हरसरन, अब तो लोग-बाग हमें खत भी 'गांधीजी' के नाम से लिखने लगे हैं।''

लंबे-चौड़े लॉन पर पड़ी कुरसी में साहब मकड़े जैसे फँसे हुए थे और आत्मतुष्टि की परमावस्था में थे, साहब के उद्‌गारों पर उसने पूर्ण सहमति जताते हुए सिर हिलाया और एक निहायत फुसफुसा वाक्य बोला, ''जी हाँ, आपने सारी जिंदगी तपस्या की है। इस जमाने में इतना बड़ा आत्मीय होना बहुत मुश्किल है।'' वह गड़बड़ा गया था और 'आत्मान्वेषी' के स्थान पर 'आत्मीय' कह बैठा था। मगर साहब ने उधर कोई खास ध्यान नहीं दिया। उन्होंने आत्मीय को आध्यात्मिक के रूप में सहज भाव से ग्रहण कर लिया था।

बड़े साहब से उसके कई पारिवारिक रिश्ते निकलते थे। एक रिश्ते से वह उसके मामा, दूसरे से मौसा और तीसरे से··· ! खैर, असल बात यह है कि अब वे बड़े साहब थे और वह उनके मातहत एक अदना सा कर्मचारी था। यह उनकी मेहरबानी ही थी कि बड़े साहब और 'गांधीजी' हो जाने के बाद भी वे उसे मुँह लगाए हुए थे। जब वह बिलकुल बच्चा था तो अपने कई रिश्तों के सहारे साल में एकाध बार उनके यहाँ जरूर जाया करता था। तब वह महकमा नहर में सिर्फ ओवरसियर थे। गाँव का घर बेचकर उन्होंने कस्बे में एक कच्चा-पक्का तीन कोठड़ों का लगभग झोंपड़ीनुमा मकान खड़ा कर लिया था। उस जमाने में भी उनके सारे शरीर का सत निचुड़ा हुआ था। सिर पर बाल तब भी वे बहुत छोटे रखते थे। गाल बेहद पिचके हुए थे। नाक पकौड़े की तरह बेडौल फैली हुई थी।

जाड़ा हो या गरमी वे पान के गलेवाला खादी का कोट और उसी कपड़े की पतलून पहनते थे।

यह काफी पुरानी बात है…तब तक वे 'गांधीजी' नहीं हो पाए थे, शायद उनके अनुगामी ही रहे होंगे। उन दिनों सारा घर 'सेवाग्राम' बना हुआ था। और प्लास्टर किए हुए कमरों से बाहर निकलते ही कुछ क्यारियाँ नजर आती थीं, जिनमें पुदीना, लौकी, तुरई और टमाटरों के मुरझाए से पौधे उगे रहते थे।

जिस कमरे में उन्होंने दफ्तर बना रखा था, वहाँ 'मेजरमैंट बुक्स', 'मस्ट्रोल्स' और 'कंस्ट्रक्शन ऑफ ए कनैल' के अलावा पूज्य बापू की शीशे में जड़ी एक तसवीर तथा 'सस्ता साहित्य मंडल' द्वारा प्रकाशित उनकी कृतियाँ बड़ी पवित्रता से सँजोकर रखी रहती थीं।

वह भी उन दिनों खद्दर ही पहनता था, पर यह लिबास उसकी मजबूरी थी। लेकिन वे उसे एक आदर्शवादी युवक खयाल करते थे और गांधीजी के आदर्शों तथा मूल्यों को लेकर उससे घंटों चर्चा करते रहते थे।

वे बिजली की चक्की अथवा पनचक्की का पिसा आटा नहीं खाते थे। इसलिए उनकी पत्नी को नियमित रूप से चक्की पीसनी पड़ती थी। दुर्बलता की वजह से या साइकिल चलाना न जानने के कारण, घर से दो मील दूर वे रिक्शे पर जाते थे, उन्होंने अपना एक निजी रिक्शा खरीद लिया था। रिक्शा चालक अपने परिवार के साथ उनके कंपाउंड में झोंपड़ी डालकर रहता था।

उनकी दिनचर्या भी बहुत नियमित और दिलचस्प थी। घर में पाखाना नहीं था। खुले में एक काफी गहरा गड्ढा खोदकर उसपर लकड़ी के ही फट्टे डाल दिए गए थे, जो कदमचों की शक्ल में इस्तेमाल किए जाते थे। जो भी फरागत के लिए जाता था, उसे निपटने के बाद एक लोहे के बेलचे से गड्ढे में मिट्टी सरकानी पड़ती थी। शौच के बाद वे अपने शरीर पर कच्ची घानी के तेल की मालिश करते थे, सिर पर दही रगड़ते थे। उसके आधा घंटा बाद देह पर मुलतानी मिट्टी का लेप करके उसे सुखाते थे। तदुपरांत डेढ़-दो घंटे के लिए गुसलखाने में घुस जाते थे। सप्ताह में तीन-चार बार 'एनीमा' लेते थे, नहाने के बाद अपने कपड़े खुद धोते थे, यहाँ तक कि कोट-पतलून और हैट भी फींच डालते थे।

उनके साथ शेष परिवार को भी कमोबेश यही क्रियाएँ दोहरानी पड़ती थीं।

अपने यहाँ एक-दो दिन के लिए आनेवाले मेहमानों को वे किसी कार्यक्रम विशेष के लिए बाध्य नहीं करते थे। पर उस माहौल का संक्रामक प्रभाव हर अतिथि-अभ्यागत पर अवश्यंभावी रूप से पड़ता था। जब वह घर के मालिक, मालकिन और बच्चों को अपने खातिर नल से पानी खींचते देखता था, तो खुद-ब-खुद बालटी उठाकर हैंड-पंप पर पहुँच जाता था।

उन्होंने एक बकरी भी पाल रखी थी। बकरी को रिक्शा चालक के बच्चे इधर-उधर चरा लाते थे।

इस तफसील के तहलके से वे सारे विभाग में ईमानदारी और दयानतदारी की मिसाल बन गए। अफसरों ने उन्हें अपने बँगलों पर बुलाना छोड़ दिया, वे स्वयं ही उनके 'आश्रम' पर पहुँचने लगे। ऊँचे अधिकारियों को उनके घर जाकर दुःख-सुख का सामना एक साथ करना पड़ता था। उन्हें देखकर आत्मिक प्रसन्नता होती थी कि चलो दुनिया में एक आदमी ऐसा है, जो उनकी तरह बदनीयत और बेईमान नहीं है। उन आला अफसरों के दुःख का कारण भी बहुत साफ था। जब वे अपने संत स्वभाव मातहत के दुबले-पतले लड़कों को चिथड़ों में देखते और उन्हें यह पता चलता कि बच्चे खैराती स्कूल में पढ़ने जाते हैं तो उनकी आत्मा चीत्कार कर उठती थी। अफसरों को उनके घर में बेरोजगारी की सारी अलामतें एक साथ नजर आती थीं।

लगभग पंद्रह वर्ष बाद वे 'विभागीय परीक्षा' में सम्मिलित हुए और उनके परचे बेहद खराब हो गए। विभाग के ऊँचे अधिकारियों ने बैठकर गंभीरता से सलाह-मशविरा किया और यह निर्णय किया कि जैसे भी हो, इतने मेहनती और सच्चे आदमी को परीक्षा में सफल घोषित किया जाए। परीक्षा में यदि उन्हें असफल करार दिया गया तो दुनिया के तख्ते से सत्य का लोप हो जाएगा। यह भी सोचा गया कि ओवरसियर से इंजीनियर बन जाने पर तरक्की का रास्ता खुल जाएगा और तनख्वाह के सहारे उनके बच्चे पल जाएँगे। इस तरह उन्हें सहायक इंजीनियर बनाकर किसी पूर्वी जिले में भेज दिया गया।

उनकी इस पदोन्नति के बाद वह उनसे बरसों नहीं मिल पाया। उसी विभाग में उसे भी एक मामूली सी नौकरी मिल गई थी। वह लोगों से उनकी महानता का जिक्र करता रहता था। और एक दिन उसने सुना कि बाबू रामप्रकाश उर्फ गांधीजी

उसके ही डिवीजन में 'अधिशासी अभियंता' बनकर आ रहे हैं। सारे कर्मचारी उसे बधाई देने पहुँचे, "लो भई, तुम्हारे तो पौ-बारह हो गए। अब तो 'गांधीजी' ही डिवीजन के मालिक होकर आ रहे हैं।" उसका सीना गर्व से फूल उठा। वह तो शुरू से ही उनके घर में घुसा हुआ था, उसे महसूस हुआ कि उनके डिवीजन में आने से ही उसकी तरक्की हो गई है।

उनके आते ही दफ्तर का माहौल बदल गया। ठेकेदारों से चौथ वसूल करनेवाले बाबू सतर्क हो गए। बड़े साहब ने एक शाम अपनी कोठी पर दफ्तर के सारे कर्मचारियों को एकत्र करके सामाजिक दायित्वों पर भाषण दिया और सबको उनके कर्तव्यों का खुलासा करके बताया तथा यह भी कहा कि जीवन में चरित्र और सादगी ही सर्वोपरि हैं।

ठेकेदारों के कमीशन के सहारे ही (थोड़ी तनख्वाह पानेवाले) लिपिक अपनी गुजर-बसर करते हैं, यह बड़े साहब तो क्या विभाग के मंत्री से भी छिपा हुआ नहीं है, लेकिन आदर्शों के लिए स्वयं को उत्सर्ग कर देनेवाले बड़े साहब कैसी भी परिस्थितियों में ईमानदारी को ही तरजीह देते थे।

उनके साथ पारिवारिक रिश्तों की कड़ी अभी टूटी नहीं थी। इसलिए वह उनके यहाँ सुबह-शाम जाता रहता था। उनकी कोठी और रहन-सहन में अब भी सादगी ही नजर आती थी, लेकिन विपन्नता मिट चुकी थी। बड़े साहब की पत्नी 'मेम साहब' कहलाने लगी थीं। मगर अब भी नियम से आधा घंटा चक्की पीसती थीं। पोर्च में कार खड़ी थी। लेकिन यह कल्पना करना काफी कठिन था कि साहब उसमें कभी बैठते होंगे।

बड़े साहब दौरे पर जाते तो नौकर उनका खाना घर से लेकर जाता। साहब अगर चालीस-पचास मील दूर दौरे पर जाते तो एक नौकर उनका खाना सुबह ही लेकर चल देता और शाम का खाना दूसरा नौकर दोपहर को लेकर रवाना हो जाता। इस तरह दो नौकरों का टी.ए. और डी.ए. रोजमर्रा खरा हो जाता, पर साहब, रोटी घर की चक्की के पिसे हुए आटे की ही खाते।

उसकी माँ जब-तब मेमसाहब से मिलने चली जाती थी। एक दिन साहब ने अहिंसावादी तरीके से उसे बहुत मुलायमियत से समझा दिया, "देखो भई हरसरन, हमारे-तुम्हारे घरेलू रिश्ते बहुत गहरे हैं। पर भई, इस बात का खयाल

जरूर रखो कि लोग इसका गलत मतलब न निकालें। अब तुम समझो, मेरी नजर में तो कोई छोटा-बड़ा है नहीं, न कोई अपना-पराया है, लेकिन देखनेवाले तो सारी बातें अपने ढंग से ही समझते हैं।'' उसने उनकी बात समझ ली और अपना आना-जाना कम कर दिया।

इसी बीच साहब का बड़ा बेटा पुलिस कप्तान हो गया था और ऊँचे-ऊँचे खानदानों से उसके संबंध आने लगे थे। लोगों का आम खयाल था कि बड़े साहब गांधीजी के रास्ते पर चलकर लड़के की शादी बहुत सादा ढंग से संपन्न करेंगे और बहू भी किसी गरीब घर की लड़की को बनाएँगे। लेकिन यह जानकर सबको महान् आश्चर्य हुआ कि साहब ने अपने कप्तान बेटे का विवाह एक बहुत बदनाम महारिश्वतखोर अफसर की लड़की से तय किया। वह अफसर उनके ही महकमे में उनसे एक कुरसी ऊपर था। उसने जितने भी पुल बनवाए थे, एक बरसात भी नहीं चले थे। वह इतना काइयाँ था कि पुल गिरने की सारी तोहमत वर्षा और बाढ़ के सिर मढ़ देता था। उसके पास कई लाख रुपए थे तथा शहर में चार मकान थे, जिनका किराया पी जाने के लिए वह मशहूर था।

बड़े साहब के बेटे के विवाह में वह भी गया था, लेकिन कन्या पक्षवालों ने बड़े साहब से नीचेवाली श्रेणी के लोगों को इतनी हिकारत से देखा कि लगभग सभी को ढाबे या होटलों में जाकर खाना पड़ा। अलबत्ता यह जरूर हुआ कि बड़े साहब के बेटे को उसके श्वसुर ने एक नई कार दहेज में दी। बड़े साहब के जीवन-दर्शन से वाकिफ सभी लोगों को इस शादी से खासी हैरानी हुई और किसी भी तरह उनकी समझ में नहीं आ सका कि गांधीजी ने इस ढंग से अपने लड़के का विवाह क्यों किया?

लेकिन जहाँ तक उसका सवाल था, उसे जल्दी ही इस पहेली का हल मिल गया था, एक दिन वह उनके पास बैठा बातें कर रहा था कि किसी तरह साहब के लड़के की शादी का प्रसंग आ गया। वे स्वयं ही बोले, ''भई हरसरन, लोगों का खयाल है, मैंने नरेश की 'मैरिज' रिश्वतखोर अफसर की लड़की से क्यों कर दी...किसी अपने जैसे आदर्शवादी और ईमानदार को क्यों नहीं ढूँढ़ा...मैं चाहता तो किसी मामूली आदमी की बेटी से भी शादी कर सकता था और नरेश को जरा भी एतराज नहीं होता।'' साहब इतना कहकर बहुत सहृदयता से मुसकराए और

उन्होंने उसे बताया, "दरअसल, बात यह है कि दयाल साहब (साहब के समधी) एक बेईमान और भ्रष्ट अफसर हैं। मेरे करीबी रिश्तेदार होने से उन पर मेरा असर जरूर पड़ेगा और वे अपना कुछ-न-कुछ सुधार जरूर करेंगे। यही चीज आगे जरूर लोगों के सामने मिसाल बनेगी।" जब साहब ने उसकी तरफ ताईद पाने की नजर से देखा तो वह स्वीकार में सिर हिलाए बिना नहीं रह सका, हालाँकि वह कहना चाहता था, "मगर उनका सुधार अब क्या होगा साहब, उनके रिटायरमेंट में तो छह माह भी बाकी नहीं रह गए हैं।"

कप्तान बेटे के विवाह में अच्छा-खासा मुनाफा कमाने के बाद भी साहब उतने ही आदर्शप्राण रहे और कोठी में सादगी का वातावरण अक्षुण्ण रहा। उन्होंने अपना ढंग-ढर्रा जरा भी नहीं बदला, बल्कि आगे जाकर तो वे इतने कट्टर सादगीभक्त हो गए कि नौकरी के जमाने में ही वानप्रस्थी लगने लगे।

जिस समय वे उससे अपने गांधी होने की नियति स्वीकार करा रहे थे, इत्तिफाक से उनका छोटा बेटा नरेंद्र उधर आ निकला था और इंजीनियरिंग की परीक्षा पास करके अब अपने बड़े साहब, बाप के पास रह रहा था। वह आश्वस्त था कि अपनी निष्ठा के लिए परमप्रसिद्ध उसके पिता का यश उसे नौकरी दिलाने में अवश्य सहायक होगा। बड़ा बेटा अपनी पत्नी के साथ अपनी नौकरी पर जा चुका था। उस बड़ी कोठी में केवल तीन प्राणी रह गए थे, बड़े साहब, मेम साहब और इंजीनियरिंग पास बेटा। पिछले छह माह में साहब का छोटा बेटा साक्षात्कार के लिए कई स्थानों पर जा चुका था, लेकिन उसकी नियुक्ति कहीं नहीं हो पा रही थी। देश में लाखों इंजीनियर नौकरियों के लिए मारे-मारे घूम रहे थे। लड़के को लग रहा था कि उसकी नौकरी पिता की सिफारिश के बिना नहीं लगेगी। नौकरी की उम्र खिसकते देखकर एक दिन उसने बड़े साहब से कहा, "बापूजी, आप चीफ साहब से कह दीजिए, उनके इसी डिवीजन में इंजीनियरों की जरूरत है।"

लड़के को सामने देखकर वे उसकी ओर मुखातिब होकर बोले, "बाबू हरसरनजी, आपने सुना कुछ? हमारे साहबजादे क्या फरमा रहे हैं? नरेंद्र बाबू का खयाल है कि मैं चीफ साहब से इनकी नौकरी के लिए सिफारिश करूँ।" वह स्वयं लड़के की सिफारिश में कुछ कहता, इससे पहले ही बड़े साहब कहने लगे,

"भई हरसरन बाबू, सारी जिंदगी जिस बेदाग ढंग से मैं रहा हूँ। ऐसे आखिरी वक्त मैं कैसे काला कर दूँ। फिर सिफारिश भी किसकी···अपने बेटे की जनाब?"

बड़े साहब कुछ क्षण गंभीर होकर सोचते रहे और फिर एक संघर्षशील व्यक्ति के अंदाज में बोले, "अरे भाई, तुमने इंजीनियरी पास की है। नौकरी ढूँढ़ो, मिल ही जाएगी और फिर तुमने कहने की गुंजाइश भी क्या छोड़ी है कि किसी से तुम्हारे लिए कहूँ? हजरत सप्लीमेंटरी में पास हुए हो। सप्लीमेंटरी में पास होना भी कोई पास होना है? तुम्हारी सिफारिश करके मैं अपने ऊपर धू-धू नहीं करवा सकता।"

बड़े साहब के चेहरे पर ओज मँडरा रहा था। उनकी सिकुड़ी सी संकीर्ण पेशानी उनके उच्च विचारों के कारण इस क्षण तेजोद्दीप्त लग रही थी, वह उनके महान् आचरण की प्रशंसा में भावविभोर होकर कुछ कहने को आकुल था, लेकिन तभी यकायक उसे याद आया कि प्रदेश का सारा इंजीनियरिंग विभाग इस तथ्य से परिचित है कि बड़े साहब जब ओवरसियर थे और उन्नति के लिए विभागीय परीक्षा में बैठे थे, तो उन्हें धक्का देकर उत्तीर्ण घोषित किया गया था और उन्हें पदोन्नति देते हुए विभागीय चीफ ने कहा था, "आर.पी. को जैसे भी हो 'पुश' देना ही है, वरना आगे से लोग ईमानदार और मेहनती होने के लिए 'इंस्पायर्ड' नहीं होंगे।"

उसने साहब से इस कड़वे सत्य का कोई उल्लेख नहीं किया कि जनाब आप तो सप्लीमेंटरी में भी पास होने योग्य नहीं थे। उसने प्रतिरोध की बजाय बड़े साहब का जोरदार शब्दों में समर्थन किया, क्योंकि अभी थोड़ी देर पहले वह उनके मुँह से सुन चुका था कि अब पत्रों तक में लोग उन्हें गांधीजी संबोधन देने लगे हैं। वह बोला, "हाँ साहब, आपने अपनी जिंदगी में कभी किसी की सिफारिश नहीं की। आपके लिए क्या अपना, क्या पराया! नरेंद्र बाबू को आपसे ऐसी उम्मीद करनी भी नहीं चाहिए।"

साहब ने गद्गद भाव से उसे देखा, उनकी आँखों में शहादत उमड़ रही थी और बेचारा नरेंद्र अपनी आँखें जमीन से ऊपर नहीं उठा पा रहा था। वह 'गांधीजी' और उनके बेटे को उसी हालत में बैठे छोड़कर उठ गया।

कोठी से बाहर निकलते हुए उसने देखा कि 'अधीक्षक अभियंता' की

एंबेसेडर गाड़ी साहब के पोर्टिको में आकर रुकी है। उसने दफ्तर के कई लोगों से सुना था कि एस.ई. साहब अपनी बेटी की शादी बड़े साहब के छोटे लड़के से करना चाहते हैं, वह समझ गया कि अब नरेंद्र बेकार नहीं रहेगा और गांधीजी को बेटे की सिफारिश करके अपने महान् आदर्श को तिलांजलि भी नहीं देनी पड़ेगी।

अनायास ही उसके मस्तिष्क में कुछ कौंध गया और वह गुनगुनाने लगा…"रिंद के रिंद रहे, हाथ से जन्नत न गई !"

□

# उजरत

कठपुले पर भूषण और वेदव्रत ग्यारह बजे तक खड़े रहे, पर पुताई करनेवाला कोई मजदूर उन्हें दिखाई नहीं दिया। यूँ आजकल पुताई वगैरह कराने का मौसम भी नहीं था। शायद इसीलिए पुताई करनेवाला कोई आदमी उधर नहीं आया। परसों प्रांतीय ख्याति के एक नेता पधारनेवाले थे और उनको दफ्तर में ही ठहराना था। दफ्तर की वर्तमान स्थिति भयावह थी। यह जगह पच्चीस-तीस बरसों तक सराय रह चुकी थी, और इस बीच संभवत: उसकी पुताई-सफाई एक दफा भी नहीं हुई थी। दीवारें धुएँ से बुरी तरह रच गई थीं और उपयुक्त सफाई के बगैर वहाँ किसी लीडर को ठहराना नामुनासिब मालूम होता था।

दल के स्थानीय सचिव अब्बास अली अपने दोनों सहायकों से कह गए थे कि आज दफ्तर की पुताई कराकर फर्श धुलवा लीजिए, परसों तक सूख जाएगा। कामरेड यहीं ठहरेंगे। एक-दो मीटिंगें भी होंगी। जब कोई मजदूर नजर नहीं आया, तो भूषण ने चिंता व्यक्त की, "यार, आधा दिन तो यहाँ खड़े-खड़े बीत गया। कॉलेज अलग छूटा और लगता है, पुताई का काम भी टल गया। साथी अब्बास अली क्या सोचेंगे, इन लोगों ने इतना मामूली सा काम भी सरंजाम नहीं दिया।"

वेदव्रत ने हुंकारी भरकर कहा, "हाँ, हुई तो पोच बात, किंतु ऐसी परिस्थिति में आखिर किया भी क्या जाए। अली भाई ने यही तो कहा था कि कठपुले पर आदमी मिल जाएगा। अब यहाँ की हालत तुम देख ही चुके। हो सकता है, हमें यहाँ पहुँचने में देर हो गई हो। चलो, अब छोड़ो, कल देखा जाएगा।"

पर भूषण इतनी आसानी से पराजय स्वीकार करने को तैयार नहीं था। उसने

हँसने की कोशिश की और कहने लगा, ''क्या इतना सा काम हम लोग नहीं कर सकते? जब मैं आठवीं में पढ़ता था, तो मैंने एक बार माताजी के साथ लगकर सारे घर में सफेदी की थी।'' अपनी बात की सत्यता प्रमाणित करने के लिए उसने इतना और जोड़ दिया, ''अच्छा, तुम्हीं बताओ, पहले कोई मजदूरों से सफेदी कराने का रिवाज था? घर के सब लोग मिल-जुलकर इन कामों को निपटा लिया करते थे।''

वेदव्रत ने इसे मजाक में टालने की कोशिश की। दरअसल, उसका कोई घर-परिवार नहीं था। वह अलमोड़ा के पास कहीं देहात का रहनेवाला था। माँ-बाप बहुत पहले मर चुके थे। शहर में किसी के साथ चला आया था। कई घरों में नौकर और होटल-ढाबों में 'छोकरा' रह चुका था। पता नहीं किस संस्कार ने उसमें पढ़ाई की रुचि पैदा की कि गिरते-पड़ते बी.ए. पास कर गया और अब स्थानीय महाविद्यालय में एम.ए. राजनीति का छात्र था। शहर की एक बीहड़ सी बस्ती में दस रुपए माहवार की कोठरी किराए पर लेकर रहता था और दो-तीन ट्यूशनों पर उच्च शिक्षा के जंगी जहाज को किनारे पर लाने की कोशिश में जी-जान से जुटा था।

भूषण ने उसका पिंड नहीं छोड़ा, तो गंभीर होकर बोला, ''हाँ, इसमें एक एडवेंचर तो है। जाड़े के मौसम में उस भूत सराय को पोतो। शाम को नहाओ। जनवरी का महीना है। साफ निमोनिया हुआ रखा है। देख लेना, अली को खबर भी नहीं होगी। हम-तुम निमोनिए से 'टें' बोल जाएँगे।''

भूषण उत्तेजित हो उठा, ''क्या बात करते हो, वेद भाई। ज्यादा-से-ज्यादा चार घंटे का काम है। ग्यारह हुए हैं। चार-साढ़े चार बजे तक सब काम खत्म समझो।'' वेदव्रत अब गहरी चिंता में पड़ गया। इस पुताई के चक्कर में उसके ट्यूशन गए, पढ़ाई गई और अब सफेदी का बोझ भी सिर पड़ने की नौबत आ गई। उसने नरमी से कहा, ''भूषण अजीब अहमक हो! मेरे भाई, सफेदी लानी पड़ेगी। उसे भिगोना पड़ेगा। फिर कूँची, ब्रुश वगैरह चाहिए। तुम इस चकल्लस को आज रहने ही दो, कल देखेंगे।''

भूषण ने अंतिम बार वेदव्रत को उकसाने की कोशिश की, ''बस्स, हो गया 'क्लासलैस सोसाइटी' का अरमान पूरा। मजदूर को तुम अपने से उसी तरह

अलग समझते हो, जैसे दकियानूसी पाखंडी धर्म-धर्म चिल्लाता है, लेकिन अछूत को आदमी खयाल नहीं करता। तुम क्या यह समझते हो, पुताई करनेवाला मजूर खुदा के घर से खास तौर पर तैयार होकर आता है? किताबें पढ़कर हम सब यही बनते हैं। तुम्हारी खता भी क्या है! कुछ लोगों पर हम पुताई थोप देते हैं, कुछ पर मैले की सफाई। लेकिन वेदभाई, आदमी पर कोई बिल्ला नहीं लगा है कि बस साहब, यही आदमी छोटे कामों में खटेगा।''

वेदव्रत ने भूषण का चेहरा हैरानी से देखा। पता नहीं वह भूषण के तर्क से प्रभावित हुआ था या इरादे से। बोला, ''अच्छा दोस्त, तुम आज शहादत के मूड में हो, कुछ करके रहोगे। चलो, आज यह भी कर देखते हैं, पर एक बात पहले से कहे देता हूँ, मुझे तो कूँची पकड़नी भी नहीं आती।''

भूषण ने उसे दिलासा दिया, ''इसमें एक्सपर्ट होने की कोई खास दरकार भी नहीं है।''

भूषण वेदव्रत को अपने साथ घर ले गया। दोनों ने जल्दी-जल्दी खाना खाया और बालटी, बोरी लेकर घर से निकल गए। बाजार से चूना और दो कूचियाँ खरीदकर रिक्शा पर रखवाई और दफ्तर पहुँच गए। भूषण ने दफ्तर की बड़ी बालटी में चूना भिगोया तो पानी पड़ते ही चूने से भाप और कड़-कड़ की आवाजें उठने लगीं। भूषण जानकार के अंदाज में बोला, ''चुना एकदम उम्दा है। आधा घंटे में तैयार हो जाएगा। तुम जेब से बीड़ी निकालो, इतनी देर में दम मारे लेते हैं।''

वेदव्रत ने बीड़ी का बंडल निकालकर एक बीड़ी भूषण को दी और एक अपने दाँतों में भींच ली। वेदव्रत बीड़ी जला चुका तो भूषण ने उसके हाथ से माचिस ली और बीड़ी को उँगलियों में हुक्के की नली की तरह फँसाकर सुलगाने लगा। मुट्ठी बाँधकर बीड़ी पीने से उसे खाँसी आने लगी। जब वह लगातार खों-खों करता रहा, तो वेदव्रत खीझकर बोला, ''भूषण, तुम्हें बीड़ी पीने की तमीज नहीं है, बेकार में 'वेस्ट' करते हो। अब यह बीड़ी बार-बार बुझेगी और तुम इसी एक बीड़ी को जलाने के सिलसिले में सारी माचिस खत्म कर दोगे।'' वास्तव में भूषण को बीड़ी की लत थी भी नहीं। वह वेदव्रत को पीते देखकर या यूँ ही शौकिया कभी-कभार सुलगा लेता था। उसने खाँसते और हँसते हुए जवाब दिया,

''ठीक है, मुझे बीड़ी पीने की तमीज नहीं है। फिर तुम ढंग की चीज सिगरेट क्यों नहीं पीते, यह भी कोई पीने की चीज है?''

लंबे वक्त से तकलीफों में रहने के कारण वेदव्रत का दृष्टिकोण गंभीर हो गया था। वह भूषण की तरह आँखें छोटी करके बोला, ''स्मोकिंग इज शीयर वेस्ट (धूम्रपान अपव्यय है)।''

''सिगरेट पीना भी अपव्यय है और बीड़ी पीना भी, तो फिर सिगरेट ही बेहतर।''

भूषण की बीड़ी अब तक बुझ चुकी थी। उसने बीड़ी मसलकर फर्श पर फेंक दी और चूने का जायजा लेने लगा। वेदव्रत फुरसत में बैठा आराम से बीड़ी के कश खींचता रहा। जब वह कश खींचता था, तो उसके चेहरे और मस्तक पर झुर्रियाँ पड़ जाती थीं। बचपन से लेकर आज तक कष्टों में रहने की कहानी उसके चेहरे पर साफ-साफ लिखी थी।

एकाएक भूषण ने मेज पर रखे ताले को उठाया और उसे दरवाजे पर लगाने चल दिया। जब बाहर निकलकर वह ताला लगा चुका तो चिल्लाकर बोला, ''कामरेड जरा उधर का दरवाजा खोलना।''

वेदव्रत ने दफ्तर का दूसरा द्वार खोलकर प्रश्नसूचक दृष्टि से भूषण का चेहरा देखा। भूषण राज के स्वर में बोला, ''अब कोई आ भी जाए, तो उसे पता नहीं चलेगा कि हम-तुम पुताई कर रहे हैं। बाहर से ताला लग ही गया है। दूसरा दरवाजा हम अंदर से भेड़ लेंगे। हो गया न फिट काम?''

भूषण की बात उसे अटपटी लगी, तो हैरानी से पूछने लगा, ''इसमें क्या बात है? कोई आ भी जाए तो क्या फर्क पड़ता है। कोई आता है तो आने दो।''

''इतना भी नहीं समझते। नीचे सब तरफ दुकानें-ही-दुकानें हैं। किसी ने देख लिया तो कहेगा, कामरेड खुद ही सफेदी कर रहे हैं।''

''एकदम बकवास बात है।'' वेदव्रत चिढ़कर बोला और कमरे में चला गया। भूषण ने दरवाजा बंद कर चूने की स्थिति देखी-परखी और घर से लाई बालटी में चूना डालने लगा। वेदव्रत ने जाजिम, किताबें और दीगर सामान बटोरकर सहन में रख दिया। जब वह मेज कमरे से बाहर निकाल रहा था, तो भूषण बोला, ''धत्तेरे की, वेदभाई, गजब हो गया। सीढ़ी की बात तो दिमाग में आई ही नहीं,

अब सफेदी क्या खाक होगी?''

वेदव्रत मेज निकालते-निकालते रुक गया। उसने मेज से अलग हटकर कहा, ''अभी क्या है, देखना क्या-क्या याद आता है? और हाँ, मियाँ पुताईगर, एक बालटी से कैसे काम चलेगा? क्या चूनेवाली बालटी को भी इधर-से-उधर घसीटते घूमेंगे?''

भूषण खिन्न होकर बोला, ''पहले धीरज से सोचना था। जल्दी में कुछ खास चींजे रह गईं।'' फिर स्वयं को आश्वस्त करते हुए बोला, ''चलो, अब कुछ-न-कुछ उपाय तो करना पड़ेगा।'' तुम बालटी ले लो, मैं पाखाने से बड़ा डिब्बा उठा लाता हूँ। मैं कमरे की पुताई में जुटता हूँ, तुम रसोई में लगो।''

डिब्बे में चूना भरते-भरते भूषण को सहसा कुछ याद आया। उसने ताख पर से चाभी उठाई और बाहर की ओर लपक गया। उसके यूँ चले जाने की तुक वेदव्रत की समझ में नहीं आई। उसने कंधे उचकाए और बालटी उठाकर रसोई पोतने चला गया। शुरू-शुरू में उसकी कूँची से सारा चूना फर्श पर फैलने लगा। चूने को बालटी में झटक-झटककर उसने कूँची दीवारों पर घुमाई, तो कुछ अंतर पड़ा। उसका दाहिना हाथ बहुत जल्दी थक गया और कुरते की आस्तीनें चूने से सराबोर हो गईं।

जब भूषण लौटकर आया, तो उसने देखा कि देवव्रत कुरता-पजामा उतारे खाली कच्छे में नंग-धड़ंग खड़ा पुताई कर रहा है। भूषण उसे इस हालत में देखकर बेसाख्ता हँसने लगा। हँसी थमने पर बोला, ''वाह, क्या धज है मेरे भोले की! जनाब फरमा रहे थे, किवाड़ क्यों बंद करते हो। इस हालत में तुम्हें कोई ताड़का बने देखता, तो क्या कहता?'' और उसने हाथ में ली हुई पुड़िया बालटी में छोड़ दी तथा तेल की शीशी फर्श पर रख दी। बालटी में कूँची घुमाते हुए बोला, ''नील के बिना सफेदी में चमक नहीं आती। पहले से यह पता होता कि हमें ही करना है, तो बाकायदा नीलाथोथा पकाया जाता।'' इसके बाद उसने दीवार पर सरसरी नजर डाली और कहने लगा, ''इस दीवार पर दोबारा हाथ मारने पड़ेंगे।''

भूषण ने भी कुरता-पजामा और सदरी उतारकर सहन की खूँटी पर टाँग दी और हाथ-पैरों पर तेल चुपड़ने लगा। वेदव्रत को भी तेल लगाने की सलाह देते

हुए बोला, "हाथ-पैरों की हत्या हो जाएगी। पहले तेल मलो। साली पुताई के भी सौ नखरे हैं।" लेकिन वेदव्रत ने उसकी सलाह पर कोई ध्यान नहीं दिया, वह बदस्तूर पुताई में जुटा रहा। भूषण ने कमरे के दरवाजे में अटकी मेज कमरे के बीचोबीच खींच ली और उसपर कुरसी रखकर कमरे की छत पोतने लगा।

बालटी, टंबलर और मेज-कुरसियों की उठा-पटक करते-करते दोनों हलकान हो गए। पुती हुई छतें और दीवारें अभी भी बेपुती दिखलाई पड़ रही थीं। हाँ, वे पानी से भीगी हुई अलबत्ता लग रही थीं। इस पुताई अभियान के आरंभ में भूषण चाहे जितना उत्साह दिखला रहा था, पर पुताई खत्म करते-करते उसपर बुरी तरह पस्ती छा गई। वेदव्रत को उसकी उत्साहहीनता का पता न चले, इसलिए हँसते हुए कहने लगा, "मेरा खयाल है, सूखने के बाद कलई खिल जाएगी।" वेदव्रत ने बुरा सा मुँह बनाया। बोला, "क्या पता कलई खिल जाएगी या कलई खुल जाएगी।"

इस लस्टम-पस्टम ढंग की पुताई ने शाम के सात बजा दिए। कमरा रसोई और सहन तो फिर भी हो गए, पाखाने-गुसलखाने का नंबर नहीं आ पाया। भूषण को चूना लेते वक्त सही अंदाज नहीं हो पाया था और वह जरूरत के मुताबिक सामान नहीं ला सका था। इसके अलावा पुताई बहुत फीकी हुई थी, क्योंकि चूने में बार-बार पानी मिलाया जाता रहा था। दोनों के कच्छे, हाथ-पैर, गरदन और सिर चूने की छीटों से सराबोर हो गए थे। सर्दी अलग गजब ढा रही थी। वेदव्रत को लगातार छींकें आने लगी थीं और दोनों की इतनी दुर्गति हो चुकी थी कि फौरन बाहर भी नहीं निकल सकते थे।

छतों और दीवारों पर बल्व की रोशनी अजीब आकृतियाँ बना रही थी। सफेद और कालौंस की मिश्रित तसवीरों पर निगाह डालकर भूषण निर्णायक स्वर में बोला, "मेरा खयाल है, अब इस पुताई को इसके हाल पर छोड़ो और तत्काल चल दो। गुसलखाना, पाखाना रह गया। रह जाने दो, उसे कौन देखता है! मतलब तो इस भूतवासे को 'डिइन्फैक्ट' करने से था। वह तो हो ही गया। तुम चटपट हाथ-पैर धोओ। जब तक तुम कपड़े पहनोगे, मैं भी नहा डालूँगा।"

वेदव्रत ने खूँटी से अपनी बनियान खींची और हाथ पोंछ डाले। कुरते से बीड़ी का बंडल निकालकर बीड़ी सुलगा ली और सुस्ताने लगा। उसे ठंड से काँपते

हुए देखकर भूषण बोला, ''अच्छा, तुम बीड़ी पी लो, तब तक मैं नहा लूँ।''

कुछ मिनट बाद भूषण गीले कच्छे में बाहर निकला और सहन में टँगे कुरते-पाजामे को लेकर फिर गुसलखाने में घुस गया। वेदव्रत ने देखा कि नहाने के बावजूद चूने के दाग भूषण की सारी देह में फैले हुए हैं और सिर के बाल बुरी तरह चिकटे हुए हैं। वह समझ गया कि यह कमाल बदन पर तेल चुपड़ लेने की वजह से हुआ है। वेदव्रत ने नहाने का इरादा छोड़ दिया और केवल हाथ-मुँह धोकर बाथरूम से बाहर आ गया। उसने अपनी बनियान से हाथ-पाँव, मुँह-सिर वगैरह रगड़-रगड़कर पोंछे और खूँटी से कुरता उतारकर गले में डालने लगा। न जाने कैसे, क्या हुआ कि वेदव्रत का कुरता गरदन के पास से एकदम झिर्र हो गया और फटे हुए हिस्से से सिर बाहर निकल आया। उसे इस हालत में देखकर भूषण बेसाख्ता हँसने लगा। वेदव्रत ने आहिस्ता से कुरता किसी तरह सिर के बाहर किया और उसे मायूसी से उलट-पुलटकर देखने लगा। गीला मैला बनियान पहनना भी संभव नहीं रह गया था। भूषण ने अपनी सदरी उतार दी और बोला, ''लो यार, इसे कुरते के ऊपर पहनकर काम चलाओ। जाड़े और भूख से दम निकला जा रहा है।''

वेदव्रत ने खिन्न होकर कुरते को किसी तरह शरीर पर फँसाकर सदरी पहनी और दोनों दफ्तर से बाहर हो गए। भूषण ने एक दरवाजे का ताला खोलकर दूसरे पर लगाया और जीना उतरकर नीचे सड़क पर आ गए। अनाज की मंडी से बाहर निकलकर भूषण ने देखा कि कोने के हलवाई की दुकान पर गरम जलेबियाँ तैयार हैं। उसने वेदव्रत की ओर देखा, वह निर्विकार भाव से सिर झुकाए जमीन की ओर देखता आगे बढ़ रहा था। सदरी की दोनों जेबों में उसके हाथ से और कंधे एकदम झुके हुए थे। सहसा भूषण ने उसके कंधे पर हाथ रखकर कहा, ''सुनो, भूख तो तुम्हें भी लग रही होगी। चलो, कुछ खा लेते हैं।'' वेदव्रत अपने आपमें डूबा हुआ था। उसने कोई उत्तर नहीं दिया। भूषण आगे बढ़कर हलवाई के चबूतरे पर चढ़ गया। उसने एक पाव जलेबियाँ तुलवा लीं। जलेबियाँ लेकर वह नीचे सड़क पर आया और दोने वेदव्रत की ओर बढ़ाकर बोला, ''लो, खाओ।''

वेदव्रत ने एक जलेबी उठा ली और धीरे-धीरे खाने लगा। जलेबियाँ खत्म होने के बाद भूषण बोला, ''दो-दो समोसे और खाए जाएँ।'' खाने-पीने से

निवृत्त होकर भूषण ने जेब में हाथ डाले, लेकिन पैसे नदारद। एक क्षण के लिए वह गड़बड़ा गया, पर अगले पल उसे याद आ गया कि पैसे सदरी की जेब में हैं। वह बोला, ''वेदभाई, सदरी की भीतरवाली जेब में रुपए पड़े हैं। देना जरा।'' वेदव्रत ने जेब में हाथ डालकर दस और पाँच के नोट निकाले तथा भूषण की ओर बढ़ा दिए। हलवाई को पैसे देकर बाकी रुपए भूषण ने अपने कुरते की जेब में डाल लिये।

दोनों सड़क पर चुपचाप आगे बढ़ते रहे। ठंड बहुत बढ़ गई थी। वेदव्रत ने कहा, ''भूषण, तुम भी मेरे कमरे पर चलो, वहाँ चाय बनाएँगे, तभी ठंड खत्म होगी। अब तो बस जान ही निकल रही है।'' भूषण ने स्वीकृति में सिर हिलाया और खादी आश्रमवाली गली में मुड़ गया। वह खादी की दुकान के सामने जाकर खड़ा हो गया। महाशयजी थान, कंबल वगैरह उठवाकर अंदर रखवा रहे थे। उन्होंने भूषण और वेदव्रत को देखा तो मुसकराकर बोले, ''कहिए लीडराने वतन, आज तो बहुत दिनों बाद दिखाई पड़े। क्या सेवा करूँ? आप लोगों ने बड़ा हंगामा मचा रखा है। श्रीमानजी, हमारे बुनकरों को तो बख्श ही दीजिए।''

भूषण हँसकर बोला, ''बुनकरों की बात तो बाद में होगी, पहले एक कुरता निकालिए।'' महाशयजी ने दुकान के आगे निकले लकड़ी के पटरे पर उन्हें बिठा लिया और अपने सहायक को कुरते निकालने का आदेश देकर इधर-उधर की राजनीतिक चर्चा करने लगे। दस-बारह लंबे ढीले-ढाले कुरतों में से भूषण ने एक चुना और जेब से दस रुपए का नोट निकालकर महाशयजी को दे दिया। कुरते के पाँच रुपए अठासी पैसे काटकर बाकी रुपए महाशयजी ने भूषण को दिए और कुरते उठवाकर भीतर अलमारियों में रखवाने लगे। जब भूषण और वेदव्रत चलने लगे तो महाशयजी बोले, ''परची तो लिये जाइए।''

''परची आप ही रखिए।''

महाशयजी ने भी हँसकर व्यंग्य किया, ''हाँ, कामरेडों को इसकी क्या जरूरत? आपका तो सब काम ऐसे ही चलता है।'' एकाएक वेदव्रत थमककर खड़ा हो गया। भूषण ने उसके तेवर देखे, तो उसे आगे की तरफ ठेलते हुए बोला, ''यार वेदव्रत, बस तुम भी एक ही चीज हो। इनमें यूँ बिगड़ने को क्या है। कम-से-कम मजाक तो समझा करो।''

वेदव्रत ने महाशयजी से तो कुछ नहीं कहा, पर भूषण से बोला, "मुझे इस किस्म का मखौल पसंद नहीं। वह हमारी 'इंटेगेरिटी' पर चोट कर गया।"

"उसके चोट करने से क्या होता है?"

"होता क्यों नहीं! वह इस बात का प्रचार हजार जगह करेगा कि हम लोग पार्टी के पैसे से अपनी जरूरियत का सामान खरीदते हैं।"

"आपका दिमाग ठिकाने नहीं है। उसको क्या सपना आता है कि हम किस पैसे से क्या खरीदते हैं?"

वेदव्रत बोला, "कुछ भी हो, मुझे यह बात पसंद नहीं है।" वेदव्रत का चेहरा तमतमाया हुआ था और वह एकदम खोया हुआ चल रहा था।

वेदव्रत ने अपने कमरे का ताला खोलकर लालटेन जलाई और जमीन पर फैले बिस्तर को झाड़कर ठीक-ठाक किया। भूषण रजाई में घुसते हुए बोला, "गरमागरम चाय के बिना अब निस्तार नहीं होगा।"

वेदव्रत ने स्टोव जलाकर चाय का पानी चढ़ा दिया और मेज पर पड़ी खेरीज लेकर बाहर निकल गया। जब तक वह डबलरोटी लेकर लौटा, चाय का पानी उबल चुका था। उसने दो गिलासों में बगैर दूध की चाय डाली और एक गिलास भूषण की ओर बढ़ा दिया। डबलरोटी का कागज फाड़कर अखबार पर उसे उलट दिया और रजाई पर रखते हुए बोला, "लो, खाओ।"

भूषण और वह चुपचाप चाय पीते रहे। वेदव्रत को अजहद गंभीर देखकर भूषण ने छेड़ा, "मेरी समझ में नहीं आता, तुम कैसे पिनकी आदमी हो। नाराज तो हुए साले महाशय से और मुँह मुझसे फुलाए बैठे हो।"

"मुँह फुलाने जैसी कोई बात नहीं है।"

"फिर और क्या बात है, मैं भी तो सुनूँ?"

"मुझे यह कुरता खरीदनेवाली बात पसंद नहीं आई। आखिर पार्टी के पैसे से ही तुमने यह कुरता खरीदा है न?"

"कुरता ही नहीं, मिठाई भी तो खाई है, मगर यूँ ही मुफ्त में न मिठाई खाई है, न कुरता खरीदा है। हलाल करके किया है!"

"हलाल से आपका क्या मतलब है?" वेदव्रत ने ताज्जुब से भूषण का चेहरा देखा।

"मतलब एकदम साफ है। पुताई हमने की और हमें इन पैसों को खर्च करने का नैतिक हक है।"

"आपको पुताई की मद में जानेवाले रुपयों को खर्च करने का हक कैसे मिल गया?"

भूषण गरमाकर बोला, "क्यों नहीं मिल गया? पार्टी पुताई की एवज में रुपया नहीं देती?"

"फिर?"

"फिर क्या, हमने पुताई की। मजदूर से न कराकर खुद की और उसकी एवज पैसा ले लिया।"

"बहुत खूब! आप अपने-आपको मजदूर कब से समझने लगे? हाँ, अब मजदूर कहने-कहलाने का फैशन तो जरूर चल पड़ा है।"

भूषण ने हाथ चमकाकर कहा, "फैशन को गोली मारिए, जनाब। खुद को मजदूर न समझते तो पुताई कैसे कर आते?"

"ठीक है, मगर फिर दफ्तर के बाहर ताला क्यों ठोंक लिया था? देखनेवालों की चिंता तो हम लोगों को कुछ कम नहीं थी शायद। इसके अलावा चूना-रिक्शा पर लादकर क्यों चले थे? मजदूर चूना पीठ पर लादकर चलता है, भाईसाहब!"

यद्यपि भूषण तर्क के स्तर पर कच्चा पड़ रहा था, तथापि दृढ़तापूर्वक बोला, "तुम एक 'फैक्ट' नजरअंदाज कर जाते हो। आखिर हम-तुम कॉलेज में पढ़ते हैं।" वेदव्रत कटु होकर बोला, "कॉलेज में पढ़ लेने से हम लोग मजदूर से अलग नहीं हो जाते। आप 'डिगनिटी ऑफ लेबर' की कितनी बातें कहते हैं। पुताई का श्रीगणेश करने से पहले क्या यह आपने ही नहीं किया था, "तुम क्या यह समझते हो, पुताई करनेवाला मजदूर खुदा के घर से खासतौर पर तैयार होकर आता है।"

भूषण ने हार नहीं मानी, "मैं आपसे एक बात पूछता हूँ, क्या इस रुपए को खर्च करने में हमने बेईमानी का परिचय दिया है? तुम्हारा कुरता एकदम गल चुका था। कुरता खरीदने में क्या खर्च हो गया! 'आफ्टर ऑल' मजदूर भी तो इस रुपए को अपनी जरूरतों पर खर्च करता।"

वेदव्रत ने बिस्तर पर हाथ पटककर कहा, "मिस्टर भूषण, मजदूर इस पैसे

से मिठाई और समोसे न खाता तथा न वह कुरता फट जाने पर तुरंत दुकान पर पहुँचकर कुरता खरीदता। पचास पैबंद लग जाने के बावजूद वह कुरता नहीं खरीदता। वह इस पैसे से अपने भूख से कुलबुलाते बच्चों के लिए रोटी लेता। परिवार का पालन–पोषण करता। मैंने और आपने एक तरह से अय्याशी पर पैसा खर्च किया है।''

भूषण बमक उठा, ''आपकी हिमायत की ऐसी–की–तैसी! यह आपका 'सैल्फ टार्चर' है, और कुछ नहीं। आप मजदूर की बेजा हिमायत ले रहे हैं। क्या यह नहीं हो सकता था कि वह इन सारे पैसों की ताड़ी पी जाता?''

वेदव्रत ने देखा कि तर्क से कटुता पैदा होने लगी है, तो वह बात बदलकर बोला, ''अब काफी वक्त हो गया है। तुम रात को इधर ही रह जाओ। उतनी दूर घर कहाँ जाते फिरोगे?''

भूषण उठते हुए बोला, ''कल दोपहर को कॉलेज के बाद दफ्तर में मिलेंगे। कामरेड के आने तक वहाँ की धुलाई–सफाई कर देंगे।'' कामरेड अब्बास अली ने अगले दिन शाम को लौटकर देखा कि वेदव्रत और भूषण किवाड़ों से सफेदी के दाग साफ कर रहे हैं। अंदर कमरे में जाजिम पड़ी हुई थी और मेज–कुरसी, किताबें ठिकाने से लगी थीं। अब्बास अली बहुत खुश हुए और मुसकराते हुए बोले, ''गो पुताई तो कुछ यूँ ही सी हुई, मगर पहले से किसी कदर गनीमत हो गया।'' उन्होंने अपने कंधे से झोला उतारकर एक तरफ रख दिया और खतों की फाइल पलटते हुए बोले, ''आज की डाक है कुछ?''

भूषण ने चुनाव के प्रचार के सिलसिले में आए हैंडबिल और दीगर खत उनके सामने रख दिए। डाक देख लेने के बाद अब्बास अली बोले, ''मेरा खयाल है, कामरेड के आने पर कल की मीटिंग तो यही रखें। अब तो दफ्तर भी कुछ बेहतर हो गया है।'' भूषण अब्बास अली के सामने बैठा था और वेदव्रत एक अंग्रेजी साप्ताहिक पढ़ रहा था कि सहसा कामरेड अब्बास अली को कुछ याद आ गया। वे भूषण से बोले, ''भूषण भाई, बीस रुपए में काम हो गया, मेरा मतलब पुताई वगैरह?''

भूषण के मुँह से तत्काल आवाज नहीं निकली। उसे ऐसा महसूस हुआ, गोया एक लोहे का गोला उसके गले में अटक गया हो। वह हकलाते हुए बोला,

''हाँ, कामरेड, चल ही गया···बल्कि कुछ पैसे बच भी गए।''

''काफी महँगी है इन दिनों। यह कमाल कैसे हो गया, भई?'' अब्बास अली ने आश्चर्य प्रकट किया। भूषण ने कोई उत्तर नहीं दिया तो अब्बास अली बोले, ''वाउचर्स तो फाइल में डाल ही दिए होंगे?''

सहसा वेदव्रत का सिर अखबार से ऊपर उठा और वह गंभीरतापूर्वक बोला, ''वाउचर्स फाइल में नहीं लगे हैं कामरेड, पुताई हम दोनों ने की है और अपनी मजदूरी भी ले ली है।''

अब्बास अली बारी-बारी से भूषण और वेदव्रत का चेहरा देखने लगे। यह रहस्य उनकी समझ में नहीं आया। भूषण का सिर झुक गया था और वह जाजिम पर पैर के अँगूठे से कुछ लिखने की कोशिश कर रहा था। वेदव्रत उठकर गया और कोने में से एक पैकेट उठा लाया। कामरेड के सामने खोलते हुए बोला, ''यह मेरे हिस्से में आया।''

□□□